「かっこいい……」
『邪眼』を取得すると左眼が不意にむずむずした。
黄金経験値IV
the golden experience point
特定災害生物「魔王」配下融合アルケミー

ぶつけた、というのは軍事的に衝突させたという
意味ではなく、物理的な意味である。
該当の町の上空でウルルを『召喚』し、落下させたのだ。

《邪道ルートのレイドボス「邪王」がその他地域トレの森にて誕生しました》

黄金の経験値

the golden experience point

IV

特定災害生物
「魔王」配下融合アルケミー

原純 Harajun

illustration
fixro2n

口絵・本文イラスト
fixro2n

装丁
coil

contents

◆◆◆

the golden
experience point

ウェルス王国
ウェルス王都
▲至 ウェルス王国
アブオンメルカート高地
エルンタール
ヴェルデスッド
トレの森
アルトリーヴァ
ルルド
ラコリーヌ
ヒルス王都
リーベ大森林
エアファーレン
コネートル
ヒルス王国
ベツィルク
ウィルラブ
▼至 ポートリー王国
ポートリー王国
ポートリー王都

MAP

the golden experience point

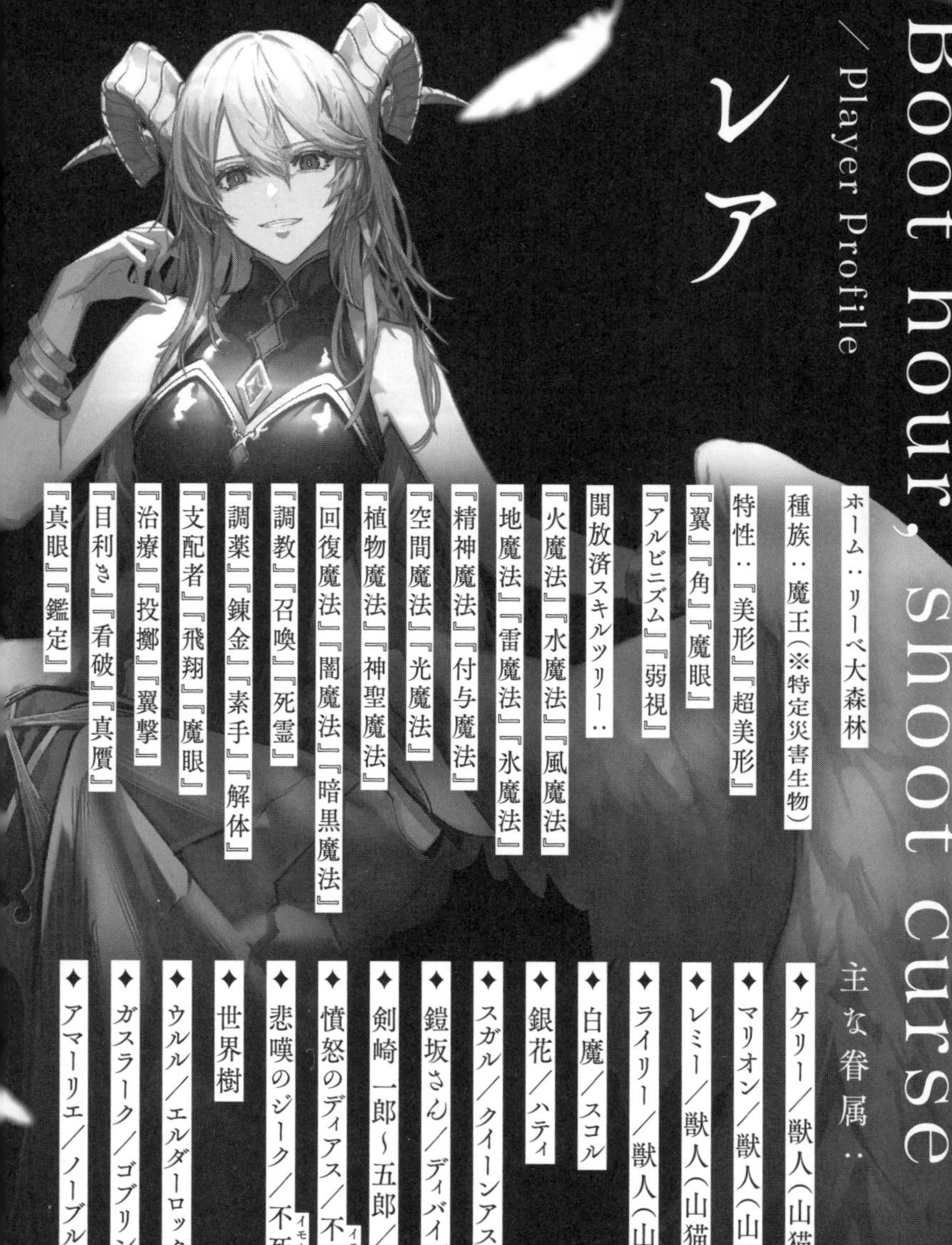

Boot hour, shoot curse

／Player Profile

レア

ホーム：リーベ大森林
種族：魔王(※特定災害生物)
特性：『美形』『超美形』
『翼』『角』『魔眼』
『アルビニズム』『弱視』
開放済スキルツリー：
『火魔法』『水魔法』『風魔法』
『地魔法』『雷魔法』『氷魔法』
『精神魔法』『付与魔法』
『空間魔法』『光魔法』
『植物魔法』『神聖魔法』
『回復魔法』『闇魔法』『暗黒魔法』
『調教』『召喚』『死霊』
『調薬』『錬金』『素手』『解体』
『支配者』『飛翔』『魔眼』
『治療』『投擲』『翼撃』
『目利き』『看破』『真贋』
『真眼』『鑑定』

主な眷属：
◆ケリー／獣人(山猫盗賊団)
◆マリオン／獣人(山猫盗賊団)
◆レミー／獣人(山猫盗賊団)
◆ライリー／獣人(山猫盗賊団)
◆白魔／スコル
◆銀花／ハティ
◆スガル／クイーンアスラパーダ
◆鎧坂さん／ディバインフォートレス
◆剣崎一郎～五郎／ディバインアーム
◆憤怒のディアス／不死者の王《イモータル・ルーラー》
◆悲嘆のジーク／不死者の王《イモータル・ルーラー》
◆世界樹
◆ウルル／エルダーロックゴーレム
◆ガスラーク／ゴブリンジェネラル
◆アマーリエ／ノーブル・ヒューマン

※情報は現在判明中のものです。

プロローグ

非公式掲示板【ＢＨＳＣ】魔物プレイヤースレ

511：
イベント侵攻側の一～三位って魔物だろ
誰かフレンドのやついねえの？

512：
何やってポイント稼いだかも不明だからな
魔物かどうかわからんだろ

513：
今回陥落したのが
ペアレ王国↓ノイシュロス
ヒルス王国↓ヴェルデスッド、あと王都だろ確か
全部魔物に陥落させられてんだから、魔物に決まってんだろ

514：
ヒルスは除外しろやｗ　イベントモンスターは別枠やろ

515：
一位のブランとかいうプレイヤーがイベントボスって可能性は？

516：
エアプか？　いちプレイヤーにあんな事出来るわけねえだろ

517：
ポイントも公開されてないし、単純にどっかの街でたくさんプレイヤーかＮＰＣキルした奴《やつ》じゃねえかな

518：
正直ゴブリンプレイとかキッすぎるわ
リーチ足りねえし実質魔法スナイプ型くらいしかビルド出来ねえ

519：

まあゴブリンならゴブリンメイジ安定ではある
魔法スキル取ってＩＮＴ《知性》だけ上げてりゃすぐ転生できるしな

520：
それ以外にアイテムとかないの？

521：
魔法覚えてＩＮＴが一定以上ある状態で条件満たすと転生できる

522：
まじかよ速攻……ってだから転生条件って何だよ

523：
過去ログくらい見ろ

524：
ゴブリンなんて雑魚どうでもいいわ
スケルトンはどういうビルドがおすすめなん？

525：
お前その態度でよく人に物が聞けるなｗ

526：
まあでもこれに答えるやつってスケルトンだろうし、ゴブリンなんてどうでもいいと思ってるだろうから答えてくれるんじゃね？
ちな俺はスケルトンナイト

527：
俺はスケルトンメイジやな
正直ＩＮＴの初期値低めだから近接目指したほうが序盤は楽だが、そこまで絶望的な差でもない
ゴブリンもだが、ヒューマンに比べて低い水準で平均的
好きにビルドしてけばええで

528：
ほーん
ほいで転生条件はなんなん？

529：

過去ログ定期

530：
イベント中の転移も街限定だし、今度実装されるサービスも街からしかできないんだっけ
事実上俺らは利用不可だもんな。マジくそだわ

531：
街までいきゃ使えるぞ普通に

532：
街までいけねーだろカス

533：
でも魔物プレイヤー救済アイテムもリアマネで発売されんじゃん

534：
>>533　何それ？　そんなんあったか？

535：

>>534　初期種族転生チケット

536：
>>535　おお……もう……

……

602：
誰かいる？

603：
おーい

604：
いるぞ

605：
まだいたか
つか急に過疎ったよな

606：
大半が公式ＳＮＳに移ってったからな

607：
ああ……
まあ人間サイドならわざわざアングラなサイト利用する必要ないしな

608：
いや別に魔物でも向こう利用すりゃいいんだけどな

609：
ねーわｗ

610：
まあなｗ
名前バッチリ表示されるし、居場所バレるようなこと書くとＰＫ《プレイヤーキラー》来るしなｗ

611：
あれなんなんだろうな

612：
知らねーけど、要は「人間」を殺したい奴は俺らみたいに魔物プレイヤー選んでプレイして、「プレイヤー」を殺したい奴は魔物プレイヤーを狙ってキルしてんだろ。表向き非難されんように

613：
マジくそ

614：
腐んなってw
たぶんだけど、有名モンスターん中にもプレイヤーいるぜ
俺たちにも希望はある！

615：
マジで？　誰？

616：
なんとかって街、ゴブリンに落とされたとこあったろ
あれ落としたボス、プレイヤーなんじゃねーかなって

617：
マジで？　ソースは？

618：
俺、最近ゴブリン・グレートウィザードに転生したんだけどさ。使役ってスキルがアンロックされたんだよ
なんと、テイムができる。ゴブリン何とかってつくモンスター限定だけど

619：
マジか！　人間NPCの貴族と一緒ってことか⁉

620：
マジマジ
まあ抵抗判定めっちゃきついから、相当ボコボコにしてやんないとテイムできないけどな
言うて俺グレートウィザードだし、格下相手ならまあ余裕だし、人数増えてけば楽になってくしようやく俺のBHSC始まった感あるw

621：

くおー！
マジ裏山！

622：
お前種族なんなん？　ゴブリン系？

623：
んにゃスケルトンリーダー

624：
だったらすぐじゃね？　スケルトンリーダー↓スケルトンジェネラルとかだろ、たぶん
ジェネラルとかまで行けば使役も出るんでね
いや知らんけど

625：
マジか！　よっしゃテンションあがってきた！

626：
とりま、頑張ればゴブリン軍団とか作れるみたいだし、うまくやりゃ街一つ落とすのも不可能じゃ

ないってわけさ
イベントで陥落した街のうち、あそこだけゴブリンだったし、怪しくないか？

627：
そう言われるとそんな気がしてきた

628：
虫だの天使だのはプレイヤーがなれる種族じゃねーし、赤いスケルトンてのも明らかに特殊なエネミーだし
プレイヤーの可能性がありそうなのはあのなんとかって街だけだけどな

629：
人間の貴族なんてプレイヤーがなれるとは思えないし、ＮＰＣの部下作ろうと思ったら魔物極めるしかないってことやな
早々に課金アイテム使ってエルフに転生してった奴ら今頃涙目やんｗｗｗ

630：
もしその考えが正しければ、ブラン＝ボスゴブリンで確定かな

631：

まあそうなるやろなぁ

第一章　禍福は糾える縄の如し

転移サービス実装から三週間。

レア、ライラ、ブランの三名による、優雅に紅茶をいただきながらの報告会も終わった。この後は各々が用事を済ませた後、ここトレの森に集まることになっている。そこでブランから合体についての詳細を聞き、色々と試してみる予定だ。

報告会というかお茶会では、各陣営から色々な情報提供があった。レアも非常に重要な情報を提供した──あるいは情報を抜かれた──し、ライラからもまあそこそこ有益な情報を得られた。

そんな中ブランからもたらされた情報は、それなりに自信があったレアとライラの情報さえも霞《かす》ませるインパクトを持っていた。

それこそが、複数のキャラクターが寄り集まることで一個の強大なキャラクターへ転生できる、という可能性である。

このトレの森を集合場所に設定したのも、その実験を行うにあたり都合がよかったからだ。

本音を言えば今からでもひとりで始めてしまいたいくらいなのだが、さすがにそれは人としてやってはいけないだろう。約束したのがライラだけならやってしまっていたかもしれないが、ブランもいる。友達との約束を自分の欲望のためだけに破るのはよくない。姉との約束ならまあ、ギリ許されるとしても。

二人が森に集合するのは用を済ませてからなので、今しばらくは時間がある。なので今のうちにレアもやるべきことをやっておくことにした。

何かというと、レア自身の強化である。

根拠があって決めたわけではないが、まとまった額の経験値が溜《た》まったら腰を据えて強化をしようと考えていた。その目標額に達していたのだ。

「さて。では肝心の強化の方向性だけど」

能力値が低いうちは直接能力値に経験値を振った方が効率がいいのだが、能力値が高くなってくると割合でステータスアップするようなパッシブスキルを取得していった方が効率が良くなってくる。『STR《筋力》アップI』などのスキルのことだ。

しかしそれらのブーストスキルは『眷属《けんぞく》強化』などのスキルにおいて「主君の能力値」としてはカウントされない。全体の戦力の底上げを考えた場合、多少コストがかかったとしても、管理職クラスについては直接能力値を弄《いじ》った方が効果が見込めることになる。

レア自身については、配下のための強化もあるが、本体の戦闘力も疎《おろそ》かにはできない。なのでここは能力値の強化に加えブースト系のスキルも取得しておく。

レアと直接戦えるまでに成長したプレイヤーなら間違いなくブースト系のスキルを取得するだろうし、そうなった場合押し負けないとも限らない。

能力値やブースト系のスキルが終われば、次はそれ以外のスキルだ。

まずは名前から言って魔王の種族限定スキルであろうものを確認する。

『魔の理《ことわり》』は『魔眼』と同様、オン・オフができる切換え型パッシブスキルと言えるタイプだ。あらゆる魔法系スキルの判定と効果に大きなボーナスがつく。ただし発動中は全ての魔法系スキルの消費ＭＰ《マナポイント》が大幅に増える。

効果の説明欄に「さらなる魔の理を解することにより〜」などとあることから、アンロック条件は魔王が一定数以上の魔法スキルを取得するとかＩＮＴの数値が一定以上とかそんなところだろう。デメリットはないので取得しておく。

そして『魔の理』を取得すると、今度は『魔の鎧《よろい》』、『魔の盾』、『魔の剣』がアンロックされた。言うまでもなく『魔の理』の取得によって開放されたスキルだ。他の条件もあるのかもしれないが、もうわからない。

『魔の鎧』も『魔の理』と同様の切換え型パッシブスキルだった。オンにした状態では、自身に対するあらゆる攻撃から身を守るとある。具体的にはダメージ軽減効果だ。ただし軽減したダメージ量に相当したＭＰが減る。そして軽減率の調整はできず、発動中はすべてのダメージを自動的に可能な限りカットしてしまう。

「言いかえれば、受けたダメージをＭＰで肩代わりするスキルということかな」

死ににくくなるという意味では効果は大きい。

しかしレアが本体でする行動のほとんどはＭＰ消費を伴うものだ。あまりＭＰが減ってしまっては取れる手段が限定されることになる。

常時発動させているというわけにはいかないだろう。使いどころを見極める必要がある。

付け加えるならば、ＬＰ《ライフポイント》回復に必要なコストとＭＰ回復に必要なコストでは、前者の方がはるかに少ない事情もある。

ＬＰのためにＭＰを減らすというだけなら、普通にダメージを受けた後『治療』か『回復魔法』で癒した方がコストは安い。ＬＰ：ＭＰの一：一交換では割に合わないのだ。もっとも、死んでしまっては元も子もないので回復するだけの余裕がない時ならば選択の余地は無いが。

次の『魔の盾』は魔力による不可視の盾を生み出すスキルだった。生み出した盾は破壊されるまで維持されたままになるらしい。盾には固有のＬＰが設定されており、そのＬＰがなくなるまでは破壊されない。発動に必要なＭＰは決まっていないが、この時消費したＭＰと同じだけのＬＰを持った盾が生み出される。

同時に生み出せる盾の枚数は「魔の」と名のつくスキルの保有数と同じであり、『魔の理』『魔の鎧』『魔の盾』『魔の剣』を取得した現在なら四枚だ。『魔眼』はカウントされないようだった。

要約すれば、ストックしておける『魔の鎧』といったところだろうか。ＭＰとＬＰの回復コストの差を考えるとコストパフォーマンスはよくないが、ＭＰに余裕がある時に作製すればそれほど負担にはならない。こちらは非常に有用なため、常時生みだして浮かべておけばいいだろう。

最後の『魔の剣』はアクティブスキルで、魔力による武器を生み出すスキルだ。発動中はＭＰが一定値減ったままになり、生みだした武器が消滅すると元に戻る。

生みだした武器の性能は発動時に消費するＭＰ量に依存し、多くつぎ込めばそれだけ強力なものになる。しかし武器が存在している間はその消費したＭＰが一切回復しないことを思えば、それほど有効な手段とは思えない。前述の通り、ＭＰが制限されることは行動が制限されることと同義であり、『魔の鎧』同様使いどころに注意する必要がある。

「なんというか、これ言ってみればほとんどブーストスキルだな」

効果もコストも桁違《けたちが》いに高いが、結局のところ本質的にはブースト系のスキルと同じだ。他のものと効果は重複するため取って損になることはないが、派手さは感じないため若干拍子抜け感がある。

魔王という種族は単体での戦闘力に優れたタイプだと聞いたことがある。

こういうところがその所以《ゆえん》なのだろう。

しかしこれらのスキルのイメージからは、魔王という名が付いてはいても、どちらかといえば「魔法を操る王」というより「魔力を湯水のように使って物理で殴る王」というイメージに近いような気もする。

一応全て取得はしたが、実際に誰かと全力で戦うことになった場合、これらのスキルが役に立つかどうかはわからない。

しかしいずれにしても一度はテストをしてみる必要がある。近いうちに誰か適当な相手と戦闘を行ってみるべきだろう。

『魔の理』を取得したせいか、他のどれかのせいなのか、『魔眼』に新たにアンロックされたスキルがある。『邪眼』だ。

『邪眼』は相手に状態異常を与えるアクティブスキルだ。これはそれ自体がツリーを構成しており、最初は自失の状態異常しか与えられないが、ツリーのスキルを取得していけば与えられる状態異常の種類も増えていく。例えば『邪眼：火傷《やけど》』を取得すれば火傷の状態異常を与えられるようになる、といった具合だ。抵抗判定は発動側のＩＮＴと対象のＭＮＤ《精神力》で行われるようだ。

しかし発動コストはＬＰのため、不用意に使うのはためらわれる。

「これ、『魔眼』の追加スキルというよりは、『魔眼』を使って別のスキルをエミュレートしているかのようなツリー構成だな」

もしそうであるなら、『魔眼』と関係なく『邪眼』を取得している者がいるかもしれない。事によれば『邪眼』ツリーを極めることで『魔眼』のエミュレートをしてくるキャラクターが現れる可能性もある。

注意が必要だろう。

「うん……？」

『邪眼』を取得すると左眼《ひだりめ》が不意にむずむずした。

覚えのある感覚だ。

瞼《まぶた》の上からさわってみるが、特におかしなところはない。

ならば眼球だろう。

「くっ、左眼がうずく……」

むずむずが治まったところで、インベントリから鏡を取り出し、覗《のぞ》き込んだ。

鏡という存在を初めて見るのか、森のトレントたちもレアの上や後ろから覗き込んできた。そのせいで太陽が遮られ、よく見えない。

仕方がないので光魔法で明かりを作った。

もちろん発動キーは詠唱だ。『魔眼』の『魔法連携』でこの魔法を発動するとセルフ目潰《めつぶ》しになってしまう恐れがある。賢いレアはそのような愚かなミスは二度としないのだ。

「……紫色かな？　これは」

右眼は以前と同じく赤色だが、左眼が紫色に変色している。

「かっこいい……」

『魔法連携』発動時に瞳《ひとみ》に謎の魔法陣が現れるのは知っている。ジークが教えてくれた。『邪眼』発動時にも何か特殊なエフェクトがあるかもしれない。出来ればスキル発動時の様子も見てみたいところだが、鏡に向かって『邪眼』を発動したりして、もし自分にかかってしまったら困る。

「さて、想定よりも多めに使ってしまったけど、魔王のスキルはこのくらいかな」

それ以外のスキルと言えば、主には魔法系スキルだが、これは現時点でアンロックされているものは全て取得している。今後何らかの条件を満たすことで、あるいはアップデートなどで増えてくるかもしれないが、今できることはない。

武術系のスキルは言うまでもなく取るつもりがない。以前の教訓から『素手』ツリーだけは全て埋めたが、それ以外は取っていない。

生産系は変わらず『錬金』系統のみだ。

商人ロールプレイで重宝される交渉系のスキルもほとんど未開放だが、今後も役に立つとは考えづらい。最も効果のある交渉術といえば「暴力」であり、それなら十分間に合っている。

感覚系のスキルについては取得してもいいかもしれない。各種感覚の強化だ。

要求される経験値は序盤から取れるスキルにしては多めだが、パッシブで無条件でメリットを得られることを考えればむしろ安いとも言える。

これまでは鎧坂《よろいざか》さんに取得させていたため自分では必要性を感じなかったが、鎧坂さんが大きすぎて最近はあまり利用していない。いざという時には王都でレアのふりをしてもらう事もあるかもしれないし、これからも別行動することが多いだろう。ならばレア自身も取っておいていい。

『視覚強化』、『聴覚強化』、『嗅覚強化《きゅうかく》』を取得した。

レアが視覚を強化したところで弱視が相殺されるだけだが、無いよりいいだろう。

『触覚強化』と『味覚強化』はどうしたものか。必要だとは思えない。

「いらないかな。使い道が思いつかない」

『調理』などを取得するようなことがあれば重宝されるのだろうが、その予定はない。

「ああそうだ。せっかくだし、あれも埋めておこう」

『霊智《れいち》』スキルである。

眷属である総主教たちが取得している以上、とりたてて必要なものではないが、それ自体が何かのアンロック条件になっていないとも限らない。

総主教たちのスキル構成から、まずは『霊智』取得の条件を探っていく。

「取りたくはないけど、怪しいのは『暗示』かな」

『暗示』ツリーには『暗示』しかなかった。

しかし『暗示』を取得したところ、すぐさま『自己暗示』、『集団暗示』がアンロックされた。

『霊智』はまだ出ない。

仕方なく『自己暗示』を取得した。

『暗示』の効果は、対象の能力値をひとつ一時的に上げる、または下げるというもので、バフともデバフとも言えるスキルだ。

ただし上げるにしても下げるにしても、自動的に抵抗判定が行われる。発動側はＩＮＴで抵抗側はMND、『邪眼』と同じだ。

しかも発動するには相手に自分の姿を視認させておく必要がある。

実に使い勝手が悪いスキルだと言える。

取得するための経験値こそ少ないが、ゲームの初期には取得できるリストに載っていなかったスキルだ。能力値か他のスキルか、何かの条件を満たすことでアンロックされるスキルなのは確かだが、それだけの価値があるスキルには思えない。

次の『自己暗示』は『暗示』を自分に行う効果だった。この際は流石《さすが》に抵抗判定はないが、『暗示』に比べて上昇率も下降率も低い。気休め程度だ。

『集団暗示』は『暗示』の範囲版であり、その範囲の広さは他のスキルの比ではない。なんと視界範囲内の全てだ。ただし、この視界というのは発動者ではなく対象者のものであり、つまり『暗示』同様に発動者を視認している対象に限られるという事だ。抵抗判定の仕様も『暗示』と同様である。

こちらは『自己暗示』よりさらに数値が低く、成功したとしても気付くかどうか微妙なレベルだ。

本当に使い道が思いつかない。

しかしこのどれかが『霊智』のアンロック条件の一つだったのは間違いない。

リストに『霊智』が出現している。

『霊智』から『人智《じんち》』、『真智《しんち》』、『神智《じんち》』と取得した。

「さて、と。おお、なにか増えてるな」

『霊智』がキーだったのか、『暗示』がキーだったのか。いや、スキル名からすれば『神智』が怪しい。

『これは祝福であり呪詛《じゅそ》である』というツリーが開放され、その中の『技術は長く、人生は短い《Ars longa, vita brevis.》』というパッシブスキルがアンロックされていた。

　このスキルは一度取得するといかなる手段においても削除できず、オフにもできない。まさに呪いのようなスキルだが、ゲームのルールに関わる効果のため仕方がない。

　その効果は「ＬＰ算出において参照する能力がＶＩＴ《体力》のみになり、ＭＰ算出において参照する能力がＩＮＴとＭＮＤの合計値になる。またＭＰが足りない場合でもＭＰを必要とするスキルが使用可能になるが、不足分だけＬＰが失われる」というもの。

　言葉の意味は本来「技術を修めるには人生は短すぎるよね」という意味なのだが、スキル発動に必要なＭＰを技術、ＬＰをライフ、つまり人生に見立てた上で、「ＭＰバーは長いけどＬＰバーは短くなるよ」と言いたいのだろう。

「これは……。思わぬ副産物だ。『魔の～』スキルの価値が一気に上がったな」

　レアのビルドで言えば、ＭＰがほぼ倍になったようなものだ。ＬＰは半分になってしまったが、大した問題ではない。『魔の鎧』を常時展開しておけば、ＬＰとＭＰの区別さえなくなる。

　しかし『技術は長く、人生は短い』はオフに出来ないため、調子に乗って魔法やスキルを撃ちまくると、気づいたら瀕死《ひんし》でした、という事もありうる。

「今日のところはここまでかな」

　他にも経験値を使ってやってみたいこともあるが、そろそろ約束の時間だ。

◆◆◆

三人が再び集合した頃には日も傾き、ちょうど外でも過ごしやすい時間帯になっていた。

「……ちょっとどっから突っ込んでいいかわかんないんだけど」

「解説はしないって言ったでしょう」

合体の実験場所には世界樹の傍らを選んだ。

鬱蒼《うっそう》としたこの森の中でも、世界樹周辺には完全にトレントしかいない。以前はまばらに普通の木も生えていたのだが、世界樹やトレントが栄養を奪ってしまうためか、いつの間にか見なくなっていた。

それゆえ、世界樹の周辺ならレアの指示で自由に広場を作製することが出来る。トレントたちに一時的にどいてもらうだけで済む。

広場の外周はどいたトレントたちでみっしりと埋まり、アリ一匹通ることも出来そうにない。

解説はしないと言ったものの、実のところライラが突っ込みたいのが今目の前で広場を作ったことなのか、それとも世界樹についてか、どちらかはわからなかった。

〈この広場、他にもなにかに使えそうだ。あとで、無理なく維持できるようにトレントたちの配置場所を調整しておいてくれるかな〉

〈かしこまりました〉

世界樹にそう指示を出し、改めて実験場所を見渡した。

広場にはもう一本世界樹が植えられそうなほどのスペースがある。ここならば、大きなキャラクターでも問題なく呼べるはずだ。

「さて、何からやろうかな。まずは一番ありそうなやつから」

ヒルス王都のスケルトンたちが良いだろう。

現状ほぼ何の役にも立っていないため、まとめていなくなっても構うまい。

問題は呼び出すためには一旦《いったん》ジークをここへ呼ばなければならないということだ。王都ダンジョンのボスが不在というのも問題なので、念の為《ため》スガルに留守番を頼んでおく。いざという時の対応力が最も高いのはスガルだ。

「――四天王が一人悲嘆のジーク、罷《まか》り越しました、陛下」

「ご苦労さま。何、人前だとカッコつけるって決まってるの君たち」

「え？　四天王って何？　そんなんあんの？」

「何を隠そうわたしも四天王の一人なんすよ！」

「そうなの!?　え？　私は？」

「相談役です！」

「もう決まってんのかよ！　しかも相談役!?　私だけ外部顧問感！」

「んふっ」

そういえば、ブランとそんな話をしたことがあった。

まったく想像通りの反応である。珍しく出し抜けたという感じがして実に愉快な気分だ。

「じゃあジーク。王都のスケルトンを何体か……。あー面倒だし全部呼んでくれるかな。どうせ使

っていないでしょう？」

ジークに呼び出されたスケルトンナイトたちが広場に整列する。

こうして見るとかなりの数だ。数百は居るだろうか。

しかし。

「……冷静に考えたら少ないね。カーナイトならもっといるし、あの広い王都を防衛するとなると焼け石に水だ」

あそこへ来るほどのプレイヤー相手には鎧袖一触《がいしゅういっしょく》に屠《ほふ》られてしまうことも考えればなおさらだ。

「そうかなぁ。多分小さい街なら余裕で滅ぶと思うんだけど」

「小さくない街だと一人でこれ全部殺し切るような奴《やつ》もいたりするからね」

ブランの言葉にもライラの言葉にも一理ある。個人の戦闘力に大きく差があるゲーム世界においては仕方の無いことだ。

「で、いっぺんに転生させたっていうのは具体的にどうやったの？」

「わたしの血をこう、指先からペロペロって全部のコウモリに舐《な》めさせたの。九匹全部やって、そしたら同時に変化が起こって三人のモルモンになってたってわけ」

だとすれば、ある意味ではやはり吸血鬼の血による独特の効果であるとも言える。賢者の石は使用すると毎回決まった反応になるため、少しずつ全員にというわけにはいかない。

「『哲学者の卵』……には確かアイテムしか入れたこと無かったかな。あれって生きたキャラクターって入れられるのかな」

とにかくやってみればいい。

ＭＰ総量は以前とは比べ物にならない。『哲学者の卵』を無駄撃ちしたところで痛くも痒《かゆ》くもない。

「『哲学者の卵』発動。よし、スケルトンのみんなはこれに入ってくれ」

「入るったって、ガラスの卵じゃん。どうやって入――うお入った！　なにこれすげー！」

「ちょっと黙ってようかブランちゃん」

水晶の卵はいつかのように、近づいたスケルトンナイトを飲み込むように口を開け、その中に収容した。開いた口はすぐに元通りにつるりとふさがってしまい、飲み込む前から変化はない。

内部に浮かぶスケルトンは意識をなくしたようにだらりとしている。機能停止状態ということだろうか。もっと普通の、生命力のある種族だとどのようになるのか気になるところだ。

「何かよくわからないけどいけそうだ。よし次」

『哲学者の卵』はそれからも次々とスケルトンたちを飲み込んでいった。

卵はそのたびに少しずつ大きくなり、また追加でＭＰが消費されていく。一〇体を飲み込んだころには直径で五メートルを超えているのではというほどになっていた。

しかしそれ以上はスケルトンが近付いても口を開こうとはしない。どうやら一〇体が限界のようだ。

「ふむ。これだけか。よし、まずは『アタノール』だ」

レアがスキルを発動すると、卵の真下に黄金のランプが現れ、水晶の卵を熱し始めた。

ところがしばらく待ってみても、卵の中身に変化はない。依然としてスケルトン一〇体がだらりと浮かんでいるだけだ。単にスケルトンの群れを火にくべているようにしか見えない。

「……こんな光景なんかの映像で見たことあるような。あ思い出した。人形供養ってやつだ」

「……ブランちゃん、しっ」

何かが足りないために反応が進まないということだろうか。

「ううん、じゃあこれも」

インベントリから賢者の石を取り出し、卵に近づけた。

スケルトンは一〇体以上はいくら近づけても飲み込まなかった卵だが、賢者の石を近づけると穴があき、取り込んだ。

これで正解だったらしい。賢者の石を取り込んだ卵の中身は、すべてが虹色《にじいろ》に溶け、ぐるぐると渦を巻き始めた。

「お、よさそうだ。『大いなる業』発動!」

現在のレアのMP総量から言えば大したことはないが、それでも上位の魔法よりかなり多いMPが失われる。

卵は強く金色の光を放ち、中を窺《うかが》う事は全く出来ない。

レアは目を閉じ魔眼で確認しているが、マナが渦巻いており何も見えないことに変わりはない。ついでに先ほど『鑑定』のために取得した『真眼《しんがん》』も使用してみるが、どうやらLPが多そうな色をしているという事以外よくわからない。

《眷属《けんぞく》が経験値二〇〇を求めています》

うまくいったのは単なる融合だけではないらしい。

このアナウンスには覚えがある。スガルに女王を生みださせる時にときおり来るメッセージ。眷属の持つ経験値がスキルの発動に足りない時に送られてくるものだ。

今はジークが何かスキルを使っているわけではないし、ジーク自身も経験値を必要としている自覚もないだろうが、ＮＰＣの持つ眷属の転生は本来許可がなくても自動的に進むため、結果として請求書だけがレアのところに回ってきた、ということだろう。

ジークを介して経験値三〇〇を卵に振り込む。

すると『真眼』による視界が急に像を結び、巨大なひとつの人影となって動き始めた。

「あ、離れた方がいいかも」

レアの注意を受け、その場に居た全員が何歩か下がって、それからすぐ。

卵の中の人影は、その腕を伸ばして内側から卵を割り、這《は》い出すようにして地面に降り立った。

卵が割れた時点で光もおさまっており、その姿は肉眼でも『魔眼』でも確認が可能だった。

割れた卵は光のように辺りに降り注ぎ、先ほどまでライラ達が見学していた場所にも散らばっている。

地面に落ちた水晶の殻はすぐに溶けるように消えてしまったが、巨大な人影は消えない。

それはまさしく巨人の骸骨《がいこつ》とも言える姿だった。

全長は一〇メートルは無いだろうが、五メートルはゆうに越えている。卵の中では膝《ひざ》でも抱えていたらしい。

ニホンの戦国時代のような鎧《よろい》を身につけ、堂々たる姿で佇《たたず》んでいる。

「ええと、武者髑髏《むしゃどくろ》、か。もしかして使用したのがスケルトンじゃなくてスケルトンナイトだったから、上位の魔物が生まれたのかな」

「レアちゃんは何ができると思ってたの？　がしゃどくろ？　がしゃどくろが生まれたのは昭和の中期くらいって聞いたことあるから、最初からデータとして存在してない可能性もあるよ」

「そうなんだ。でもそれにしては明らかにがしゃどくろを前提とした姿と名前だよね。

まあ、とりあえず成功という事でいいかな」

「──す」

「ああ、ブラン。きみの情報のおかげで戦力強化ができそうだ。ありが──」

「すげー！　でけー！　ヤベーイ！

これさ、これ、うちの子たちでもできるかな⁉　クリムゾンたち！」

ブランは興奮している。

鎧坂さんにも興味津々だった事だし、巨大な何かが好きなのかもしれない。

まあその気持ちはレアにもわからないでもない。

「ブランのところの子たちか。どうなんだろう。今やったのは『錬金』の秘奥クラスのスキルなんだけど、単にアイテムの代わりに魔物を突っ込んでみただけだからね。それがわたしの支配下の魔物でしか無理なのかどうかはやってみないとわからないな。

でも普通のアイテムであれば所有権なんて設定されてないだろうし、やってやれないことはないんじゃないかな」

「よしやろう！　すぐやろう！　今から呼ぶね！」

「……結局ほとんど解説してくれてんじゃん。お姉ちゃんそういうとこ好きだなー」

◆◆◆

「呼ぶのはいいけど、防衛に穴ができないようにね」

念のため、ディアスとクイーンビートルにも注意するよう指示しておく。

そして広場に赤いスケルトンが三〇体召喚された。

とげとげしい竜の牙《ドラゴントゥース》の三体も一緒だ。この三体はすでに十分強そうで、余計な事はする必要がないように思えるが、レアがとやかく言うことでもない。

合体で余ったジークのスケルトンナイトたちが気圧《けお》されるように一歩下がっている。スケルトンナイトよりスパルトイの方が格上らしい。

「よっしゃ、じゃあやってみよ！　レアちゃん早く卵産んでよ！」

「ブランちゃん言い方！」

「……まあいいけど。『哲学者の卵』」

大きな水晶の卵が現れるや否や、ブランがスパルトイ達に指示する。

「よっしゃみんなつっこめー！」

「え、みんな？」

ブランの指示に忠実に従い、三〇体のスパルトイ達が哲学者の卵へ群がっていった。

卵は次々と赤い骨を飲み込んでいき、卵の中では先ほど同様脱力したスパルトイたちが浮かんでいる。

「……レアちゃんレミングっていうネズミ知ってる？」

「……今同じこと考えてたよ。

ていうか、止まらないな？　もうとっくに一〇体超えてると思うんだけど。やはり種族によって
レシピが違うのか」

すべてのスパルトイを飲み込んだ水晶の卵は、先ほどのスケルトン達の時とは比べ物にならない
ほど大きく膨らんでいる。

もしかしたら火山エリアでテイムしたウルルに匹敵するかもしれない大きさだ。

「ん？　すべての……？　ねえブラン、竜の牙は？」

「え？　あれ？　どっか行っちゃった？」

「どっか行っちゃったとしたら行先はひとつしかないよね」

スパルトイたちと共に卵の中だ。

「いいの？　まあ、入《はい》れたってことは融合するには問題ないってことなんだろうけど」

余計な分は入《はい》れないだろうことはスケルトンの一件でわかっている。

「できそうってことは、やれってことだよ多分！　このままやっちゃって！」

ブランはテンションが振りきれて、冷静な判断力を失っている。

しかしレアとしても正直なところ興味があるし、今止めれば『哲学者の卵』分のＭＰはまるっと
無駄になってしまう。消費ＭＰが卵のサイズに依存するのか、融合素材の数に依存するのか不明だ
が、今の時点で武者髑髏の時よりだいぶ多い。

「んじゃあ賢者の石を」

「あ！　そこはわたしの血を使ってよ！」

ブランが指を噛《か》み切《き》り、そして傷つけた指先を卵に近づけた。

「ぉぉおおおお？　吸われる吸われる吸われる！」

小さな傷とは思えないほどブランの指から血が流れ出し、そのすべてが卵に吸い取られていく。

それに伴って『真眼』で見えるブランの光がどんどん薄くなっていった。

「あこれヤバいやつだ！　『中回復《ミドル・ヒール》』！」

「追いついてなくない!?　『大回復《ハイ・ヒール》』！」

ライラとふたりで覚えている限りの『回復魔法』を放ち、それでも足りずに最後は交互に『治療』を使って、何とか失血死だけは免れた。ブランの素のＬＰなら五回は死亡していただろう。

へたり込むブランにポーションを渡し、卵を見てみる。

卵の中は赤黒く染まり、どうなっているのかまったくわからない。

「……これ続けてもいいのかな。絶対ヤバいよね」

「ここでやめたらいろいろ無駄になっちゃうけど。回復に使った私のＭＰとか」

「……や、やってください！」

「まあ、ブランがいいなら。『アタノール』」

金色のランプに炙《あぶ》られ、赤黒い何かも鮮やかな虹色に光り始めた。

「あ、よかった。ここからはいつも通りみたいだ。『大いなる業《スバルトイ》』」

《『大いなる業』は実行できません。対象の竜の牙、蒔かれた者は別のキャラクターにテイムされています》

《処理を進めるにはテイムしているキャラクターの許可が必要です》

「あ」

「あ」

声が重なった。ブランの方にもメッセージが行っているようだ。

「許可しまーす！　支払いまーす！」

《処理を再開します》

「なるほどこうなるのか。まあ、特に他で活用できる情報でもないけど」

「え、何が？」

「解説はしません」

ライラを冷たくあしらった。

そして現在のレアをして、ＬＰに食い込むほどのＭＰが消費された。足りたから良かったが、危うくポカミスで死ぬところだった。ブランの事を笑えない。これが終わったらＭＰポーションを飲む必要がある。

先ほど同様『真眼』による視界では、巨大なひとつのＬＰを持つ何者かが光の中でうごめいて外に出ようとしている。

しかしその姿は武者髑髏とは比べ物にならないほど大きく、また光の色からＬＰの最大値も相当多いだろう事がわかる。

レアよりも深い色をしている。

つまりこの魔物は、魔王であるレアを超えるＬＰを保有しているという事だ。

「生み出しちゃって大丈夫なのかこれ……」

レアのＬＰが通常のビルドより半減していることを差し引いても驚異的な数値だ。

ライラも同じものを見ているようで、先ほどよりさらに離れた所にいる。

やがて光の中から、何かが水晶を噛み砕きながら現れた。

赤黒い骨の身体《からだ》を持つ、三つ首のドラゴンだ。

その体躯《たいく》は、先程までの水晶の卵の大きさとほとんど変わっていない。

つまりウルル並の大きさということだ。

そして周囲に淀《よど》んだ空気がたちこめてきた。

「⁉」

「やば⁉」

「すっ……っげー！　かっこいー！　超ヤベーイ！　何これ！　ドラゴンじゃん！」

ブランは無邪気に喜んでいるが、レアはそれどころではなかった。

三つ首の骨竜が現れてからこっち、どうやら何らかのダメージを受けているようなのだ。

このじりじりとした減り方は直射日光を浴びた時に似ているが、傾いた太陽の光はトレントたちに遮られ、広場まで届いていない。つまり原因は日光ではない。

この程度のスリップダメージなら自然回復分で相殺できる。大した問題ではない。が、レアがダメージを受けているという事は、このスリップダメージは『魔の盾』をすり抜けたということだろうか。

いや、見れば四枚の『魔の盾』のＬＰもじりじりと減ってきている。範囲や空間に作用するスリップダメージということか。

こちらには自然回復がないため、減ったらそのままだ。また盾のＬＰは回復させることができない。完全な状態の盾に戻したければ、一度破壊して作り直すしかない。

通常の攻撃であれば『魔の盾』で防ぐことによってダメージを盾に肩代わりさせることができるが、このように空間全体に作用するタイプの範囲攻撃は『魔の盾』で防ぐことは出来ないようだ。

つまりこのスリップダメージは現在のレアにとって非常に効果的な嫌がらせと言える。

早速実証できたのは幸運だったが、初めて作製した『魔の盾』が意味もなくキズものにされてしまったのは残念な気持ちになった。

見渡してみると、ブランやジーク、スケルトンたちは平気そうだが、ライラは苦しみながら遠ざかっていた。

「何だろうこの差は……あ、ノーダメージなのはアンデッド組か。じゃあ範囲内の生者の生命力を奪う的な効果かな」

間違いなくこの三つ首の骨竜の仕業だろう。

「『鑑定』。えっと、スケリェットギドラ……かな？

スリップダメージはこのパッシブスキルの『死の芳香』とかいうやつのせいか。死ぬほど臭いってこと？」

「言いがかりはやめてよ！　全然臭わないし！　こんなにかっこいいのに臭うわけないじゃん！」

ブランが何も感じないのは種族特性か、あるいは主君だからだろう。もっとも実際に何かが臭うわけではなく、言うなれば空気が死んでいるという感じだ。

それにしても、ギドラに『鑑定』を発動したとき、こちらを気にするようなそぶりはなかった。抵抗判定の結果通知はシステムメッセージであるため、NPCには聞こえないということだろう。状態異常を与えるような行動に対してならば、メッセージが聞こえなくても何かされているということはわかるのだろうが、こういった対象に何も変化を起こさないスキルの場合、反応したかどうかでNPCかどうかを推し量ることができるということだ。

これは大きい。

スケリェットギドラのLPは驚くべきことにレアの四倍ほどあった。『技術は長く、人生は短い《Ars longa, vita brevis.》』を取得していなかったとしてもダブルスコアをつけられている。

それ以外の能力値に関してはまったく及ばないようだが、それでもレアの配下の者たちと比べてもかなり強いほうに入るだろう。総評すればウルル級だろうか。

ウルルは地上戦ならレアでも手こずりそうなレイドボスだったことを考えれば、このギドラの危険度もわかろうというものだ。しかもこのギドラは空を飛ぶらしい。ウルルに対してやったような、上空からの一方的な攻撃という戦法は使えない。

スキルも見たことのないものばかりで実に興味深い。もっとも大半が種族専用スキルのようで、別の種族で再現可能なものに大したものはない。汎用的《はんよう》なものは『天駆《てんく》』くらいだろうか。

この巨体で『天駆』が使えるというのは恐ろしい限りだが、それとは別に『飛翔《ひしょう》』もある。翼は骨組しかないように見えるが、いつも通りのマジカルなアレだろう。

「この『死の芳香』ってスキルはオフに出来ないの？　わたしのLPも減っているし、うちの世界樹にもダメージ入ってるし、オフにできるならオフにしてもらいたいんだけど」

「おっと、すんません。どうかな？　……できるみたい！」

ダメージを受け続ける不快な感覚が消え、こころなしかあたりの空気も澄んできたように思える。

ライラが走って戻ってきた。

「……はぁ、はぁ。やばい奴来たね。鑑定したけど種族名しか見えなかったよ。その時点でブランちゃんより格上なのは確実だけど、言うこと聞くの？」

「……はっ！　そうだった！　言うこと聞かなかったらどうしよう！」

「いや、聞いてたじゃない。今」

これまでＮＰＣの民間の噂《うわさ》でならばドラゴンの話も出ていたが、骨とはいえこの目で見られるとは感慨深い。

ぜひレアも手に入れたいが、アンデッド系の眷属《けんぞく》はともかく、トレントや蟲《むし》たちとは相性が悪そうだ。

どうせなら新鮮というか、生きているドラゴンを飼ってみたい。

「もとはリザードマンスケルトンだっけ？　じゃあ普通のリザードマンをたくさん捕まえて融合させたら生きたドラゴン出来るのかな？」

「蒔かれた者《スパルトイ》も竜の牙だか骨だかから作られてるって伝説だし、竜の牙《ドラゴントゥース》なんてまんまだし、出来るとしても何回か転生させてドラゴンに近づけてやる必要がありそうだよね」

「ライラもやりたいの？」

「そりゃそうだよ。我が国には守護竜がついているのだ！　とか超ハッタリ利きそうだし」

現実でもドラゴンの伝説をもとにした国旗が存在しているくらいだし、確かに説得力がある。

レアもどうせやるのなら、魔王的な要素も付け加えてオンリーワンのペットを生みだしてみたいところだが、そんなバリエーションが用意されているのかわからないし、その前にリザードマンがいない。

「リザードマンでなくても、トカゲ系の魔物なら転生させまくれば近い事はできそうではあるよね。じゃあこれからそれ系の魔物の生息地を見つけたら優先的に教え合うということで」

「そうしよう」

「いやー。でも王城でやんなくてよかったよ。もし中庭なんかでやってたら今頃大惨事だ」

王城は倒壊し、多くの死者を出す未曽有《みぞう》の大災害になったことだろう。

生き残った人々も『死の芳香』でじわじわと命を削られ、最終的にどれほどの被害が出ることになっていたか想像もつかない。

下手をすれば、革命によって政権交代したオーラル王国が一夜にして滅亡、なんてスレッドが立つような事態にもなりかねなかったところだ。

「――よし決めた！　君の名前はバーガンディだ！」

「あ、名前新しくつけるんだ。首三つあるし、てっきりさっきの竜の牙の子たちかと」

「え？　そうなの？」

ブランの問いに、三つの首が頷《うなず》いた。

どうやら真ん中の首がクリムゾン、右の首がスカーレット、左の首がヴァーミリオン、という名前だったらしい。

結局ブランは首だけを呼ぶ時は以前の名で呼び、本体というか全体を呼ぶ時はバーガンディと呼ぶ事にしたようだ。

『鑑定』では名前はバーガンディと表示されており、首ごとにそれぞれ名前が付いていることも記載されている。意外と細かい。もしかしたら他にもそういう事例があって、身体の部位で別々に名前が付いている魔物でもいるのかもしれない。

「さて、落ち着いたのなら次はゾンビかな。さくさくいこう」


融合実験に使用するゾンビは、まずはレアの配下からだ。正確にはジークの配下だが、スケルトンと同じく王都で暇を持て余している者たちである。

ゾンビはスケルトンよりも弱いため、本来まっさきに実験に使うべきではあったのだが、彼らは転生させてやれば人間に近い仕事が行えるようになる。ジークの地道な作業によってすでに半分ほどはレヴナントに転生し、王城の各所で働いていた。それならそれでもいいかと考えていたためスケルトンを優先したのだ。

しかし追加で経験値を必要としただけあり、融合モンスターの武者髑髏《むしゃどくろ》は強力なユニットだ。アリの女王級より強い。

それであれば、残ったゾンビを使い同格の魔物が生み出せれば大幅な戦力強化につながる。

「普通のゾンビ一〇体でフレッシュゴーレム、レヴナント一〇体でジャイアントコープスか」

「スクワイア・ゾンビでもフレッシュゴーレムになっちゃうんだね」

スクワイア・ゾンビは吸血鬼への転生ルートがアンロックされている点以外は通常のゾンビと変わりがないようだ。

　また、ひとたびフレッシュゴーレムに融合してしまうと吸血鬼の情報も失われてしまうようで、元スクワイア・ゾンビのフレッシュゴーレムにブランが血を与えてもジャイアントコープスにしか転生できなかった。残念ながら巨大吸血鬼へのルートはないということだ。

　いずれにしてもゾンビ一〇体よりもフレッシュゴーレムの方が強力であり、レヴナント一〇体よりもジャイアントコープスの方が強力であるため、呼んだ分は全てまとめてしまった。王都にはまだゾンビたちが多数いるが、ここに全ては呼べないので後回しだ。

　さらにジャイアントコープス一〇体で何か造れないか試してみたが、卵に近づけても何の変化も起こらなかったため失敗に終わった。

　これは武者髑髏でも同様で、巨大ユニットから超巨大ユニットを生み出すのは無理なようだ。

「で、次はどうするの？」

「そうだね。無理な時はそもそも卵に入らないってわかったし、試すだけならデメリットは無さそうだ。だったら次は鎧坂《よろいざか》さんと剣崎《けんざき》たちかな。魔法生物である彼女たちなら、何か出来る可能性は高そうだ」

「ていうか、なんでライラさんが仕切ってるの？　帰らないんですか？」

「え、ひどくない？」

　帰れとまでは思わないが、確かにライラはもう居てもすることがない。

「暇なの？」

「暇ってことはないけど。まあ現状やることは全部やってあるし、結果待ちなところもあるからね。いいじゃん別に居ても。え？　だめなの？」

「ダメとかじゃ全然ないっすよ！　ただ純粋になんで居るのかなって」

「……いちばん効くわそういうのが」

「じゃあ、ミスリルちょうだい。どうせ調理器具にしか使ってないなら、まだ余っているでしょう？」

「じゃあって何だよ。まあ余ってるのは確かだけど。レアちゃん知らないかもしれないけど、あれ市場価格だと結構するんだよ。滅多に流通しないからっていうこともあるけど」

「——ライラ。物の価値っていうのはね、その時、その場所によって流動的に変化していくものなんだよ。この世に普遍的な価値のある物なんて存在しないんだ。

であるならば、そう、今この瞬間にライラ自身が必要としているかどうかこそが何よりも雄弁にその物の価値を語っているんだよ」

「え、今私けっこう高いって言ったよね？」

「その前に余ってるって言ったじゃない。ならおくれよ」

「そういうところさ、なんていうか末っ子だよね。まあ、いいけど」

「……レアちゃんに甘いなーこの人……」

ミスリル、ゲットだ。

王都から鎧坂さんを呼び寄せた。

かわりに武者髑髏やジャイアントコープスたちを下がらせたいが、王都に戻すというわけにもいかない。下手に戻して王都の難易度が☆5になってしまっても困る。

とりあえずジークを一旦《いったん》リーベ大森林へ行かせ、巨大アンデッド達はそのそばの草原に待機させせておくことにした。

そのままだと日が昇った時にアンデッド達の健康に良くないので、リーベに待機している女王に連絡して草原の地下に空洞を掘るよう指示しておくのも忘れない。地下格納庫というやつだ。

ブラン配下のフレッシュゴーレムやジャイアントコープスがまだ残っているが、検証目的で生み出した数体だけだ。このくらいなら端に寄ってもらっておけば邪魔にはなるまい。

「じゃあ、さっそく試してみよう。『哲学者の卵』」

鎧坂さんを促すが、卵は反応しない。

肩の剣崎たちを外させてみたが変わらなかった。

鎧坂さんや剣崎たちは融合素材にならないということらしい。魔法生物だからといって、気軽に融合出来るというものでも無いようだ。

「……残念だけど、今回は諦《あきら》めよう。さて、じゃあ次は――」

しかし鎧坂さんたちがたまたま融合できないだけかもしれない。レアから見ても、鎧坂さんたちは特殊だ。もっと普通というか、一般的な魔法生物で検証してみる必要がある。

となればアダマン隊かカーナイト隊、あるいはロックゴーレムか。

「ねえレアちゃん？　使わないならミスリル返して？」

「これから使うって！　『召喚：ロックゴーレム』」

通常サイズのロックゴーレムを一体喚《よ》び出し、卵に入れた。こちらはすんなりと飲み込まれていく。

続いてライラから徴発したミスリルを投入し、『アタノール』の火にくべる。

そして賢者の石を飲み込ませれば、いつもの美しい虹色《にじいろ》模様だ。

「よかった。ゴーレムはいけそうだ。『大いなる業』」

入れたミスリルインゴットは一本のみだが、問題なく処理は進行した。

やがて水晶を砕いて現れたのは、白銀に輝く堂々たる岩の戦士だった。ゴーレムの姿そのままに、全身が白銀に輝いている。鉱石で出来ているというより、単にミスリルをわざわざ岩の形に成形したかのような、自然な形状で不自然な輝きをしていた。

「ちっさ！　なにこれ！　可愛《かわい》いな！」

ライラが指をさして笑うが、無理もない。

姿はゴーレムそのままなのだが、サイズがずいぶん小さくなっていた。レアの腰くらいまでしかない。

投入したミスリルよりは大型化しているが、もともとのゴーレムのサイズよりも相当小型化している。ロックゴーレムを構成していた岩はどこに消えたのだろう。

『鑑定』によると、この小さな戦士の種族名は「ミスリルゴーレム」となっている。ゴーレムということならば問題ない。経験値をつぎ込んでやれば勝手に大型化するはずだ。

この小さなサイズでさえロックゴーレムと比べ全体的に能力値が高くなっていて、INTとMNDの数値が特に高い。見た目にそぐわないが、ミスリルの魔法親和性が高いという金属特性がここに表れているのだろう。

AGI《素早さ》はゴーレムらしく低めだし、魔法砲台として運用するのがよさそうだ。武者髑髏やジャイアントコープスの代わりに王都へ連れ帰り、防衛兵器として使うのもいい。

ライラが持っていたミスリルインゴットは全てミスリルゴーレムに変えた。

次はある意味本命だ。十分に場所を空け、ウルルを『召喚』した。

すぐそばに世界樹がそびえ立っており、スケリェットギドラもいるためそれほど大きく見えないが、これはおそらくサイズ感が麻痺《まひ》しているだけだ。

「これが王城サイズってやつ？　さすがに王城の方が大きいと思うけど。でもこんなのどこにいたの？」

「火山のふもと」

もはや慣れた作業で水晶の卵にウルルをおさめ、アタノールの火にくべた。

インベントリに残っているアダマス――これがアダマン何たらの正式名称らしい。鑑定によって判明した――をありったけ放り込む。以前にヒルス王都で回収した残りだ。当面必要な分はリフレの職人街に渡してあるため、レアが持っているのは本当に余剰分である。

その大きさゆえに追加ＭＰもスケリェットギドラ並に消費したが、問題なく工程は進んだ。

オンリーワンであり、名前付きの配下でもある。ここは奮発して賢者の石グレートを使用することにした。アイテムをケチって小型化されても困る。

さらにブランの真似《まね》をして、レアの血を混ぜてみた。

例によって勢いよく吸われていったが、命の危険を感じるほどでもない。これはダメージではなくコストと認識されているようで、『魔の鎧』発動中でもＬＰの方から徴収されていった。

「『大いなる業』、発動」

《眷属が転生条件を満たしました》

《「エルダーアダマンゴーレム」への転生を許可しますか？》

《あなたの経験値一五〇〇を消費し「アダマンタロス」への転生を許可しますか？》

当然選択するのは「アダマンタロス」だ。

消費される経験値からすると、どうやら災厄級の魔物らしい。

やがて水晶を砕き、ウルルが再誕した。

「……なに、これ」

現れたウルルの威容を仰ぎ見て、ライラが呆然《ぼうぜん》と呟《つぶや》いた。

ライラのそんな姿を見るのは非常に稀《まれ》な事だ。

レアは少しだけ、得意な気持ちになった。

「種族も視《み》えないの？　アダマンタロスだって」

それはまるで、古代ギリシャ神殿が人の形をとったかのような姿だった。

手足は神殿の柱のようなデザインで、胸部はそのまま神殿の形だ。

神殿の内部には赤く光る水晶が安置されているのが見える。

頭部も短い柱で出来ており、真ん中には横に切れ目が入っている。おそらくあそこに目があるのだろう。

そしてそのすべてが黒い金属光沢で覆われていた。

「タロスって、神話だと青銅製の自動人形とかじゃなかった？　アダマンタロスって、アダマンでできたタロスってこと？　そんなのアリなの？」

「見ての通りだよ。しかしタロスという事は、あの胸の奥の赤い光は神の血ということになるのかな。つまり、ウルル再誕のために血を提供したわたしは逆説的に神だということになるね。崇《あが》めてもいいよ」

「レアちゃんが神かどうかはともかく、あれが弱点なのは確かだろうね。伝説じゃ、胴体にある血管を破壊されたタロスは失血死したってなってるし」

「踵《かかと》の釘《くぎ》を抜かれたら、じゃなかった？」

「すげー！　ねねね、ウチのバーガンディと戦ってみない？」

「……どこでさ」

「え？　やるの？　やめときなよ、ぜったいロクなことにならないよ」

ブラン以外の全員の反対にあい、さすがに怪獣大決戦は見送られた。

《災害生物「アダマンタロス」が誕生しました》

《「アダマンタロス」はすでに既存勢力の支配下にあるため、規定のメッセージの発信はキャンセルされました》

せっかく『神智』を取得したのだが、メッセージがキャンセルされてしまったために検証することができなかった。

しかし「特定」とついていないということは、アダマンタロスは正道のレイドボスということになる。アダマンタロスとは、アダマンゴーレムから順調に転生していけばいずれ至れる種族なのかもしれない。

「アダマスを使ったからアダマンタロスになったということか。仮にミスリルを使っていればミスリルタロスで、青銅を使っていればただのタロスになったのかな」

「てことは金を使えばキンタロ――」

「ストップブランちゃん！」

「……クリソタロスでしょ。ギリシャ語だったら」

他に、アダマス以上の金属もゲーム的には存在しているに違いない。

であればアダマンタロスを超える性能のタロスもどこかには居るかもしれない。

見たところ寿命のなさそうな魔法生物のようだし、人類の誰も気がつかないままどこかに、それこそこの大陸の地下やらに埋まっていたとしてもおかしくはない。

「次は？　次は何をやるの？」

「ていうかライラは本当にいつ帰るの？」

「どうせ帰りは一瞬なんだから、別にいいじゃん！」

「まあいいけど。次はアダマン隊かなぁ。前回ヒルスの騎士と戦わせた時、割と危なかったんだよね。今は装備もアダマス製のものに換装してあるから、多少マシになってるとは思うけど」

ラコリーヌにいた討伐隊とやらの一般兵士はほとんどが砲撃で死亡してしまったが、あれを生き延び、アダマン小隊と戦闘をした騎士たちは強かった。

あのクラスが旧ヒルス王国の最上級の騎士だったと考えてよいだろう。

ヒューマンがメインであるヒルス王国の軍は、どちらかと言えば質よりも数を頼みにしている国家であると言える。

ならば違う種族が治める国は、もっと強力な騎士を擁している可能性がある。現状の戦闘力では心もとない。

しかしこれも、鎧坂《よろいざか》さん同様に水晶の卵が飲み込むことはなかった。

彼らの強化は一体一体賢者の石で行うしかなさそうだ。


結局、今回合体出来たのはアンデッド系だけだった。

ゴーレム系はまだ可能性としてはありうるが、火山にもうあまりゴーレムが残っていない。

放っておけば増えてくるだろうし、ある程度増えてからまた捕まえに行けばよい。

望みの金属と大量のＭＰがあれば好きなゴーレムを作製できそうではあるため、ベースとなるロックゴーレムさえ押さえておけば他は必要ない。火山のものだけで十分だ。

次回のお茶会の予定は立ててはいないが、場所だけはリフレの街に決まっている。誰かに何かの用事が出来れば招集されるだろう。

あのスケリェットギドラはどうするのかと思っていたが、ブランは普通に連れて帰ったようだ。

あんなもの、領主館には入らないだろうし、街に放しでもしたら大惨事だ。


後日確認したら案の定、エルンタールの難易度が☆５になっていた。

あの街も災厄と関係があると考えられているようで、ＳＮＳではレアのせいにされていた。別にいいのだが。

第二章　ウルル・インパクト

ポートリー王国。

大陸南部に位置するこの国は、一年を通して温暖な気候の過ごしやすい地域である。

土壌は硬めで、大地は起伏が大きいために耕作地には向かないが、国土のほとんどが森林であることもあり、温暖な気候を生かした果樹園などが多く見られる。

国民の九割以上を占めるエルフたちの主食はこの果樹園からとれる果実である。

しかしここ最近は、一部の果樹園が何者かによって襲われ、また農民などにも被害が出ているという事件が頻発していた。

「──野盗だと？」

「は。北西の国境付近の一部の都市で、野盗と思われる者どもによる食糧の強奪の被害が増えております」

ポートリー王都、その中枢にある宮殿の執務室では、現ポートリー王ウスターシェが、宮殿勤めの官吏から報告を受けていた。

本来ウスターシェにとって、いち地方の国民の食糧が奪われようがどうなろうが知ったことではない。

しかし第七の災厄が出現し、隣国ヒルスが滅亡したというこの激動の時代である。

何が国を滅ぼすきっかけになるかわからない。

ハイ・エルフであるウスターシェやポートリーの貴族たちはヒルス王国の貴族とは比べ物にならないほど強い。種族としての違いもあるが、積み上げてきた年月の差だ。エルフの寿命は長い。

しかしだからといって災厄級の魔物に対抗できると考えるほどうぬぼれてはいない。最悪の事態に備え、食糧をはじめとする物資の確保には細心の注意を払わねばならないのだ。

だというのに、王家が信頼して統治を任せているにもかかわらず、被害が出ているというのならそれは領主の責任だ。

「野盗ごときにいいようにされるのは、その街の防衛力がなっていないからだろう。領主は誰だ」

「報告が上がっているのはパスキエ子爵と、コベール辺境伯の領地になります」

「コベールの？　……あそこは大きめの領域もそばにあるし、溢《あふ》れた魔物に対抗するため自前でかなりの規模の騎士団を抱えていたはずだな？　野盗ごときにどうにかできる戦力ではないはずだ」

「報告によりますと、その領域の魔物たちがこのところ落ち着きがないようで、出現する魔物の種類にも変化が起きているようです。

そちらへの対処にかかりきりで、野盗については手が回らないと」

「……魔物の種類が変わったというのは、つまり上位の種族が多く現れるようになったとかか？」

冗談ではない。

ついひと月ほど前にも、国中の領域から魔物が氾濫《はんらん》し、少なくない被害を出したばかりだ。

災厄が生まれたことがきっかけとされているあの大氾濫である。

「いえ、まったく別の種類が現れたようで」

「またアンデッドか？」

前回の氾濫では各地の魔物の領域からアンデッドが湧き出してきた。そのアンデッドが周囲に溢れるか、あるいはアンデッドに刺激された土着の魔物が溢れるか、そういう形で氾濫が起こったのだ。

この時、大発生したアンデッドによって生態系が変化した領域がいくつもあった。

「いいえ、上がっている報告では、ゴブリンやコボルトなどバラバラの魔物が現れたと」

「……なんだそれは。そんな事があるなど聞いたことがないぞ。正確な報告書なんだろうな」

「コベール辺境伯のサインもございますので、間違いありません」

この男が言うのなら間違いない。彼は宮廷の抱える紋章官でもある。主要な貴族の筆跡もすべて覚えさせてある。

手紙が来る度に呼びつけて『看破』をさせるのも迂遠《うえん》なため、国王付きの官吏としての仕事もするよう命じたのだ。もちろんその分待遇は良くしてある。

「最近はいろいろときな臭い。何が起きているのか、調査が必要かもしれんな。北では第七の災厄が誕生している。それと関係があるかもしれん。

ことによれば、野盗たちでさえ関係ないとは限らん」

「野盗はヒューマンのようですが」

「災厄によって滅ぼされたヒルスから流れてきたと考えれば、無関係とは言えんだろう」

「……確かに、被害は北西部ですが、ヒルス国境から遠いわけではありません」

ヒルス王国はポートリーから見て北東であり、北西部と言えばオーラル王国がある。

しかしクーデターがあったばかりとはいえ、現在は驚くほど政情的に安定しているオーラルで、野盗に身をやつすほどの難民が発生するとは考えづらい。

おおかた野盗が悪知恵を働かせ、自分たちの拠点が旧ヒルス国内にあるという事を悟られないよう偽装工作をしているのだろう。

「コベールのところへは調査のために騎士を派遣しておけ」

「パスキエ子爵の領地へは？」

「そちらには懲罰官を派遣しろ。パスキエが何か不正をしているようなら王都に連れて来い。何も不正をしていないのに野盗に対応できていないのなら、パスキエの無能は深刻だ。殺せ」

エルフは寿命が長いためか、他種族に比べて繁殖力が弱い。絶対数が少ないのだ。

その少ないエルフの中で、ハイ・エルフはさらに希少だ。

そんな希少なハイ・エルフたちは、選民思想にどっぷりと浸《つ》かっている。

ただでさえ数の少ないエルフ達の中で、さらに選ばれし存在であるのが自分たちハイ・エルフなのだ。

ゆえに無能であることは許されず、ハイ・エルフに生まれたからには例外なく優秀でなければならない。

無能なハイ・エルフとは、悪事を働くハイ・エルフよりも害悪なのである。

「それと、いかに飢えたとはいえ、高貴なエルフの住まう国に土足で立ち入るとは許しがたいな。

野盗のねぐらがあると思われる、もっとも近いヒルスの街へ兵をやれ。奪われた物を奪い返す必要がある」

「よろしいのですか？　まだ野盗の住処《すみか》と確定しているわけではありませんが」

「かまわん。ヒルスという国はもはやこの世に存在しない。人違いだったとしても、存在しない国の民をいくら殺したところでどこからも文句は出まい。

　奪われたのは主に食糧であるし、仮に本当に奪い返すとしてもどうせそのままというわけにはいかん。奪われた食糧の相当分を略奪すればいい」

　どこの国に所属しているわけでもない野盗などというものは、為政者にとってはそこらの魔物と変わらない。本来は守り切れない街の方が悪いのだ。

　だからと言って泣き寝入りをするつもりはウスターシェにはなかった。奪われた分は奪い返す必要があるし、正直なところ、奪い返す相手が本当に野盗であるかどうかは重要ではない。実力行使に出ても文句を言わない相手かどうかが重要なのだ。

「あ、と。言い忘れていたが、派兵するのは街にのみだ。決して魔物の領域には近づかぬよう厳命しておけよ。

　あの亡国には災厄がいる。つまらん事で刺激したくない」

◆◆◆

　ポートリーの国民はほとんどがエルフであり、数が少ない。

　加えてハイ・エルフは『使役』のコストが重く、あまり多くの眷属《けんぞく》を抱えることができない。

　そうした理由からポートリーの抱える国軍は数が少なく、騎士団もごくわずかしかいない。

しかしその兵の持つ力は他国とは比べ物にならないほど大きなものであり、言うなれば兵士一人一人が一騎当千である。

魔物の領域も遠く、専属の騎士団を持たない農業都市では彼らに対抗することなど不可能であった。

ヒルスの南端にあるその都市は、戦闘開始から一夜にして壊滅し、地図から名前が消える事となった。

都市跡地はポートリー軍によって「第一前線基地」という名に改められ、すべての住民は殺された。

農業をメインでプレイするプレイヤーやたまたま立ち寄っていた商人プレイヤーも例外なく殺された。その後のリスポーンで元いた街に戻された者は運がいい方で、この街から出たことのないプレイヤーなど、すでにヒルス王国が存在しないために大陸中でリスポーン地点の抽選が行われ、ランダムリスポーンする羽目になった。

この事件についてはSNSで話題になり、街を取り戻すための義勇軍を組織するという話が出るほどプレイヤーたちは白熱した。しかし取り戻した後引き渡すべき住民がすでに軒並み殺されていることに気付いた者がそれを止め、ポートリー王国に対する悪感情のみをプレイヤーに募らせて一《いっ》旦《たん》話は終息した。

だが話は終わったとしても、SNSのログが消えるわけではない。

そして、決して書き込むような事はしないが、ヒルス王国には定期的に「ヒルス」と名がつくスレッドをチェックしているプレイヤーがいた。

◆◆◆

《プレイヤーの皆様へ。


平素は弊社『Boot hour, shoot curse』をプレイしていただき誠にありがとうございます。

第三回公式大規模イベントのお知らせです。

イベント内容は「大規模防衛戦」です。

大陸中に天空から攻撃があるとの情報が入りました。

こちらは国家や種族にかかわらず、大陸のあらゆるものが攻撃を受けます。

プレイヤーの皆様は、ヒューマンなどの人類であるとか、ゴブリンなどの魔物であるとか、あるいはどこの国に所属しているとかにかかわらず、時にはそういうしがらみを忘れて協力し、周囲や皆様の住む街や森などを守るために戦いましょう。
・イベント期間は現実時間で約一週間、ゲーム内時間で一〇日間を予定しております。
・イベント期間中はイベントボーナスとして、取得経験値が一〇％アップいたします。
・イベント期間中はデスペナルティを緩和し、経験値のロストは行われず、ゲーム内で一時間、全能力値が五％低下という形になります。
・イベント期間中はイベント専用ＳＮＳを設置いたします。都市間での連携や新たなコミュニティの構築などにお役立てください。

・今回のイベントに関しては特に参加の申請などはございません。
・天空からの攻撃は、転移サービスリストにおける戦闘難易度☆2程度に設定されております。
※前回のイベントにおいて、各陣営の獲得ポイント上位者について本人の許可無くプレイヤーネームを公開したことにつきまして、プライバシー保護の観点から配慮が足りなかったことをお詫《わ》び申し上げます。
※今回のイベントにおいては、プレイヤーネーム公開を希望しない方に関しましては、成績上位であってもプレイヤーネームの公開は控えさせていただきます。
その意思表示については、このメッセージに返信していただくことで行えます。
※イベントは大陸全土で開催されます。イベントの進行状況にかかわらず、イベント期間終了までは上記ボーナスは継続いたします。

今後とも『Boot hour, shoot curse』をよろしくお願いいたします。》

◆◆◆

《プレイヤー名【レア】様

平素は弊社『Boot hour, shoot curse』をプレイしていただき誠にありがとうございます。

第三回公式大規模イベントのお知らせです。

イベント詳細については全プレイヤーの皆様にお送りしているお知らせをご覧ください。
※このメッセージは、以下一部ルールの変更が行われている全てのプレイヤーの皆様にお送りしております。
・デスペナルティの変更
イベント期間中、デスペナルティによる経験値のロストが行われず、全能力値の五％低下の効果に置き換わりますが、元々デスペナルティの変更が行われているプレイヤーの皆様に関しましてはその措置を行うことができません。

該当のプレイヤーの皆様におかれましては、誠に申し訳ありませんがデスペナルティの緩和は行われませんことをご了承ください。


『Boot hour, shoot curse』開発・運営一同》

◆◆◆

「……ええと、公開は、許可しない、と。でも、イベントか。今はそれどころじゃないんだけど」

システムメッセージは第三回公式イベントの告知だった。

翌週から一週間、ゲーム内時間で約一〇日間にわたってイベントが行われるという内容だ。

天空からの襲撃ということは、おそらく災厄である大天使の襲撃が起こるのだろう。ブランの知り合いである吸血鬼の伯爵の話では大天使は相当若い災厄らしい。

だとすれば、その大天使が第六災厄で間違いない。つまりレアのひとつ上の先輩ということだ。

システムメッセージによれば、天使たちの襲撃は☆2程度の戦力であるという。レアの支配するほとんどの地域よりも戦力的には下だ。テューア草原だけは☆1だが、あれとてそうなるようにあえて抑えているに過ぎない。洞窟《どうくつ》にいるアリの女王は☆3以上の実力があるだろうし、☆2の雑魚に集《たか》られたところでやられはすまい。

となるとレアの支配地域で防衛について考えなければならないのはリフレの街だけだと言える。

あの街の住民たちはあくまでそれと気づかれないようレアに飼われているだけであり、住民全員が支配下にあるわけではない。であれば自慢の魔物たちで大々的に防衛してやるわけにはいかない。

しかし防衛戦力を全く用意できないわけでもない。

都市の主力となる警邏《けいら》隊はライリーを通じて強化してやることが出来るし、いざとなればマーレの身体《からだ》を借りてレア自身が守りにつくこともできる。そうでなくともマーレはすでにひとりで十分戦える。☆2程度の相手ならば敵ではない。

しかし、今さら全種族協力推奨イベントとは一体どういうつもりなのか。

いかに運営が「しがらみを捨てて協力しましょう」と言ったところで、サービス開始前からこの世界で暮らしていたNPCにとっては魔物も天使も等しく敵であることに変わりはない。ましてや彼らには運営の意思など伝わりようがない。

本当にそうさせたいのなら『霊智《れいち》』などを利用して語りかける事も出来るはずだ。しかし今レアに何も聞こえていないという事は、そこまでするつもりはないという事である。

それでもあえてそう表記した狙いはおそらく、プレイヤーだろうとNPCだろうと、またいかなる種族であろうと、例外なく天使に襲われる可能性があるので注意しましょう、と伝えることにあったのではないだろうか。

「普通にそう言えばいいと思うんだけど。素直に説明したら死ぬ病気か何かなのかな、運営は」

運営のひねくれた精神についてはどうでもよい。

それよりも今は他にやるべきことがある。

ヒルスの田舎町、ベツィルクがポートリー王国に襲撃された。

理由は不明だが、住民全てが殺害され都市を実効支配されたようである。SNSに書き込んだプレイヤーによれば事前の通告などは一切なかったとのことだ。

その行為の是非についてはとやかく言うつもりはない。レアがエアファーレンや王都で行ったことも同様だからだ。

しかしプレイヤーであるレアと違い、一国を束ねる支配者がわざわざ他国の都市を攻め落とし、兵を駐屯させるとなれば、そこには必ず何らかの目的があるはずだ。

普通に考えれば目的は侵略である。

その場合、彼らはヒルスの田舎町を制圧した後はどうするだろうか。

侵略が目的なら当然進軍するだろう。なにせ彼らを阻む「国家」という殻はヒルスにはもう無い。であればいずれは来るはずだ。旧ヒルス王国、その王都に。

「なら、そうなる前に阻止しなくてはね。ヒルス王都が災厄によって制圧された事は知られているだろうし、その上でちょっかいをかけてきたということは、つまりわたしが喧嘩《けんか》を売られているということだ。

次のミッションは、イベントが始まるまでの一週間、それまでの間にポートリー王国を叩《たた》き潰《つぶ》すことだね」

◆◆◆

「ごめーんね」

「……もういいよ別に。まあ、不幸な事故だった」

先だってのお茶会の際、ライラが周辺国家に野盗を派遣し工作をしかけているというような話をしていたのは覚えている。

まさかそのとばっちりがヒルスに来るとは考えてもいなかったが。

アポなしで突如リフレに現れたライラから事のあらましを聞くことができた。

どうやら発端はライラが周辺国家に派遣していた野盗業務らしい。

国境付近の街を野盗に襲われたポートリーは、その野盗が旧ヒルス国内から来ていると考えたようだ。

それだけでは野盗がオーラルから来ているのかヒルスから来ているのかは判別できないはずだが、どちらだったとしてもオーラルに報復行動を取ってしまえば国対国の戦争になってしまう。

もちろんそれはライラも望むところではないため、そうなった場合はうまく落とし所をつけて収めるのだろうが、そんなことはポートリー側にはわからない。となれば彼らも迂闊《うかつ》にオーラルに仕掛けたりはできない事になる。

オーラルと、というより人類種国家と事を構えたくないポートリーは、人類種国家ではなくなったヒルス王国改め「その他地域」に苛立《いらだ》ちのぶつけ先を求めたということだ。

そういうわけで発端はライラの送りこんだ野盗なわけだが、しかし旧ヒルス王国なら殴っても問題ないと判断された事に変わりはない。

やはりレアは舐《な》められているのだ。

ライラはそういうことをあまり気にする方ではないが、レアにとっては面子《メンツ》は重要である。護身術とはいえ、結局のところ力を売り物にしている道場を背負って立つ身としては、見くびられるのは死活問題だ。

「不幸な事故ではあったけれど、落とし前はつけなければ」

「いやそんな、ゲームだしそこまではよくない？」

「ゲームでもだよ。というか、ゲームだからこそでもある。災厄と呼ばれているＮＰＣが、自分の縄張りにちょっかいを掛けられて黙っているというのはね」

「縄張りって、レアちゃんまだ征服された町に何もしてなかったじゃん。存在すら知らなかったんじゃないの？」

「今はもう知ってるし」

「後出しじゃんけんかよ！」

どのみち、もう反撃の拳《こぶし》を振りおろしてしまったのは確かだ。

ロールアウトしたばかりの配下の戦力評価に利用したのである。

結局、配下にしてから一度も運用することがないまま強化に回してしまったウルルをぶつけてみたのだ。

ぶつけた、というのは軍事的に衝突させたという意味ではなく、物理的な意味である。

該当の町の上空でウルルを『召喚』し、落下させたのだ。

エルダーロックゴーレム時代よりも重量が増しているらしいウルルは、その落下の衝撃だけで町の建物のほとんどを吹き飛ばした。

敵兵士はかつて蹂躙《じゅうりん》したヒルスの兵たちに比べて相当強いらしく、建物が吹き飛ぶ衝撃波を受けてもほとんどが生きていた。

その後はウルルは命令された通り、律儀にひとりずつ踏み潰して回った。

中には反撃によってウルルの足に傷をつける者も存在した。総アダマス製のウルルにダメージを通したということは、アダマスと同格以上の武器を持っているか、あるいは武器性能を覆すほどの何らかのスキルを保有しているかだ。

『鑑定』しようと思ったときにはすでに潰されていたため諦《あきら》めたが、それほど強いのなら誰かの眷《けん》属《ぞく》である可能性が高い。いずれまた会う事もあるだろう。

また魔法や矢によって胸部の神殿を直接狙う者たちもいた。あからさまに重要部分であるし、その判断は間違っていない。

しかし動くウルルの、しかも超巨大な神殿の柱の間を縫って攻撃を当てるというのは容易なことではない。

　また一発二発を直撃させたところで即座に倒れるわけでもない。焼け石に水だった。

　タロスという神話上の存在に関する逸話を知っていれば、踵《かかと》が弱点であると考える者もいたかもしれないが、NPCである彼らではわかるはずもない。また本当に踵に弱点があるかどうかはレアですら知らない。

　ウルルを倒そうと思えば、何らかの手段でダウン状態にし、胸部の弱点を露出させて集中攻撃をして、ダウンから復帰したらまたダウンを狙い……という風にある程度決まった手順で戦う必要がある。

　そういう、ある意味ギミックのような手順があるボスは他のゲームでもよく見かけるため、プレイヤーならすぐにでも対応してきそうだが、少なくともこの町に駐屯していた司令官では無理だったようだ。

　ともかくそうして町は更地になり、反撃の第一歩は終わった。

「襲われて征服された町はもう叩き潰してしまったから、向こうもわたしが反応したということには気付いただろうし、もう遅いよ」

「どう出るかなー。こっちに来なかったのはウチと大々的に事を構えたくなかったからだろうけど」

「まあ、どうせもう手遅れなら、ここは蛮族である彼らに『法』とはどういうものか教え込んでやるとしよう」

「目には目を、とかいうつもり？　ハンムラビ法典かな」

「いや、もっと基本的なことからだ。わたしが教えてやるのは現存する世界最古の法典だよ。

確か、殺人や強盗は極刑だったかな。実行犯が国軍なら首謀者は国家元首だろうし、国王は極刑だ」

「ウル・ナンム法典の方かー。

てか、その理屈ならまっさきに私が裁かれるよね」

「それでもいいけど、それは被害に遭った彼らがやればいいことだ。わたしの知ったことじゃない。実行力がない方が悪い」

「私刑じゃん！　法がどうとか語ってたのに……」

ライラは裁かれたいのだろうか。しかし悪いがライラの相手をしている暇はない。

とはいえポートリーの王都にも例のアーティファクトがあるはずだ。

「でも攻めるとしてもアーティファクトは厄介だな」

「あーあれか。あれってさ、戦闘を有利にするっていうよりは、単に周囲に嫌がらせをばらまくだけって感じするよね。設定しておいた数人以外は無差別に反応するんでしょ？」

ライラから奪還したヒルスのアーティファクトの残りもそうだし、災厄討伐記念のＳＮＳにもそんな書き込みがあった。

オーラルにあるアーティファクトも同様ならおそらく全てのアーティファクト、いや精霊王の遺産は同じ仕様と考えていいだろう。

かつてライラに聞いたように現在の六国家の王家に恨みを抱いた精霊王が作製したのなら、無差別に呪いを振りまく代物になっていてもおかしくない。

「アーティファクト自体はわかりやすい形してるし、見つけたら近寄らなければいいんじゃない？

それか起動前に奪取しちゃうか」

確かにそれがあると知っているのなら、わざわざ近づくこともない。

「てか、それ言ったらあれか。そもそも王都に近づかなければいいのか。私やレアちゃんは死んだら困るけど、そうでない人を向かわせるのが一番合理的だ。好きでしょ？　合理的な事」

言い方は腹立たしいが、確かにレアは合理的な事が好きだ。

時にロマンや雰囲気を求めて非合理な事もするが、それはあくまで例外である。カレーに入ったラッキョやフクジンヅケのようなものだ。

「……自分自身のスキルのテストもしてみたかったんだけど。まあ仕方ないか。死亡した場合に影響が大きいという意味ではわたしの眷属も上位の子はほとんど死んだら困るんだけど。ウルルのテストはもう終わったし……。

あ、もう一人いたな。配下はいないけど強いのが」

◆◆◆

ポートリー国王の討伐を任せる事にしたのは、配下を持たない眷属の中で最も強いキャラクター。ディアスである。

ブランが心配で長らくエルンタールに駐屯させていたのだが、あの街の難易度が☆5になってからはプレイヤーたちもろくに挑戦してこない。

まれに飛び込んでくる命知らずがいるようだが、いつの間にか原因不明のスリップダメージを受け、スケリェットギドラの姿を目にするころには戦意を失っているらしく、戦うことなく退却しているらしい。

そうしたわけでディアスの散歩もこのところ収穫がない。

話を持ちかけてみればやはり報復や復讐《ふくしゅう》というワードは好きらしく、非常にテンション高く食い付いてきた。

それならばこの機会にと、ディアスとジークの強化も行った。

彼らは以前に不死者の王《イモータルルーラー》に転生させたが、それ以外には特に何もしていなかった。

たとえ災厄級の魔物といえども、ただそうであるというだけでは真に災厄に成り得ないことはレアが誰より知っている。

特に今回はアーティファクトがあるだろう王都に攻め入らせるのだ。

せめてかつてのレアと同程度、いやそれ以上の戦闘力にはしておきたい。ジークは逆にアーティファクトが使用できる王都を防衛する立場として、同じ理由で強化が必要だ。

彼らは騎士であり、指揮官である。まあディアスは配下が居ないし、そもそもあまり指揮官としての自覚が無いようだが。

今更魔法などの新たなスキルを取得させたとしてもそれほど有効だとは思えない。ジークは小器用に使いそうではあるが、ディアスには無理だろう。

そういった理由から二人の強化は剣や盾を使った武術系スキルの強化に主眼を置いた。そしてそれらを生かす感覚系や肉体操作系だ。『敏捷《びんしょう》』や『頑強』などである。

どうせディアスはその性格からいざとなれば単騎で突撃するのだろうし、ある程度ひとりで突っ込んでいっても死なないように調整した。

あの時、レアが受けたアーティファクトのデバフは能力値を制限する効果だった。スキルで補助されていればその分はデバフを掻《か》い潜《くぐ》れるかもしれない。

また攻撃手段として剣一振りで敵陣を吹き飛ばすようなアクティブスキルを取得させたりもした。どういう原理か不明だが、ヘルプにそう書いてあるのでそういう性能なのだろう。

素手も含めてだが、武器による直接攻撃は殲滅《せんめつ》力や威力において到底魔法に敵《かな》わない。こうしたトンデモスキルでもなければ釣り合いがとれないという事なのかもしれない。

こうしたスキルが存在しているのなら、ウルルのような巨大なエネミーに対して近接物理職が活躍することもできるかもしれない。戦う相手が近接職ばかりだからといって、油断はできないということだ。

アダマン隊は一部はもしもの為《ため》にヒルス王都に待機しているが、それ以外はすべてディアスに預けることにした。

かつてラコリーヌで騎士たちと戦闘させた時の事を思えばポートリーの兵相手ではかなり心もとないと言える。ウルルの足に傷をつけたほどの人物ならアダマンナイトも真っ二つに出来るだろう。

アダマンたちはカーナイトと違い平時から運用するつもりのない虎の子の部隊だ。強化しすぎて使いどころに困るようなことはない。

この遠征で問題点を洗い出し、一段落ついたらまとめて強化するべきだ。

ディアスに侵攻を任せている間、レアはレアですることがある。

経験値牧場の管理を任せているガスラーク達の強化、そして巨大ゴブリンに転生させられるかの検証だ。

◆◆◆

『迷彩』で姿を消し、ゴルフクラブ坑道のガスラークの下に自分を『召喚』した。

「陛下、このようなみすぼらしいところによくおいで下さいました」

飛んだ先は洞窟《どうくつ》の中だった。

壁際には岩で作られたらしいベンチのようなものが備え付けられており、まるで競技場かなにかの控室のようだった。

なんなら外のセーフティエリアのプレイヤーたちの休憩所よりしっかりしているかもしれない。

サポート用に駐屯させている工兵アリの仕事だろう。

「ご苦労さま。なかなかうまくやっているようじゃないか。テストケースとしては上出来だよ」

ＳＮＳに書き込まれていたプレイヤーからの評判はレアにとって満足のいくものだった。

初めてにしては上出来だ。

「恐縮です」

頑張っている彼らには何か褒美を与えてやりたいところだ。

しかし遠慮しているのか物欲がないのか、特に欲しいものは無いようだ。それでもあえて言うならば、ということで引きだした希望は「強さ」だった。

「そんな事なら、別に褒美とかでなくとも必要経費で与えるけれど」

「いえ、この洞窟に我々が存在している意味を考えれば、現在の戦闘力でちょうど良いくらいです。強くなりたいというのは、単なる私のわがままですので」

そういう発想ができる時点で与えられている仕事以上の能力をすでに持っていると言える。

しかし一般的なゴブリン系の魔物の能力値のレーダーチャート形状から考えれば、現在のガスラークはＩＮＴだけが突出している状態だと言える。ＩＮＴを高めれば思考力や記憶力も向上するため、それを狙って経験値を与えたのだが、それがまた自身の弱さを自覚させることにもなっているのかもしれない。

ならばガスラーク本人とその側近に数名を選んで強化し、褒美に変えるのがいいだろう。

まずはガスラークだ。

もともと集落の長《おさ》でありゴブリンリーダーだった彼は、この任に就かせるにあたりゴブリンジェネラルに転生している。

褒美の意味も込め賢者の石グレートを使用してやると、案の上「ゴブリンキング」へと転生した。

要求された経験値は三〇〇と少ないが元がゴブリンという事も考えれば多い方なのかもしれない。いや冷静に考えれば三〇〇は別に少ない数値ではない。

本来であれば二段階上まで転生できる賢者の石グレートを使用したにもかかわらず他に選択肢はなかったため、このルートはキングで打ち止めのようだ。

身体は一回り大きくなり、標準的なヒューマンよりも少し大きめなくらい——ちょうどあの、ノイシュロスで戦った雑魚の大ゴブリンと同じくらいの大きさだ。

しかしその威圧感は全く違う。

「まさかノイシュロスの雑魚がすべてゴブリンキングだったとも思えないし、サイズ感は似ているけど違う種族なんだろうな。あ、そうだ」

回収しておいたノイシュロスのボスの死体を取り出した。

「陛下、これは？」

「別の場所にいた、大きめのゴブリンの死体だよ。残念ながら倒す前に勝手に死体に変わってしまったけれど」

ゴブリンミイラの死体を『鑑定』してみる。

能力値やスキルなどは表示されないが「デオヴォルドラウグルの死体　状態：劣」と表示された。

『神聖魔法』の攻撃によって体表面は焼《や》け爛《ただ》れているし、状態が悪いのは仕方がない。

「……ゴブリンですらないじゃないか。なんだったんだこいつは」

確かにゴブリンだなんだと言っていたのはプレイヤーたちだけだ。

となるとあちらのゴブリンもどきたちはゴブリンではなかった可能性がある。参考にするのは諦《あきら》めた方がいいのかもしれない。

「仕方ないな。とりあえず部下を二名選ぶといい。ゴブリンジェネラルと、あと何か魔法系の魔物に転生させよう」

ガスラークの選んだゴブリンリーダーに賢者の石グレートを使用し、それぞれ転生させた。

魔法系の同格の魔物はゴブリン・グレートウィザードというらしい。

今、彼をゴブリンリーダーから転生させたが、そういえば彼らは元々リーダーだっただろうか。いやリーベ大森林を出た時点ではリーダーはガスラークだけだったはずだ。

ではこの洞窟の中で勝手に転生したということなのか。

この二体の主君はNPCのガスラークであるため、転生に際しては誰かの許可がなくても自動的に進行する。それ自体はおかしくないが、だとすればこの洞窟内だけで完結する転生条件があるということになる。

「ガスラーク、ところでこの二体はいつどうやって転生したのか、覚えているかな?」

「は。敵ゴブリンを倒して食べた時です」

「食べ……え?」

聞き取った話をまとめると。

どうやら、彼らは敵ゴブリンの額のコブの中にある石のようなものを食べることで転生することができるらしい。

そういえばノイシュロスの大ゴブリンのコブの中にも妙な石が入っていた。報酬の山分けでタンクマンにたくさんもらったやつだ。

「……それなら検証は可能かな。『召喚:アマーリエ』」

「──お呼びでしょうか、陛下」

マーレのインベントリの中には、あの時の謎の石が大量に入っている。

あれを試しにここのゴブリンに与えてみれば、何らかの変化が起きるかもしれない。

リーダーやメイジではまた違った反応になる可能性がある。まずは普通のゴブリンがいいだろう。

普通のゴブリンに大ゴブリンの石を与えてみた。

ゴブリンは頑張って噛《か》み砕《くだ》こうとしているが、文字通りまったく歯が立たない。

「陛下、どうやら普通のゴブリンのコブと比べて非常に硬いようですね」

「ということは、いつもはもっと簡単に砕けるのか。仕方ないな」

ガスラークに命じ、噛み砕こうと頑張るゴブリンのＳＴＲを上げさせる。

咬合力《こうごう》が多少上がれば砕けるだろう。

するとがりっ、と小さく音がして、ゴブリンが石を噛み砕いた。

もぐもぐと口を動かしているそのさなか、光に包まれ反応が始まった。

「まだ飲み込んでいないぞ。もしかして、条件は食べることではなくて砕くことか？」

光が収まると、そこにはガスラークと同程度の身長の、よく見た魔物が立っていた。

ノイシュロスで数多くキルした、あの大ゴブリンだ。

あれはどうやら「ホブゴブリン」だったらしい。

その後も何度か実験を行い、いくつかのことが判明した。

ゴブリンたちの転生条件はやはりあの石を砕くことだった。別に歯でなくとも構わない。道具を使ってもいいようだ。

『鑑定』してみたところ、この石は「ホブゴブリンの核石」というらしい。一部の種族の転生に必要だと書いてある。

通常のゴブリンに賢者の石を与えてもホブゴブリン系には転生できないことから、あの核石を使用するのが必須《ひっす》の条件のひとつになっているということだ。エルフ系で言うところのダーク・エルフルートのようなものだろう。もっともダーク・エルフの条件は未《いま》だにわかっていないが。

また、ゴブリンメイジにホブゴブリンの核石を与えることでホブゴブリンメイジに転生させる事ができた。身体のサイズもヒューマンサイズになり、能力値も底上げされた。

転生させたホブゴブリンにもう一つホブゴブリンの核石を砕かせてみたが、これは特に何も起こらなかった。

しかし取得スキルが条件のひとつになっているようで、例えば魔法スキルを取得させたホブゴブリンにもう一度核石を与えてみたところ、ホブゴブリンメイジに転生することができた。

ゴブリンも同じ仕様であるなら、ガスラークの配下のゴブリンがゴブリンリーダーになったのは、やはり条件を満たした状態で敵性ゴブリンの核石を噛み砕いたからで間違いない。

しかしこれまでホブゴブリンが出現したことのないこの洞窟に突然この者たちが現れてはプレイヤーに不信感を抱かせてしまう。

実験に使用した数名は決してプレイヤーに見つからないように、ガスラークの身が危ないときのみ戦闘に参加するよう厳命しておいた。

ガスラーク自身にこれを与えればホブゴブリンキングか何かに転生させられるのかもしれないが、あの時のボスのように巨大化でもされてはかなわない。洞窟が崩れてしまう。

「いろいろ面白い事がわかった。あのゴブリンのボスのプレイヤーもおそらくこうして転生していったんだろうね。

それにしても、どうして倒したゴブリンなんて食べていたの？　そういう習性？」

「いえ、この洞窟にはコウモリやモグラくらいしか食糧がありませんので。我々全員の飢えを満たすにはそれでは足りません」

配下を飢えさせるなどあってはならない。反省すべきところだ。

これではブランの事を笑えない。

ここへは定期的に工兵アリの主君である女王を派遣し、食糧を届けさせることにした。

第三章　ポートリー陥落

「ご主人様、どうするんですかアレ」

「街も壊れてしまいましたし、客足も遠のいていますよ」

ブランの配下、ライストリュゴネスの三人娘が口々に文句を垂れる。

アレ、というのはスケリェットギドラのバーガンディの事だ。もしかしたら巨大アンデッドも含めてのことかもしれない。

彼らを連れ帰ったのはいいが、大きすぎて街の一部が倒壊してしまったのだ。

そのようなことにならないよう領主館前の広場を『召喚』場所に選んだのだが、見積もりが甘かった。レアの支配地であるトレの森の広場には他にも巨大な魔物や樹《き》が存在していたため、正確にサイズを把握できていなかったのが原因だ。

つまりブランは悪くない。

「壊れた建物は直せばいいよ。人類はそうやって進歩を重ねてきたのさ。スクラップアンドビルドとか言うんだったかな。でもお客さんが減ってしまうのは困ったな。街を直すにしても経験値がいる」

破壊された建物はバーガンディたちを避けるようにしてすでに再建が始まっている。つまりバーガンディたちに合わせて広場がさらに広くなっている。これは街の下級吸血鬼の一部の者に『建築』や『石工』をはじめとする生産スキルを取得させた事で可能になった事業だ。

といっても作業をしているのはまだ試験的に導入した数名のみで、速度をあげようとすればもっと人数が必要である。

そしてそのためにはやはり経験値がいる。生産系スキルの取得には一定以上のＤＥＸ《器用》が必要だが、ゾンビ出身の彼らは総じて器用度が低い。

「こんなことならわたし自身の強化は後回しにして経験値をもっと残しておけばよかったよね」

「いえ、ブラン様の実力の底上げは本来最優先事項です。私どもは倒れてもかまいませんが、ブラン様は倒されるわけにはまいりません」

このヴァイスも含め、ここにいるのはブラン以外の全員が誰かの眷属《けんぞく》である。死亡したところでそのうち復活する。

それを言うならプレイヤーであるブランもそうなのだが、ブランのリスポーンには三時間のクールタイムが必要になる。初めは特に何も考えていなかったが、今考えてみれば三時間もこの都市を無人にするというのはぞっとしない。

「それはそうなんだけどね。まあでも、やっちゃったものは仕方ないし、エルンタールは☆５ダンジョンとしてこれからやっていくしかない。収入としてはまだアルトリーヴァとかの初心者さんたちからの徴収分が少しはあるはず――」

「ブラン様、大変申し上げにくいのですが。アルトリーヴァとヴェルデスッドの街ではぷれいやーなる者たちは最近ではほとんど死にません。収入はゼロに近いでしょう」

「そっかー。まあ、なんぼ初心者っつってもいつまでもゾンビにやられたりはしないだろうし、新しく始めた人も誰かのパーティにでも入ればサポートはしてもらえるよね。まあ、そりゃそうか」

先々のことを考えれば初心者に経験値を与えてやるのは構わないのだが、何の見返りもないのは面白くない。

加えて言えば、成長した初心者がエルンタールに挑戦しそうにないのもまずい。「☆1じゃ物足りないな。よし☆5に行こう！」とは普通はならないからだ。

「じゃあアルトリーヴァとヴェルデスッドのどっちかが☆3になるように調整しよう。そうすれば☆1、☆3、☆5と段階的に挑戦できるようになるし、これまで以上にお客も増えるかも！」

「それがよろしいかと。具体的にはどうされますか？」

単純に考えれば、例えばエルンタールの隣のアルトリーヴァに下級吸血鬼たちを移住させ、そこにいたゾンビをすべてエルンタールに移動させればいい。

しかしそれではエルンタールの守りが薄くなってしまう。ゾンビたちは上位のプレイヤーに対して何の障害にもならないことはレアから聞いている。そうなると、エルンタールのコンパニオンは事実上バーガンディと巨大アンデッド達だけになってしまう。

現状それでも十分すぎる戦力のように思えるが、彼らが戦闘を行えばおそらく街に大きな被害が出てしまう。敵とのサイズ差を考えれば、彼らの攻撃はすべて範囲攻撃になる。建物への被害は免れない。

「アルトリーヴァのゾンビたちを全部下級吸血鬼に転生させるかぁ……」

「現状、それがもっとも合理的でしょうね。ご安心ください。ディアス殿やクイーンビートル殿がこちらを出立される前にいくつかMPポーションを残していかれました。アザレア達にこれを飲ませながらブラン様を『治療』させれば、一晩中血を与え続けても倒れることはないでしょう」

「ヴァイスくん鬼か。あ、吸血鬼か……」

つい最近も失血で死にかけたばかりだ。

吸血鬼とは通常は血を求めてさまよう存在として恐れられているが、それはこのようにいつも血が足りていないせいなのかもしれない。


それから二日を費やし、アルトリーヴァの住民をすべて下級吸血鬼に変えた。エルンタールよりも人口が少ない都市のため前回よりも楽だった印象だ。

ブラン自身が子爵になったことで、配下の吸血鬼もより強大な魔物に転生してくれないかと期待もしていたが、特に変わることはなかった。

仮に伯爵先輩が自宅古城のゾンビに血を与えたら何になるのだろう。聞いてみればひとつの指標になるかもしれない。

それから難易度を☆1のままにしておく予定のヴェルデスッドにも数名の下級吸血鬼を生みだした。ボスとまでは言わないが、初心者プレイヤーに適度な緊張感を与えるためだ。まず死ぬことはないだろうという気の緩みはプレイヤーたちのためにもならない。これはブランの優しさだ。ただ対価としてほんの少しの経験値をいただくというだけのことである。

「……リアルタイムで難易度の変化を知ることができないのは厳しいなー。どれどれ――」

◆◆◆

【☆3】旧ヒルス　エルンタール【ダンジョン個別】

……

0621：明太《めんた》リスト
このスレはもう閉じて新しいの立て直さなきゃね

0622：クランプ
いやいやいやいや
なんで急にあんなのが湧くんだよ！　どうなってんだ

0623：丈夫ではがれにくい
なんかあったの？

0624：ウェイン
エルンタールに巨大なボーンドラゴンみたいなのが出現したんだ
三つ首で近づくだけでダメージ受ける

0625：名無しのエルフさん
あれはヤバいわ
近接職は言うまでもないけど、魔法攻撃職も射程距離まで接近できない
あの間合いだと弓なら届くと思うんだけど、骨系って弓矢効きづらいのよね……
まあその前にウチ弓兵いないんだけどね

0626：ギノレガメッシュ
直接戦闘してないのに死にかけたからな
骨ドラゴンが目立ってるけど、さりげなくフレッシュゴーレムみたいなデカブツも何体かいたし

0627：明太リスト
赤いトカゲっぽいスケルトンとか全く見かけなくなってるし、あの骨ドラゴンは赤いスケルトンが集まって生まれたってことかなぁ

0628：名無しのエルフさん
フレッシュゴーレム（仮）も元はゾンビだろうし、複数のアンデッドを合体させるような何かが起こったってことかしら
そういえば、王都の災厄って今不在だったわよね

0629：ギノレガメッシュ
そういやそうだったな
てことは災厄がエルンタールのアンデッド使ってそういう実験したってことか？
そういうことは王都でやれよ……

0630：明太リスト
王都でやってたとしたらそれはそれで大惨事だっただろうけどね
ていうか、災厄は王都の街並み気に入ってたみたいだし、こんなデカイの王都には生みださないいんじゃない？

0631：ウェイン
王都も最初は☆5でじきに災厄がいなくなって☆4に落ち着いたし、エルンタールもそうなるかもしれない
もう少し様子を見よう

0632：丈夫ではがれにくい
でもそれってつまりその骨ドラゴンがダンジョン離れてうろうろするって意味だろ？
広範囲スリップダメージなんて持ってるエネミーがうろついたら大量殺戮《さつりく》待ったなしじゃね？

……

0675：名無しのエルフさん
ウェイン君の読みとは違うけど、なんか安定したわね

0676：ウェイン
そうだね
余計な被害が広がりそうになくて良かった

0677：クランプ
まあこのタイミングでアルトリーヴァにいた初心者はご愁傷様だったけどな
言うてもヴェルデスッドもそう遠いわけじゃないが

0678：明太リスト
結論としてはこの地域は
☆1　ヴェルデスッド
☆3　アルトリーヴァ
☆5　エルンタール
☆3～4？　ラコリーヌ

ってとこかな?

0679:丈夫ではがれにくい

その先の王都の☆4も入れれば、この周辺かなりやりやすいよな

人増えそう

◆◆◆

「——何を間抜け面を晒《さら》しておるのだ?」

「ひょわあ!」

SNSから意識を戻したブランの目の前に、いつのまにかデ・ハビランド伯爵がいた。

ヴァイスをターゲットに『召喚』で飛んできたらしい。

こちらに伯爵が来た事はこれまでに無かったはずだが何か用事でもあるのだろうか。

「しばらく我の方へ来ぬのでな。まあヴァイスの様子を見がてら、ちょっと来てみたのだ」

「ああ! すみませんいろいろすることがあって。寂しかったですよね」

「そういう理由ではない! だがちょうどいいタイミングではあったか。

表のアレはなんだ? おとなしくしておるところを見るにお前の眷属か何かなのだろうが、我でも見たことのないアンデッドだぞ。……アンデッドだよな?」

「アンデッドですよ! あれはですね——」

バーガンディが生まれるに至った経緯をかいつまんで話した。

魔王であるレアと懇意にしていることはすでに伝えてある。たいていレアの仕業なので説明は楽なものだ。

「スパルトイどもを使ってそのようなことを……。しかし錬金の秘奥か。まるでかつての精霊王のようだな」

精霊王といえば、確か伯爵の古い知り合いだ。

特別仲が良かった風には言っていなかったが、この伯爵のことだしおそらく友人というのは少なかったはずだ。相手方はどうだかわからないが、伯爵の方は数少ない知り合いとしてそれなりに大事にしていたのではないかと思われる。

「精霊王さんは錬金が得意だったんすか?」

「錬金のみならず、ひととおりあらゆる生産系のスキルを修めていた。その作品のいくつかは現代にまで残っていたはずだ。お前の友人の魔王ならばおそらくご存知《ぞんじ》だろう。

しかしまったく違う種族同士で協力し合い、ああした強力なアンデッドを生み出すとはな。我では思いつきもしないことだ。そういうところが、お前たちならではの強さなのだろうな」

「あ、そうだ。そういえばレアちゃんたちがリザードマン欲しがってたんですけど、どっかにまた居ないですかね。リザードマンでなくてもトカゲっぽいやつなら何でもいいんだったかな?」

「まだ数は少ないが、お前がスパルトイを生みだしたあの地底湖の集落が再建されつつあったはずだ。地底湖そのものを破壊したりしなければ好きにして構わんから案内して差し上げるといい。

それからトカゲ系と言っていいかわからんが、地底湖から流れ出る水系の川、お前が地上に降りた時に下った川だが、あそこにはニュート系の魔物がいたはずだ」

「にゅーと」

「……サンショウウオに似た魔物だ」

「さんしょううお」

「何も知らんのだな！　魔王に聞け！」

その後フルーツタルトとミルクティーを平らげ、伯爵は帰っていった。

気に入ったらしく、これから時々に食べにくるらしい。ライラに追加注文をする必要がある。

◆◆◆

〈そっかー。やっぱ知ってたんだ精霊王さんのこと。あ、それと伯爵がにゅーと？　系の魔物の居場所教えてくれたよ！　リザードマンも少し増えてきたみたいだけど、まだ数は少ないって〉

〈にゅーと？　ニュート？　イモリのことかな？　そんなのいるんだ〉

〈さんしょううお？　とか言ってたけど〉

〈そっちも含むのか。まあ似たようなものかな。うーん、サンショウウオか……。あれ正確にはトカゲっていうか爬虫類《はちゆうるい》じゃなくて両生類なんだけど大丈夫なのかな〉

両生類と言えば蛙《かえる》などが有名だ。

伯爵がいかに耄碌《もうろく》していようと蛙とトカゲを間違えたりはしないだろう。現実と全て同じというわけではないだろうし、ゲームの中ではサンショウウオとやらもトカゲなのかもしれない。

〈そう言えばブラン、システムメッセージは見た？〉

〈見てない！〉

〈だと思った。見ておくといいよ。次のイベントの告知だったから。まあどのみち参加不参加関係ない系だけどね〉

〈そうなんだ！　見ておくね。ありがと！　ところでレアちゃん今何やってるの？　そのイベントの準備？〉

〈いや、そういうことは特には。今やってるのは、何て言ったらいいかな。清算っていうかなんていうか。迷惑をかけたらその落とし前はつけないといけないよねっていうことをNPCに教えてあげてるんだよ〉

〈教育ですな！　わたしもちゃんと配下教育しないとなんだよなー。なんかすぐ喧嘩《けんか》しちゃうし〉

〈ふふ。喧嘩くらいなら微笑《ほほえ》ましくていいじゃないか。こっちのは笑えなかったからね。まあ元はと言えばライラのせいなんだけど〉

〈ラ、ライラさんに教育を⁉　それってわたしが聞いても大丈夫な話……？〉

〈教育はNPCにだってば。ライラにはもう今更何言っても無駄だし。

わたしたちのいるヒルス王国の南に、ポートリーっていうエルフの国があるでしょ？　そこの国の人たちがね。ちょっとオイタをしたからさ。まあ色々テストを兼ねてね〉

◆◆◆

「……何が起きたと思う？」

「わかりません。伝令の話では、騎士団どころか、町や畑なども全て失われ更地になっていたそうですが」

「まるで天変地異だな。しかし、職業兵士の少ない我が国にとって、騎士団がひとつ失われたというのは痛手どころの話ではない」

ポートリー王国王都、その中央にある宮殿でウスターシェは頭を抱えた。

ヒルスへ出兵させたのは第三騎士団だった。

普段は魔物の討伐を主任務としている第三騎士団は、ポートリー王国の中で最も実戦経験の豊富な部隊だ。

対人戦はあまり経験が無いがそれでも他の部隊よりはうまくやれるはずだった。

実際その目論見《もくろみ》は図に当たり、またたく間にヒルスの町を制圧した。

誰が野盗かわからない上に、万が一生き残りに報復されてはたまらない。住民は全て殺し、食糧や農作物を奪った。

そこまではよかったのだが。

次に受けた報告は食糧の輸送や定期連絡のために向かわせた伝令兼輸送隊からだった。

その内容は信じられないもので、制圧したはずの町が無くなっており、また騎士団の姿もどこにも見えなかったという事だった。

「間違って魔物の領域に手を出した、ということはないか？」

「普段、魔物の討伐を生業《なりわい》にしている第三騎士団でございますから、間違ってそちらに攻撃をすることなど……」

何が起きているのかわからないが、事実として制圧したはずの町が壊滅したのは確かである。見たことも聞いたこともない天変地異が起きたのでもない限り、それを行った何者かがいるはずであり、単純に考えればその何者かはヒルス王国かポートリー王国のどちらかを攻撃する意思があるということだ。

ヒルスを攻撃するつもりなら放っておけばいいだけだが、ポートリーに敵意を持っているのなら対策する必要がある。

ただでさえ人数が少ないポートリー騎士団である。広く展開することが出来ないため、元々防衛は得意ではない。第三騎士団も失われている。

しかし、今は残った騎士団で防備を固めるしかない。

「野盗共と関係があるのかどうかさえわからんとはな……。あの野盗といい、一体我が国に何の恨みがあるというのだ」

ウスターシェは再び頭を抱えた。

◆◆◆

「陛下、ウィルラブが何者かに襲撃を受けているとの通信が」

ポートリーは大地の起伏の激しい国だ。

山がちで狭い国土を生かし、山の頂上や中腹に砦《とりで》を建設し、視力を強化した専門の通信兵を駐屯させて腕木通信による通信網を敷いている。

通信兵には専門の高度な教育が必要になるが、伝書鳩《でんしょばと》よりはるかに速い情報の伝達が可能だ。

「ウィルラブ？　城塞《じょうさい》都市だな。また魔物の氾濫《はんらん》か？」

ウィルラブといえば、森林型の領域に接する辺境の都市である。

近隣の他の辺境都市群の中心的な役割を果たす都市であり、城壁も街の規模も他よりも二回りほど大きく作られている。周辺の魔物たちによる前回の大規模な氾濫では期待通りにその役割を果たしてくれた。

また常時第四騎士団が駐屯している都市でもある。

国軍の騎士団が常駐している都市は王都を除けばウィルラブの他に三つしかないため、ポートリー国内で五指に入る軍事力を有する都市とも言える。

それもあって前回の氾濫も含めこれまで一度も市内へ魔物の侵入を許したことはない。鉄壁の守りを誇る都市だ。

「普通の魔物よりも強く、また数も多いようで、第四騎士団も苦戦しているとのことです」

「苦戦？　強いと言っても、騎士たちほどではあるまい。この国にはあやつらよりも強力な魔物など数えるほどしかおらんし、その限られた個体がわざわざ都市を攻撃してくるなど考えられん。先だっての氾濫の時でさえ沈黙を保ったままだったのだぞ」

例えば、この国が海へ進出することを阻むかのように横たわる南部の大樹海。その奥地には蜘蛛《くも》の王がいるという言い伝えがあった。その蜘蛛から取れる糸は魔法すら弾《はじ》くという伝説があり、その糸で織られたというケープは国宝のひとつとして宝物殿に収められている。

その蜘蛛の王だが前回の大規模氾濫の時には沈黙を保ったままだった。多少小型の蜘蛛たちが騒いではいたが、それも樹海から飛び出してくるというほどでもなかった。

蜘蛛の王だけでなく、国内に数体居るとされる同格の魔物たちも、どれも自分の領域から出てきたことはない。

仮に出てきたとしても警戒に値する相手は所詮《しょせん》は一体。騎士団総出で当たれば勝てないことはない。

戦闘ではさして役にも立たない傭兵《ようへい》たちも雑魚の露払いや肉の壁くらいには使えるだろう。

「まあいい。襲っている魔物は何なのだ。蜘蛛か？　スライムか？　待てよ、ウィルラブならばそこが近いか。ならハーピー共だな」

空から攻撃されては確かに厄介だが、そもそもウィルラブはハーピーたちの住まう山脈に対する防壁として建造された街だ。対空防御も固めてあるし、空を飛ぶ相手に対する備えは万全のはずだ。

「いえ、それがどうも、黒いスケルトンのようで」

「スケルトンだと？　雑魚中の雑魚ではないか。騎士団が出るまでもない。何をやっているのだ。処刑されたいのか、ウィルラブの領主は」

「恐れながら陛下。ヒルス王国を襲った災厄は大量の黒いスケルトンを『召喚』してみせたという情報もあります。もしや」

「……災厄がこちらに矛先を向けたというのか？　これまでヒルス王国から出たことのなかった災厄だぞ」

災厄が生まれたとされているのはヒルス王国のリーベ大森林だ。ヒルス王国内で言えば東側に位置する領域である。

災厄はそこから西に向かい、ヒルス王都を攻め滅ぼしたということだが、わざわざ戻ってきて南下し、このポートリーに攻めてきたということだろうか。

「仮に災厄が出てきたとして、一体何のためにだ」

そのようなことにならないよう、魔物の領域を刺激しないように派兵していたはずだ。

「あの、兵を送った町にもすでに災厄の手が伸びていたとすれば、これはもしや報復なのでは」

「馬鹿な！　あれはヒューマンどもの街だったはずだぞ！　仮にそうだとすると、災厄がわざわざヒューマンの野盗を使って我が国で略奪をしたとでも言うのか！」

「恐れながら、あの野盗たちがヒルス王国から来たものと決まった訳では……」

確かにそうだった。

「ではオーラルか……？　オーラルの政変で敗れた勢力がこちらに？　くそ、ほとんど無血に近い革命だったのではないのか！」

草からの報告では、オーラル王都で小競り合いは起きていたようだが、大規模な衝突に至る前に終息したという話だったはずだ。

その後も混乱が起きているという話は聞いていないし、兵士崩れが野盗になるような状況だとは思えない。

「……いや、もう今さら言っても仕方がないな。ヒルスの町を滅ぼしてしまったのは事実だし、おそらくその報復で攻撃されたのも事実だ。それが災厄によるものなのかどうかはわからないが、相手が誰であれ、迎え撃つしかない」

「城門、もちません！」

「重装歩兵の準備はどうか！　城門が突破されたら、街を守るのは重装歩兵たちだ！　各員援護を徹底せよ！

　城壁班は少しでも敵の数を減らせ！　対空砲はこの際多少壊しても構わん！　なんとか下に向けよ！　……何？　対空砲として使えなくなるだと？　今この瞬間を生き延びねば、その対空砲でハーピーたちを迎え撃つことさえ出来んのだぞ！　現実を見ろ！」

◆◆◆

　ウィルラブの街は喧騒《けんそう》に包まれている。

　と言っても騒いでいるのは騎士たちだけだ。

　住民は家に引きこもって息を殺しているし、侵攻している魔物たちは言葉を発さない。

　これまで魔物の侵入を許したことのない鉄壁の城塞都市は謎の黒いスケルトンに襲われ、今まさに城門を破壊されようというところだった。

「何なのだ、あのスケルトンは！　数が多すぎる！」

　ただのスケルトンならば何万体居たところで物の数ではないが、どうやらただのスケルトンではないらしい。

　その黒い体は金属のような光沢に覆われ、まず騎士の攻撃が通らない。

　純粋な強さだけならばポートリーの騎士のほうが上だが、ダメージを与えられなければ倒すことは出来ない。

分隊長クラスの放つ一部のアクティブスキルなら破壊できるようだが、一撃でというわけにもいかない。

さらに相手方には魔法を使う個体も一定割合で交じっているようで、遠距離からの魔法攻撃で一方的にやられることさえあるほどだ。

それでいてこちらの矢や魔法は物ともしないのだからやってられない。

当初、敵はスケルトンと見た指揮官は、籠城《ろうじょう》の必要なしと判断。迎撃は城壁の外での野戦を選択した。

しかし攻撃の通じない相手に徐々に押し切られ、結局城壁の中へ退却し、籠城する事になってしまった。

そればかりか、相手の魔法攻撃によって今まさにその城門が破られようとしている。

魔法使いの恐ろしいところはこれだ。

一対一ならば恐れるほどのものでもないが、組織だって効果的に運用されれば、このように幅広い戦術を取らせる事ができる。魔法使い一部隊で弓兵隊と破城槌《はじょうつい》の役割を兼任できるということだ。射程においては弓兵に劣るが矢を運ぶ必要がなく、威力においては攻城兵器に劣るが数で補う事が出来る。これまで城攻めなど考えた事もない指揮官にとって、魔法使いのこの運用はなるほどと思わされると同時に脅威だった。

こうした戦術も相手が人類種ならばまだわかる。しかし相手は魔物だ。魔物がこのように隊列を組み、一斉に魔法で攻撃してくる事があろうとは、まったくもって想定外である。

「分隊長クラスのみとはいえ、アクティブスキルでダメージを与えられるのだ！　対空砲なら一撃で破壊できるはずだ！　作業を急げ！」

城門はもう保《も》たない。

城門の内側では重装歩兵たちの隊列がすでに整っているが、城壁内部に入り込まれてしまっては対空砲を改修できたとしても撃つことはできない。味方や街並み、一般市民を巻き込んでしまう可能性がある。

「――そうか！　出来たか！　よし！　撃て！」

ギリギリで改修が間に合い、対空砲は一部が対地砲へと生まれ変わった。ただしきちんと固定されていないため、一発撃ってしまったら二発目が撃てるかどうかはわからない。

しかも俯角《ふかく》を取りすぎれば撃つ前に砲弾が砲身から落下していってしまう。そのため城壁近くに照準を合わせる事が出来ず、何とか狙えるのも敵隊列の後方のみという有様だ。どのみち前列の敵に撃ってしまって城門にダメージを与えるわけにはいかないのだが。

つまり城門が破られるまでに、いかに敵の数を減らすことができるかが急造対地砲の役割と言える。

放たれた砲弾は敵後列を穿《うが》ち、着弾の衝撃は何体ものスケルトンを破壊した。

スケルトンの魔法使いたちは城門の破壊にかかりきりになっているため、ほとんどが前列にいる。後列に固まっているのは城壁や城門に対して無力な騎士型のスケルトンだけだ。

対地砲では破壊されつつある城門に対して出来ることは無いが、後方のスケルトンを減らしてやれば、もし門を破られてしまった場合のその後の戦闘に影響してくるはずだ。

「やはり一発しか撃てないか。構わん！　撃ち――なんだ！」

「じょ、城壁の上にスケルトンが！」

「なんだと⁉　一体どこから⁉」

「一部の身軽なスケルトンが城壁をよじ登ってきたようです！　城壁班が対空砲にかかりきりになっている間に……」

「クソ、城壁班で対応できるか⁉」

「無理です！　砲弾作製に適したスキルしかない技術職と射撃系のスキルしかない砲手ばかりで……。スケルトン相手では弓は大して効果がありません！」

スケルトン系のような肉の無い相手には点攻撃である弓矢は効果が薄い。

剣やメイスでさえ上位の騎士でなければダメージを与えられないというのに、弓矢では到底無理だ。

「――城門、突破されました！」

「ええい、もはや対地砲は撃てんか！　城壁の上の者には、なんとかそこに敵を留《とど》めておくよう伝えよ！　対地砲はもう守る必要はない！

重装歩兵隊、準備はいいな！

他の者達は重装歩兵が敵を食い止めている間に側面から当たれ！」

重装歩兵は城門から延びる大通りに隊列を組んで敵とぶつかっている。

大通りの脇道などに待機した騎士たちが分隊長クラスを先頭に敵側面から突撃すれば、その突破力で敵を食い破れるはずだ。

敵は前で戦列を抑えるべき騎士型が後方に下げられ、本来後方から援護するべき魔法使いが前に出ている。この状態で分断させ合流を阻止すれば、敵の連携は妨害できる。

敵の数はこちらより多いが、分断して各個撃破ができれば勝機はまだある、はずだ。

というより、それでなんとかなると信じるしかない。

他国に比べ、ポートリーの騎士団の人数は少ない。それゆえ自分たちよりも数が多い敵との戦いには慣れている。たとえそれが自分たちより強力な魔物だとしてもだ。

しかし敵は戦闘力自体は騎士たちよりも弱いものの、その強固な身体《からだ》によってこちらの攻撃をほとんど受け付けない。

「一体なんなのだこのチグハグな魔物は……。どこから現れたというのか」

敵の攻撃も鋭く、重装歩兵の持つ盾も傷つけられている。

しかし破壊される程には至っておらず、重装歩兵たちも交替して休む余裕がある。

分断された敵部隊は、徐々にだがその数を減らしている。

同時にどこからともなく、地面にいくつかの金属塊が発生しており、足を取られて転倒する騎士もいた。

「なんだあれは……。金属塊、か？　スケルトンから？　いや、待て、ではアレはスケルトンではないということか？　魔法生物？　ゴーレムの一種とでも言うのか」

この街の防衛指揮官は駐屯する第四騎士団の団長が兼任している。

ポートリーの騎士団長ともなれば、超エリートである。さすがに領主を超える権限を持つことは無いが、これほどの都市を任されるほどの有能な領主ならば、こうした有事の際には専門家である騎士団長に防衛を一任することが常である。

どの騎士団長も若くとも一〇〇歳は超えており、この指揮官も齢《よわい》二〇〇を数えるほどだ。

それだけ長く生きていれば、様々な魔物の情報を得る機会もある。ポートリーでは目撃証言が少ないが、ゴーレムと呼ばれる魔物の一種は、倒した際に金属塊や岩塊を残して死体が消える事があると聞いたことがあった。

また金属塊ではないが、定期的に侵攻してくる天使たちも倒した際にはアイテムを遺《のこ》してその死体が消えている。

「……状況は好転しつつあるが、念の為《ため》だ。この情報を通信兵に伝えておけ」

地面に転がる金属塊の数は徐々にだが増えつつある。

このまま状況が進めば時間はかかるが殲滅《せんめつ》できるはずだ。

騎士たちの疲労が心配だが、彼らには疲労回復ポーションを持たせている。後遺症が懸念されるため滅多に使用されないが、この状況下でそんな事を気にして使用を躊躇《ためら》う騎士は第四騎士団には居ない。

「司令！　重装歩兵隊が……！」

しかしその時、突如として重装歩兵隊が吹き飛んだ。

「な、なんだあれは……何が起きた！」

二〇〇年生きた指揮官でさえ見たことのない光景だ。重い鎧《よろい》を纏《まと》い、厚い盾を持った重装歩兵たちが何人も宙を舞っている。

その中心、敵のスケルトンモドキたちの先頭には、ヒューマンに似た老騎士が立っていた。重装歩兵たちを吹き飛ばしたのはあの騎士だろう。

「敵の……リーダーか？」

スケルトンのリーダーならあれもアンデッドなのか。いやスケルトンは正確には魔法生物だった。ならばあれもスケルトンモドキ同様何らかの魔法生物なのだろうか。

とにかくあれがなんであれ、この状況はまずい。

これまでのスケルトンモドキはただ硬いだけだった。これは敵の攻撃が重装歩兵の防御を抜くことが出来ない前提で立てられている作戦だ。ただ一人とはいえ、重装歩兵の隊列を崩すことができる存在がいるとしたら、作戦は破綻《はたん》する。

まだスケルトンモドキは大量に残っている。一部は城壁の上にもだ。

「いや、隊列を崩すとかいう話ではないな、あれは……」

最初の一撃の後も、連続して重装歩兵は吹き飛ばされている。彼らにしてもそんな経験は無いのだろう。どの兵も腰が引けてきている。

さらに間の悪いことに、城壁の破壊を行った敵魔法兵たちのリキャストが終了したようだ。

また後方に下げられていた騎士型も前列の魔法兵と入れ替わり、敵部隊の防御力もさらに上がってきている。

これをさせないための分断作戦だったのだが、見れば側面攻撃をする騎士たちの突破力が下がっていた。

「おい、分隊長たちは何をやっている！」

「わかりません！　見えませんが……。居ない？」

分断する矢の鏃《やじり》となるべき分隊長たちの姿が見えない。

「まさか、あの老騎士に倒されてしまったのか……!?」

可能性はある。重装歩兵を吹き飛ばしたあの一撃よりも前には、誰もあの老騎士を認識していなかった。敵隊列の中でスケルトンモドキに紛れ、騎士たちの中で攻撃力の高い分隊長クラスを一人ずつ片付けていたとすれば。

「部下の……尻《しり》ぬぐいをして回ったとでも言うつもりか……！」

魔物風情が、と声を上げたいところだが、そんなことをしても何にもならない。

先程までとは逆に、今度はこちらの騎士や重装歩兵たちが徐々に数を減らしてきている。

こちらの攻撃はもう相手に通用するものがない。

相手の攻撃も重装歩兵の守りを突破するほどのものではないが、これは全くノーダメージというわけではない。攻撃を受け続ければいつまでも耐えられるものではない。相手の方が数が多いのならなおさらだ。

おまけに魔法も飛んできている。

城壁の上の攻防も劣勢だ。

分隊長たちという、少数の強者に頼った作戦を立てた結果がこれだ。より強いたった一人の存在によってひっくり返されてしまった。

ならば同じことをすればいいのだが、そんな事ができる手札はこの都市には無い。

騎士たちが倒されてしまえば、もはやこの都市に魔物に抗《あらが》うすべはない。そしてそれはもう時間の問題だろう。

「住民たちに避難指示を出せ。もう遅いだろうが……」

指揮官は腰の剣を抜き放った。

「司令……?」

「ここでこうしていてももう意味はない。作戦は失敗だ。立て直すすべも無いだろう。たとえ逃げ延びることが出来たとしても、陛下に処断されるだけだ」

指揮官を始め、司令部の全ての騎士たちもその手に剣を持ち、死兵となって戦った。

◆◆◆

まさかこのような報告を聞くことになるとは、ウスターシェは思ってもいなかった。

領主が無能だったのだろうか。それとも防衛作戦の指揮官たる騎士団長が無能だったのだろうか。

「……ウィルラブ陥落、か」

おそらくどちらも違うだろう。

単純に敵が想定以上の戦力だったというだけのことだ。

「第四騎士団長からの最後の通信は、敵戦力のリーダーの情報だったな」

その剣の一振りで重装歩兵を何人も吹き飛ばし、しかもそうした攻撃を複数繰り出してくる。

リーダーにこちらの攻撃が通用するかどうかもわからない。なにせ攻撃は全て回避されている。

それ以前に、敵の一般兵士に対してさえまだ有効な戦術が確立出来ていない。

報告からでは災厄らしき者の存在は確認できない。

しかしだからと言って何の慰めにもならない。自分たちを滅ぼしうるのなら、それが災厄であれ知らない誰かであれ同じことだ。

「……急ぎ、ウィルラブからこの王都までの間にある全ての都市に避難命令を出せ。ウィルラブを陥落させるほどの戦力だ。抵抗しても焼け石に水だ。もはやこの王都で迎え撃つしかない」

「ただちに。……焦土作戦は行いますか？」

「いや、アンデッドであれ魔法生物であれ飲食が必要とは思えん。やっても時間の無駄だ。それより避難を優先させろ。これ以上国民を失って国力を落とすわけにはいかん」

退出していく側近の紋章官を見送り、ウスターシェも席を立つ。

彼には彼ですべきことがある。

「アーティファクトか。まさか私の代で使用する事になろうとはな……」

唯一の救いは相手がアンデッドに近いらしい事だ。ならばアーティファクトはさぞ効くことだろう。

魔法生物だったとしても、仮にアンデッドと真逆にあるような存在ならば、わざわざスケルトンに似た姿はとるまい。そしてそれを率いている敵首魁《しゅかい》についても同じ推察が成り立つ。

「出し惜しみして敗北してしまっては意味がないな。一番いいのを持っていくか。

これで他国とのパワーバランスが崩れることになったとしても……。いや、そんな事は今更か。ヒルスはすでになく、大陸には人類の敵が存在している。まさに激動の時代だ。たとえこの窮地をしのげたとしても、その先に待っているのは……」

ヒューマンどもに頭を下げるのは業腹だが、隣国オーラルに保護を求める必要があるかもしれない。

あの国はおそらく今もっとも安定している国家だ。野盗の被害にあったこの国の辺境の街も、今はオーラルから破格の安値で食糧の供給を受けていると聞く。ならば彼らが少なくともポートリーに友好的なのは確かだ。

◆◆◆

無人の街道を進軍した敵勢力は、数日と待たずにポートリー王都に現れた。

ポートリーは東西に延びた細長い国だ。北方より現れた敵軍が王都を目指すとしても、そう時間はかからない。

睡眠や休憩が最低限で済むだろう敵軍ならばなおさらだ。いや、それであればむしろ遅かったくらいだ。

「なるほど、黒いな。あれが……」

王都で敵勢力を待ち構えるは、まずは王都防衛を主任務とする第二騎士団。次に普段は東にある、スライムの湧き出るウミディタ湖に面したピアチェーレの街に駐屯している第五騎士団。さらに南の樹海への防壁の役割を果たすアスペン市を守る第六騎士団。

そして近衛《このえ》として宮殿と王族を守る第一騎士団だ。

国の西部の街に駐屯している第七騎士団は間に合わなかった。

情報によれば、敵には魔法を使う個体が多数いるという。これは部隊として攻城兵器を持っているということだ。

ウィルラブでの戦いでは、野戦においては敵のその多さに押され、結果的に狭い市街地に誘い込むことで戦況を有利にしたそうだが、これだけの騎士団がいればそんな必要はない。

狭い場所の壁を利用せずとも十分に包囲や分断が可能だ。

有効と思われる、強力なアクティブスキルを取得している騎士も多数いる。

特に近衛である第一騎士団は全員がそうだ。彼らは精鋭である騎士たちの、さらに上澄みだけを掬《すく》うようにして構成されている。貴族出身であるハイ・エルフもいるエリート中のエリートだ。

王都を戦場にしたくなかったウスターシェは、戦場に王都の周囲に広がる草原を選んだ。

平時は牧草地として利用されている土地だ。戦場になってしまえば、もう牧草地としては使えない。それについても何か代案を考えておく必要があるが、今重要なのは今日生き残る事であり、明日のミルクの事ではない。

「この戦力ならば負けることは無いだろう。まさに総力戦だな」

今この瞬間にウミディタ湖や南の樹海などから魔物が溢《あふ》れてくるようなことでもあれば、そちらに面する都市は軒並み全滅だ。

しかし王として何よりも守らなければならないのはこの王都であり、アーティファクトである。

すでに城壁近くにアーティファクトは設置済みだ。

最悪の場合は即座に城壁近くにまで兵を下げ、アーティファクトの周囲で戦わせる事になる。

あれは無差別に呪いを振りまくため、敵を誘導した騎士も同時に呪いを受けることになるが致し方ない。除外する条件には各騎士団の団長・副団長クラスとウスターシェのみを登録してあった。

アーティファクトは消費アイテムであるため、これを使用するということは国としての価値や格が下がってしまう事を意味するが、すべてが失われてしまうよりはよほどいい。

そろそろ、中央に配置されている第二騎士団が会敵するころだ。

第二騎士団は敵と接触したらそのまま徐々に下がり、右舷《うげん》と左舷《さげん》に配置されている第五、第六騎士団が敵を包み込むようにして包囲する手はずになっている。第一騎士団はウスターシェの護衛だ。

開戦からしばらくの間戦況はウスターシェの描いた図のとおりに推移していた。

現在敵は第二、第五、第六騎士団によって包囲され、想定通りに少しずつ数を減らしている。一部のアクティブスキルでなければ攻撃が通らないという報告は当初信じていなかったが、事実だった。

圧倒的に数で勝る騎士団だ。包囲さえしてしまえばすぐに決着がつくと考えていたが、頑丈な敵兵はなかなか減っていかない。

さらに一部の騎士たちのみに頼る戦法であるため、その騎士たちの疲労も心配だ。

敵の放つ魔法攻撃は厄介だが、全方位から包囲している現状では散発的といっていいものだ。真に主力である分隊長以上の騎士は接近して戦闘しているため、彼らが魔法の標的になることはない。

包囲を形作っている騎士たちには何人も被害が出ているが、多少の被害は仕方がない。

「敵首魁はさらに飛び抜けて強いという報告だったな？　そういう者は居ないようだが」

このまま時間をかければ殲滅は可能だろう。騎士たちへの被害も想定よりも少なく済むはずだ。

国家存亡の危機と見てウスターシェ自ら出陣してきたが、拍子抜けだ。

こんなことなら宮殿で待っていてもよかったかもしれないが、ウスターシェもハイ・エルフだ。高貴なるものとして、国家存亡の危機である可能性がある戦場に立たないという選択肢はなかった。

都市が窮地に陥れば、それは領主の無能の責任だ。

ならば国家が窮地に陥れば、それは王たるウスターシェの無能の責任であるからだ。

しばらくすると包囲している騎士の集団から、一人の騎士が胸を押さえながらこちらに走ってくる。

伝令兵という役職は特に設定してはいなかったが、こういうものだったろうか。

それとも傷病兵か。

胸部に損傷を負ったのかもしれないが、走れるほどならまだ戦えるはずだ。

サボるつもりなら処断する必要がある。あの騎士はどこの所属か。

騎士の手が胸から離れ、所属を示す印が顕《あらわ》になる。

鎧《よろい》の胸部に装飾されている文様、あれは確か――

「へ、陛下！　お下がりください！　あれは壊滅した第四騎士団の――」

傍らの紋章官がそう叫んだ次の瞬間、騎士はいつの間にかウスターシェの目の前にいた。

ぼうっとしていたとか、よそ見をしていたとかそんな事は有り得ない。

まさに一瞬にしてこの騎士は十数メートルを移動してきた。

「――お主は今、陛下とか呼ばれておったな？」

兜《かぶと》によって顔は見えないが、スケルトンにはとても見えない。普通の、肉のある男だ。スケルトンだとしたら鎧を着てもスカスカで音が鳴るだろう。

それにこの声だ。

ウスターシェはこれまで会話をするスケルトンに会ったことなどなかった。

「なん――」

「『ゲラーテ・シュナイデン』」

ウスターシェの周囲は第一騎士団が固めていたが、その第四騎士団の鎧を着た騎士の剣から直線状に放たれた剣閃によって、隊列が真ん中から真っ二つに引き裂かれた。

その攻撃は当然中心にいたウスターシェを狙ったものだったが、間一髪で躱《かわ》すことができた。

国王ともなれば得られる経験値も相当な量になる。

優秀であることを自分にも求めるハイ・エルフであれば、その経験値を自身への強化に費やすのは当然だ。

ウスターシェは実戦経験こそ無いものの、その能力値だけで謎の騎士の攻撃を躱してみせた。

「――っぐ！　近衛騎士たち！　この者を殺せ！　こやつは我が国の騎士ではない！」

謎の騎士を近衛騎士が取り囲む。

近衛騎士はウスターシェの直属の眷属《けんぞく》であり、王族や宮殿を守るべく他の騎士よりも多くの経験値を与えてある。

ゆえにその全員が他の騎士団でいう分隊長以上の実力を備えているのだ。この謎の騎士が仮に敵スケルトンのリーダーであり、第四騎士団長の報告通りの強さを持っていたとしても、倒すことは不可能ではない。

「『ドレーウング・バーン』」

しかし謎の騎士の放ったスキルによって、周囲を固めた近衛騎士たちは全て上下に分かたれた。

先ほど隊列を真っ二つにした剣閃もそうだが異常な威力だ。

近衛騎士たちはポートリー屈指の実力を持っており、纏《まと》っているその鎧もミスリルと魔鉄の合金で出来ている。

ミスリルは単体では魔法親和性が高いが、熱伝導性もまた高く鎧には向かない。しかし魔鉄と合金にすることで熱伝導性を抑え、さらに少しだけ硬度も上げてやることができるのだ。

ポートリーの金属加工技術は弱い。この鎧は旧統一国家で確立された技術で作られたものだ。かつてはこれ以上の鎧もあったそうだが、現代では残っていない。

つまり、ポートリーで最高の性能を誇る鎧ということである。

この謎の騎士はそんな鎧をやすやすと切り裂き、スキルのたった一撃で真っ二つにしてみせた。

ありえない。

どういう剣ならそんな事が可能だというのか。あるいはこれらのスキルに秘密があるのか。

「ええい！　まだだ！　囲んで駄目なら――」

「お前が国王なのは間違いないようだな。ならば今度は回避などさせぬ。まとめて吹き飛ぶがいい！　『シュヴェルト・メテオール』！」

おそらく錯覚なのだろう。

謎の騎士が剣を振った次の瞬間、まるで流星のように天から光が降り注いだ。

流星はウスターシェがいる辺りに衝突し、爆発を起こして周囲一帯を吹き飛ばした。

後には何も残っていない。

ただ抉《えぐ》られた大地があるだけだ。

ウスターシェの死亡により、残った近衛騎士たちもその場に倒れ、前線で戦闘中の騎士たちが気づいたときには本陣には誰も立っていなかった。

◆◆◆

「――おお、ご苦労」

ディアスはアダマンスカウトを労《ねぎら》った。

アダマンスカウトたちは本隊から一日先行して都市周辺に潜んでおり、アーティファクトの設置された位置を確認するのが任務だった。というより、本隊の動きをあえてスカウトたちより一日遅らせていたというほうが正しいか。

城壁の脇に設置されていたアーティファクトを全て回収したスカウトたちが、敵の騎士に扮《ふん》して本陣を壊滅させたディアスに報告したのだ。

嵩張《かさば》るためインベントリに収納してしまいたいところだが、どこで誰が見ているかわかったものではない。主君の立場を脅かすような迂闊《うかつ》な真似《まね》は出来ない。

前線で包囲を継続している集団の中にはこちらに気づいた騎士たちが何人もいるようだ。しかしアダマンスカウトを倒しうる敵の主力はまだ包囲の中心付近でアダマンナイトたちと遊んでいる。全て倒されるにはしばらく時間がかかるだろうし、放っておいていいだろう。

「ではお前たち、宮殿を制圧するぞ。王族を根絶やしにする事に陛下は特にこだわってはおられなかったようだが、完璧《かんぺき》を期するに越したことはあるまい」

すでに最重要目標だった国家元首の殺害は達成している。言うなれば後は消化試合だ。

しかしディアスは全ての王族を始末するべく、王都への侵入を試みた。

城門は固く閉じられているが問題ない。

スカウトたちは壁をよじ登る事が可能だし、ディアスは壁を走る事ができる。

「我々から逃れることは不可能だ。王族がどいつかはわからないがおそらく宮殿にいるのだろうし、宮殿の中の者、それから逃げ出すものを全て殺せば任務達成だ。

制限時間は、おもてのアダマンナイトたちが全滅するまで。では、行くぞ」

第四章　魔王の描くシナリオ

「ブランの話だと……。この辺りだと思うんだけど」

本来ならばイベント開始までのこの期間はポートリー王国にお灸《きゅう》を据えるため非常に忙しくしているはずだった。

当初自分で叩《たた》き潰《つぶ》してやると意気込んでいたのは、こちらから何もしていないにもかかわらず突然ぶん殴られたかのような状況だったからである。

ところが蓋《ふた》を開けてみれば、相手が攻撃してきたのは野盗の襲撃に対する報復行動だった。それ自体は相手が違うのでただの言いがかりだが、その相手というのはレアの姉であるライラである。

レア自身が攻撃をしかける事をためらったのは敵のアーティファクトを警戒したということもあるが、なんとなくライラに迷惑をかけられた者同士という意識が働き、殺意が削《そ》がれてしまったためでもあった。

急に空いた時間を持て余していたところ、ブランからのフレンドチャットでニュートなる魔物がいるらしいことを聞いた。

ならばこの機会にドラゴンを求めて遠出してみてもいいかと考え、スガルを連れて飛んできたのである。文字通り。

「あ、あの川かな」

遠く『魔眼』に街の影が見え始めたあたりで眼下に流れる川に気付いた。川幅はかなり広く、例えば人型の生物が単身で渡河するのは無理ではないかというほどだ。

川の周辺は草木が茂っているが少し離れた街道のあたりにはまばらにしか草木はなく、岩盤などが露出している。

〈川の中に何かいますね〉

「そのようだね。ＬＰやＭＰの輝きからすると大したことのない魔物のようだけど、あれがニュートかな？」

日中のためレアは全身を翼で覆い隠している。

『魔眼』や『真眼』は自分自身を対象外に設定でき、また発動が自分中心に行われるため翼の外部も問題なく確認が可能だ。『飛翔《ひしょう》』と同じく発動に際して瞳《ひとみ》そのものを媒体にしないマジカルなスキルである。

一方『魔法連携』は視線がトリガーのひとつになっているためこの状態では発動できない。こちらから攻撃が必要な場合はスガルに頼ることになっている。

「よし、降りてみよう」

周囲に他に誰もいないことを確認し高度を下げた。

周辺の町はブランによって滅ぼされている。誰かいるとしたらダンジョン目当てのプレイヤーだけだ。ダンジョンの場所は周知されているしわざわざ街道を外れて川までくるプレイヤーは少ないはずだ。

川辺に降り立ってみたが水中の何者かは反応しない。

感覚が鈍い、というよりも気づいてはいるが気にしていないという感じだ。

「ノンアクなのかな」

〈のんあく、ですか？〉

「ノンアクティブ。アクティブでない、つまり向こうからは攻撃してこない敵ということだよ。覚えなくてもいい言葉だけど」

水の中はマナの動きが空気中と違うため、姿が視《み》えないことはないが非常に視づらい。また『真眼』ではぼんやりとした形しかわからない。

少しだけ翼を開いてその目で確認しようとしたが、まだ日は高く、おまけに水面《みなも》が日光を乱反射してたいへん眩《まぶ》しい。すぐにあきらめた。

「スガル、一匹陸にあげてくれないか」

〈はい、ボス〉

スガルは躊躇《ちゅうちょ》なく水中に入っていき、やがて一体のサンショウウオを抱えて戻ってきた。水棲《すいせい》昆虫などもいるからなのか、それともエビやカニなども節足動物に含むからなのか、スガルの特性には「水棲」がある。これを持っているキャラクターは水中でもパフォーマンスを落とさずに活動できる。

スガルが引き上げた魔物は、全長で二メートルほどはあるだろうか。サンショウウオというよりは不細工なワニという感じだ。

『鑑定』によればこれは「ヒルスニュート」というらしい。ヒルスというのがヒルス王国を指しているとしたら、他の国では違う名前のニュートがいるということなのか。

陸にあげられたヒルスニュートはスガルを敵と認識したらしく、その尾を巧みに使って攻撃を繰り返している。しかし圧倒的とも言える能力差によってダメージは全く発生していない。スガルもこれがレアにとって重要なサンプルだと認識しているためか、屈辱にも黙って耐えている。

「本当に弱いな。☆1とかの雑魚と同程度かな。この程度の弱さなら乱獲されて食料にされていてもおかしくないと思うんだけど、その様子はないね」

〈この者たちがいたのは川の最も深いあたりです。ヒューマンが捕獲するのは難しいのではないでしょうか〉

ヒューマンが捕獲するのが難しい場所ということはプレイヤーが攻撃するのも難しい場所ということでもある。

では何のためにここに存在している魔物なのだろう。川の底には数多くのLPの塊が見えるため繁殖力は相当強いようだが、普通そういう生物は食物連鎖の下の方である場合が多い。まるで天敵がいなくなった結果異常繁殖した外来種のようだ。

「とはいえ誰かがここに連れてきたとも考えづらいし、だとしたら天敵の方がここからいなくなった？　天変地異で絶滅したとか、地形変動か何かでここに来られなくなったとか」

自然界のことだしどこかに文献があるというわけでもない。考えてもわかるまい。

しかし繁殖力が強そうなのは好都合だ。リーベやトレの森で繁殖させてやるとしよう。

彼らにとっても緑豊かな大森林を流れる川の方が居心地がいいだろう。

「とりあえず目につく分は『使役』して連れて行こう。いつまでもここにいたらプレイヤーに見つからないとも限らないし。ある程度をリーベに移したら、残りは世界樹広場に『召喚』して実験かな」

〈その前に、ブラン様にご挨拶《あいさつ》をされていっては。せっかく近くまで来ましたので〉

「そうだね。そうしよう」

◆◆◆

「なーんだ！　来るなら来るって言ってくれれば何か用意したのに」

「ちょうど時間が空いてしまったから。それにいつでも来られると思うとなかなかね」

ブランはエルンタールを☆5の領域としてやっていくことに決めたらしい。

レアがしているように、ボスエリアだけは強力な魔物で固めて外は難易度相当の魔物でプレイヤーを接待する、という形ではない。全エリアで☆5の難易度である。これは例のスケリェットギドラがボスエリアに入れないために取った仕方のない措置だ。

それによって遠のいた客足を戻すため、隣街のアルトリーヴァにも手を入れて難易度を☆3にまで押し上げたらしい。

レアにとってもこの地方へ訪れるプレイヤーの層が厚くなり、活性化するのは歓迎すべきことである。なにせ近くのセーフティエリアの宿場町を取り仕切っているのはレアの息のかかったＮＰＣだ。

「もしダンジョンの運営で困ったことがあったら何でも言ってくれ。わたしにとっても利益のあることだし」

「ありがと！　あそうだ！　お礼と言っちゃなんだけど、伯爵先輩がリザードマン採ってもいいって言ってくれたんだよね。よかったら行ってみる？」


ブランにリザードマンの住処《すみか》を案内してもらうことになった。

それほどの数はまだいないようだし、すべてのリザードマンを狩るのはやめてほしいと頼まれたが、それでもトカゲ系の魔物を入手できるというのは大きい。

「レアちゃんさあ、その格好……」

「わたしは陽光が苦手だからね。どうやら陽光が苦手というのはヒトの肌に関する部位だけらしくて、翼は問題ないみたいなんだよ。これなら日焼けせずに済むし、日中でも気にせず外出できるというわけさ」

「……いや、本人が納得してるんならいいんだけど」

ブランと共に飛んできたのは先ほどの川の上流、そこに聳《そび》え立つ岩壁だった。

岩壁には小さな、と言ってもヒューマンなら難なく通れるほど大きいが、岩壁のサイズからすればほんの小さな割れ目が出来ていた。あの川の源流はそこから流れているようだ。

「あの出入り口わたしが作ったんだよね！　あそこから出て、街に飛び出したのさ！」

「思い出深い秘密の通路というわけだね。でも、何かいるようだよ。あれがそのリザードマンとやらじゃないのかな」

岩壁の割れ目では数体のリザードマンらしき魔物が何やらゴソゴソしていた。

「あホントだ！　そっか出口が開いたからあいつらも外に出られるようになったのか」

リザードマンたちは岩壁の中の地底湖周辺に生息していたとの話だが、ではあの岩壁に長年閉じ込められていたということだろうか。そうでなければ穴が開いたからと言って外に出ては来ないはずだ。

リザードマンたちをよく見れば、その手にあのヒルスニュートを抱えている。あれは彼らの食糧だったのだ。

となると何らかの理由で彼らが岩壁に閉じ込められるようになり、その結果天敵がいなくなったニュートが異常繁殖し川底を埋め尽くした、というシナリオが考えられる。

「なんでリザードマンは岩壁に閉じ込められていたんだろうね」

「さあねぇ。わかんないけど、あの高地自体大昔にいきなりせり上がったっていう話だったから、そのせいかな」

「なにそれ？　せり上がった？　そんなことあるの？」

「いきなりとは言ってなかったかな？」

「そこはわりとどうでもいいけど」

どちらにしても、かつてここで大規模な地形の変動があり、しかもそれが観測可能な速度で行われたということは確かなようだ。

それを行ったのが何らかのキャラクターなのか、それとも運営の都合なのかはわからない。

「……世界は広いね」

「そうだねぇ」

とりあえず入り口周辺にいた三体のリザードマンは『使役』し、彼らを連れて中に入ってみることにした。

◆◆◆

洞窟《どうくつ》の中は薄暗かったが思いの外広かった。

「でねー、リザードマンも最初はゾンビになっちゃうところだったんだけど、システムメッセージのアレを拒否したらスケルトンになってさー」

「へー。じゃあ、そのままにしていたらリザードマンゾンビとかになったのかな？　それを合体させたらドラゴン・ゾンビとかになったのかもね」

「ドラゴン・ゾンビ！　うーんでもゾンビか……。ドラゴン枠はバーガンディがいるからもういいかな」

「『死の芳香』（物理）」

「やめてよもー！」

他愛もない会話をしているうちに、開けた場所に出た。

これがブランの言う地底湖だろう。

地底湖ならばリーベ大森林の最初の洞窟にもあったが、あれとは比べ物にならないほどの大きさだ。

その地底湖のそばに土が盛られた何かがいくつも建っている。リザードマンの集落とはどうやらあれのようだ。

「ひとつひとつ覗《のぞ》いていけばいいのかな」

「危なくない？」

「じゃあ君たち、ちょっと何人か連れてきて」

今更リザードマンの不意打ちを受けたところでレアもブランも危険があるとは考えにくいが、そういう油断に足を掬《すく》われるのである。

先ほどテイムしたリザードマンたちに見に行かせることにした。

集落には成体はそれほどいないが、子供は結構いるようだ。

成体のリザードマンは子供たちのために食糧の確保に出かけているのだろう。そして、それを捕らえてテイムしたのがおそらく今の彼らなのだろう。

「……子供を連れて行くのはやめておこう。ある程度成長した個体だけ連れてきてくれ。それと大人も少し残して……いや、いいや。大人は全て眷属《けんぞく》にしてしまおう。何人かはテイムしたままここに残して、子供たちを守らせておけばいいか」

さしずめリザードマン牧場である。

「なるほどそうすればよかったな。わたしは見かけたやつは大抵ヤッちゃったからなぁ」

「いや、ブランは眷属にしたらスケルトンになっちゃうんでしょ？　スケルトンに育てられる子リザードマンっていうのも情操教育に不安が残るよ」

いずれどこぞの魔王軍の軍団長とかにするというのならそれでもいいのかもしれないが。

「スケルトンだけじゃなくてゾンビにも出来るよ？」

「それが本当に解決案だと思っているのなら一周回って大したものだよ」

ともあれ、今入手できる限りのリザードマンは手中にできたと言える。

ヒルスニュートも多数ゲット出来た。どちらもある程度は手を出さずに残しておくことにしたので、またいずれ増えていくはずだ。

人間サイズの生物が繁殖するにしては生育サイクルが短すぎるが、ある程度の数までは何かしらの補正ですぐに増えるようになっているのだろう。そうでもなければゲームとして成り立たない。

「ライラさんの分、残ってないけどいいの？」

「どうせそのうち増えてくるでしょう。それに外のニュートはまだまだ十分数が残ってるし、わたしの後にライラが乱獲しても余裕のはずだよ」

それ以前にライラは飛行することができない。

レアやブランのように気軽にここへは来られないはずだ。

「いや、例えば眷属のヒューマンのアバターを乗っ取って転移サービスでヴェルデスッドまで飛んで、そこから歩いてくれれば来られるか」

「じゃあ、教えておくね」

「お願いするね。リザードマンはまだ数が少ないから、捕るならニュートだけにするよう言っておいて」

「おっけー！」

◆◆◆

せっかく来たのだから、とブランに押し切られ、さらに水路を遡《さかのぼ》って伯爵の居城にお邪魔していくことにした。

「——友達連れて来ましたよ伯爵！」

「ともだ……？　……魔王ではないか！　アポくらいとれ！」

「……突然失礼するよ。なんか申し訳ないけど」

伯爵は座っていた玉座のような椅子を立ち、レアたちの下へ歩いてきた。

初見でレアが魔王だと見破られたのはこれが初めてである。

魔王を知っていたとしてもレアの色はかなり特殊なはずだが、よくわかったものだ。

「いや構いません。本日はどのような……？」

「いや、友人が世話になったという方に挨拶でもと寄っただけなんだ。近くまで来たもので。いつもブランがお世話になっています」

「とんでもない、こちらこそ。いつもこれがご迷惑をおかけしているようで……」

「カテイホーモンかな？」

ブランの話では伯爵は実にいろいろな事を知っているようで、レアとしてもぜひ知己を得ておきたかった存在だ。

そのブランは謁見の間の隅になにやらゾンビを『召喚』して立たせている。ただの嫌がらせの可能性もあるが、合理的に考えれば移動の際の目印だろう。

伯爵とはこの機会にフレンド登録をしておきたいところだが、その情報を重要NPCである彼に伝えていいものかどうかは難しいところである。

公式が黙っている上、これまでこのことを知っていたNPCは存在しなかったことから、運営がこのゲーム内世界に対してインベントリを広めてほしくないと考えていることはなんとなく察せられる。

そうであるなら、今のレアの状態は「黙認」であると考えるのが妥当だ。

あまりデリケートな部分をつついてペナルティなど受けたくない。

「……まず最初に言っておきたいのだけれど、わたしとしては伯爵閣下と敵対する意思はない」

「閣下など、おやめください。私に敬称をつける必要はありませんよ。あなたの方が私よりも格上です」

「私⁉　いつも我とか言っ――痛《い》った！」

「――当面敵対のご意思がないというのはこちらとしても助かりますな」

「それは何より。他にもこの世にはきっと多数の勢力が存在していると思うのだけれど、その中に吸血鬼勢力と友好的な勢力はあったりするのかな」

「この大陸の外のことは詳しくはわかりかねますが……。少なくとも常時友好的な勢力というものは、どの陣営にとっても存在しないでしょう。その時の状況によって手を結び、あるいは敵対する。それが世界に監視されている者たちの在りようですから」

「世界に監視？」

「特別大きな力を持った存在になりうる何かが生まれた時、そういう『知らせ』があるのですよ。その知らせを受け取るには特殊なスキルが必要でして、あいにく私は持ってはおりませんが、人類や一部の高度な知能を持つ魔物の中にはそれを専門にしている者もいるとか」

つまり『霊智《れいち》』系のスキルで聞こえるアレのことだ。

確かにあんなアナウンスが聞こえれば、監視されていると判断するのも当然だと言える。

「ただし例外もありました。かつて天空よりもなお高いところから北の極点に落下した黄金龍。あの時にはあらゆる勢力が一時的に手を組み黄金龍を封印し、誰にも破られぬよう『クリスタルウォール』で蓋《ふた》をしました」

「その、クリスタルウォールというのはスキルか何かなの？」

「……おそらくは。発動したのは時の聖王ですが、彼女はクリスタルウォールの発動を最後に亡くなっておりますので詳細はもう……。ただ聖王は防御に優れた種族でしたから、専用でそういうスキルを持っていたとしてもおかしくはないでしょうな。どういう原理かわかりませんが、クリスタルウォールを破壊、または解除するにはその発動時にマナを提供した、精霊王、蟲《むし》の女王、海皇、幻獣王、我らが真祖、そして聖王の力の証《あかし》が必要だとのことでしたが」

何となく世間話の延長のような感じで聞いてしまったが、これはもしかしてエンドコンテンツの開放条件なのではないだろうか。

つまり黄金龍討伐というコンテンツをアンロックするには精霊王、蟲の女王、海皇、幻獣王、真祖、聖王と会うか倒すかして何らかのイベントアイテムを――

「……すでに何名か鬼籍に入っているよね」

「聖王本人がおりませんので詳細はわかりませんがね。波長の近いもので問題ないようならば、もし仮に新たな聖王などが誕生すれば可能性はあるでしょう」

加えて言えば、幻獣王という存在については寡聞にして知らない。ＳＮＳの考察スレに挙げられていた六大災厄には入っていなかったはずだ。それを言ったら精霊王も聖王も入ってはいないが。

仮にこれらが現在この世界に存在せず、プレイヤーの手でなんとかする方向で設定されているのだとしたら、可能性がありそうなのはまずは精霊王だろう。エルフまたはドワーフを成長させることで精霊王を生み出すことができる。

ゲームシナリオの都合を考えるなら、聖王と幻獣王も同様の難易度と考えるのが妥当だ。名前から言って幻獣王が獣人の行き着く先だと仮定する、となると残った聖王はヒューマンの頂点と考えることができる。

つまりプレイヤーが成長するか、あるいは人類種国家の成長を促すか、そうやって出現させた災厄級のキャラクターを、協力させるなり倒すなりしてキーアイテムを入手する流れということだ。

エルフの国であるポートリー王国にはすでに攻勢をかけてしまっている。重要目標は国王のみとしてあるが、ディアスは人類種国家に恨みを持つキャラクターだ。気を利かせた、という体《てい》で王族を皆殺しにしないとも限らない。

そうなればＮＰＣのエルフの国から精霊王を輩出するのは絶望的である。

それはともかく、六大災厄に数えられているにもかかわらず何の役割も担っていないのが二名ほどいるのが気になる。七大まで入れればもう一人無職が増えるが、それは今は重要ではない。

「そういえば、黄金龍の他に例外となる勢力がもうひとつありましたな。この大陸周辺をうろついている大天使、あやつは基本的にすべての勢力に対して常に『敵対』です」

「何か理由でもあるの？」

「――わかりませぬ。あれらが誕生したのはかなり最近になってからですし」

「あれら？」

「あれと、南の大陸にある樹海の大悪魔です。といっても大悪魔の方は大天使よりも少し古いか。まあ大悪魔の方は誰かれ構わず喧嘩《けんか》をしかけるような性格ではないようですが」

大天使と大悪魔に何か関係がありそうなのは名前からして想像できる。普通に考えれば魔王と精霊王のように対になる存在だ。ということはそのルーツは同じ種族だと考えるのが自然である。

両者ともに現れたのが最近であるということは、元々この世界に生息していた種族ではないという可能性がある。黄金龍が落ちてきたときにはそもそも居なかったのだろう。

「……ヒューマン、エルフ、ドワーフ、獣人にはエンドコンテンツ開放という役割があった。スケルトンとゴブリンはまあ、とりあえず置いておくとして。プレイヤーが初期選択できる種族にはもうひとつあったたね」

かつてレアが『錬金』で生み出そうとしたが未《いま》だにレシピが判明していない魔法生物。

あれはおそらく誰かが『錬金』を極めなければ生まれることはない。種族的に「若い」というのは頷《うなず》ける話だ。

「あったねえ。ホムンクルスだっけ。何のボーナスもないくせにデメリット多いしバレると魔物認定されるらしいし、控えめに言ってハードモードだよね。スケルトンはイージーだったなー」

スケルトンやゴブリンがイージーモードとは思えないし、ブランの初期位置にスガル達がいたことを考えるとどちらかというとベリーハードな気もするが、それはおいておく。

ホムンクルスはヒューマンの子供に似た姿ということだが、正体が知られれば人類からは魔物として攻撃され、またその姿から魔物の領域においては普通に獲物である。どのシチュエーションにおいても全方位敵という正真正銘のハードモードだ。しかも経験値ボーナスもない。

ＳＮＳでもゲーム内でも見かけたことがないため選んだプレイヤーは少ないのだろうが、もし仮に天使や悪魔へ転生できるとなったらその価値は計り知れない。例の初期種族転生課金アイテムは飛ぶように売れることだろう。

「今の話、他で話したらダメだよ」

「他って言われても、レアちゃんとライラさんくらいしか話す人いないんだけど」

「……ならいいか」

ほんのご挨拶《あいさつ》からの雑談のつもりだったのが、期せずしていつのまにかイベント会話になっていた。

しかもおそらくこの大陸の行動制限キャップとして存在しているのだろう吸血鬼の伯爵との会話だ。

本来ならばこの伯爵を倒すことで外部の大陸の敵性勢力の情報を得たり、エンドコンテンツの情報を得たりするのだろうが、そういう手順をすべて無視する形になってしまった。

仮に伯爵を倒して会話するのだとしたら、戦う事で彼に認められるというようなプロセスが必要になると思われる。

おそらく戦わずして肩書きのみで認められたためにこういう形になったのだろう。

「伯爵、今日はありがとう。いろいろ勉強になったよ」

「お役に立てたのなら何より。こちらとしても魔王と知己を得られたのは幸いでした」

「ところで。ずいぶんとつっこんだ情報をいただいてしまったのだけれど、もしもそれを聞いたわたしが黄金龍の復活を目論《もくろ》んだりしたらどうするの？」

伯爵は目を伏せ、軽く笑った。

「別にどうも。知ったところで、現状で黄金龍の封印を解除することのできる存在はいないでしょう。仮に出来たとしたら、その者はもしかしたら再び封印することも、あるいは倒してしまう事も出来るかもしれない。

聖王亡き今、実際のところクリスタルウォールがいつまで健在であるのかは不透明です。その曖《あい》昧《まい》な状態をどうにかできるのなら、仮に状況が悪化する可能性があるとしても無理やり動かしてしまった方がいい」

「それが出来るのがわたしだと？」

「そうですな。あなた方の誰かでしょう」

伯爵はレアを見ているようで、ブランを見ているようでもあり、すこし遠くを見ているようでもあった。

あなた方、というのはプレイヤーの事を指しているのだろう。彼はおそらくこの大陸における最重要ＮＰＣだ。ＡＩの人格に影響を与えない範囲内で、何らかの情報かプレイヤーを感知する機能か何かを持っているのかもしれない。

「……精進しよう。ではそろそろ失礼しようかな。大変申し訳ないのだけれど、これからもブランをよろしくね」

「こちらこそ大変申し訳ありませんが、これのことをよろしくお願いします」

「サンシャメンダンかな?」

◆◆◆

ずいぶん長居してしまったようだ。伯爵の城を辞するころには日は傾きかけていた。

ブランとは伯爵の城の上空で別れ、ずっと大人しくしていたスガルを連れてトレの森に飛んだ。

しかし有力な情報を多数得ることができた。いくつかは推測も混じっているがそれはいつものことだ。ゲームなのだし、たぶんこれで正解だろうという程度で構わない。


考えただけでわくわくするシナリオだ。


出来る事ならば是非、プレイヤーたちに先駆けてクリスタルウォールとやらを破壊し、黄金龍を解き放ってみたい。同じ種族であれば別人でも代役が可能なら蟲の女王はすでにいる。この点においで他のプレイヤーより少なくとも一手先んじていると言っていい。

黄金龍の解放は当然世界の危機に繋《つな》がるのだろうが――

――世界を危機に陥れる事を目標に行動するなんて実に魔王らしくていいじゃないか。

これは別に、エンドコンテンツ開放条件に「魔王」が絡んでいなかった事への腹いせなどでは断

じてない。

◆◆◆

トレの森に帰ってきたレアはさっそく実験をしてみることにした。

「広場、残しておいてよかった。じゃあ早速いろいろやってみよう」

リザードマンは五体しか連れてきていない。とりあえずこの五体をやれるだけ強化してみて考えることにする。

リザードマンに賢者の石グレートを与えたところ、選択肢には「亜竜人」と「真竜人《しん》」の二つが登場した。真竜人への転生には経験値を要求されたため、こちらが上位と見ていいだろう。

ブランの血によってリザードマンスケルトンがスパルトイ、ドラゴントゥースと転生したことを考えれば、亜竜人がスパルトイ、真竜人がドラゴントゥースに血肉を与えた種族と考えていいはずだ。いや逆か。あっちが竜人たちのアンデッド化した姿なのだろう。

亜竜人に転生させる理由は特に無かったため、すべてを真竜人に転生させた。

真竜人はリザードマンを全体的にひとまわり大きくしたような体躯《たいく》を持ち、頭部からは後ろへ伸びる角が生え、手足の爪も太く強靭《きょうじん》な形状に変化している。

この場にリザードマンがもう二五体ほどいればこのまま突き進むのだが、現状では五体しかいない。手を抜いたことで小さくまとまってしまっても残念だ。

リザードマンがもう少し増えてくるのを待てばいいだけのことではある。しかしリザードマンの住処《すみか》の事はすでにブランからライラへ伝えられているだろうし、本来お互いにトカゲの情報は優先的に伝えるということになっている。先にリザードマンをいただいてしまった手前さすがに次はライラに譲るべきだろう。

となると、リザードマンの入荷にはそれなりの時間を待たなければならない。

「ダメ元で……ニュート君たちを混ぜてみるか」

とりあえずニュートを何匹か転生させてみて、トカゲかドラゴンかそちら方面に近づくようなら融合素材へ、遠ざかるようならリーベ大森林の地底湖を拡張してそこに放り込んでおくことにすればよいだろう。

そしてニュートの転生先にあったのは――

「――サラマンダー！　正確にはヒルスサラマンダーだけど、実にそれっぽい！　このヒルスって単語、取れないのかな？」

多くのフィクション作品において火蜥蜴《ひとかげ》などとして描かれるモンスターだ。

サラマンダーといえば一般的にはサンショウウオの事であり、冷静に考えればイモリがサンショウウオに変わっただけとも言える。

だがこれはゲーム世界だ。名前だけでは詳細は分からないが、これが火蜥蜴を指している可能性もないではない。

「いや、だったら頭にヒルスとか付けないよね。ノリがメキシコサラマンダーとかのそれだよ。絶対サンショウウオだこれ。でもグレート使ったのにひとつしか選択肢出てこないな。これで打ち止め……というより何か条件が必要ってことなのかな」

とにかくまずはシステムメッセージに許可を出し、ヒルスサラマンダーへと転生させておいた。

やはり予想通りというか、現れたのは一回り大きなサンショウウオだ。黒っぽい皮膚で三メートルを超える体躯があるためシルエットは相変わらずワニに似ているが、のっぺりとした顔立ちとつぶらな瞳《ひとみ》が緊張感を台無しにしている。ニュートの頃とあまり変わりはない。

魔法系のスキルを取得させてドラゴンに近づけられるか検証するのもいいが、下手に嵌《は》まると膨大な時間と経験値が必要になる。

しかしかつてリーベ大森林で独りでアリたちを弄《いじ》っていた時と違い、今は心強いフレンドがいる。ここはライラに賢者の石を横流しし、ヒルスニュートの情報を与えれば勝手に検証を進めてくれるだろう。

とりあえず真竜人というおそらく最もドラゴンに近い素体がいるのだから、ここで一つ試してみてもいいはずだ。

今いる真竜人は五体。ブランのギドラのような三つ首の竜はぜひ作ってみたい。であれば三体は残しておく必要がある。現状で検証に使えるのは二体までだ。

「『哲学者の卵』と。よし、では三体残して――あっ」

レアのそれを命令と取ったのか、真竜人が二体水晶の卵に入っていってしまった。

「……まあ、いいか」

入ることができたという事は、なんらかの融合が可能であるという事だ。

次は一体一体ヒルスニュートに賢者の石を与えては卵に放り込む作業である。

これも問題なく投入できたので、少なくともヒルスサラマンダーはツナギとしては利用可能であるらしい。

次々放り込んでいくがなかなか終わりが見えない。

そろそろ三〇を数えるか、というところで二九匹目が水晶に弾《はじ》かれて地面にべしゃりと落下した。

最初の真竜人二体を入れればこれで三〇体になる。これはブランのギドラの時と同数だ。水晶のサイズもあの時と同程度であるしこれは期待が持てる。

賢者の石グレートを入れ『アタノール』で熱すれば、トカゲたちは鮮やかな虹色《にじいろ》に溶けていく。

いや厳密にトカゲと言える者は一体も入っていないのだが。

彼らにはつい先ほど賢者の石を使ったばかりだが、特にクールタイムに引っかかったりはしないようだ。あくまで今回は素材の一つとして判定されているということなのかもしれない。

ついでとばかりにここでも少量の血を混ぜ込んでおく。分岐のようなものがあるならより魔王に近い種へと変化してくれるはずだ。

「『大いなる業』発動」

《眷属《けんぞく》が転生条件を満たしました》

《あなたの経験値八〇〇を消費し「アンフィスバエナ」への転生を許可しますか?》

「許可しよう！　アンフィスバエナか！」

アンフィスバエナと言えば、尾の先にもうひとつ頭部を持つとされる双頭の蛇だ。

しかし真竜人を使ったのだし、ツナギも両生類である。蛇要素はまったくない。おそらく後世に解釈された双頭の竜であると考えていいはずだ。

やがて水晶を噛《か》み砕《くだ》き、中からふたつの頭部を持つ巨大なドラゴンが現れた。

その鱗《うろこ》は黒く輝き、羽の先や爪、あるいは頭部の角などの末端に行くにつれ徐々に赤くなっている。

頭部は普通に首元から二股《ふたまた》に分かれており、また尾も二股で二本存在しているようだ。

「アンフィスバエナといえば、普通は尾の先が頭になっていたと思うのだけど、このゲームでは違うみたいだね」

能力値としては総合的に言えばブランのスケリェットギドラよりも高めだが、LPはあれほど多くはない。VITやSTRもあちらのほうが高かったが、代わりにINTやMND、それからAGIとDEXはアンフィスバエナの方が高いようだ。

スキルに関してだが、スケリェットギドラのようなパッシブの範囲スリップダメージは持っていない。あると他の眷属と連携しづらいのでそこは助かると言える。

しかし種族特有の範囲攻撃がないというわけではない。

ギドラには無かったがアンフィスバエナは『トキシックブレス』、『プレイグブレス』という二種類のブレス攻撃を持っていた。ヘルプによれば毒の息と病の息らしい。名前の通りだ。

「あとは『飛翔《ひしょう》』と『天駆』も持っているな。これドラゴン系は共通のスキルなのかな」

最初から持っていたのかは不明だが『素手』もある。これは武器などを持たない状態で直接攻撃をした際のダメージや判定にボーナスを得られるスキルだが、もともと持っている爪や牙《きば》の攻撃力は加味されるのだろうか。

もしそうなら爪や牙が鋭いキャラクターの近接攻撃は数字以上の攻撃力がある可能性がある。

「ブレスもそうだけど、そのあたりも試してみたいところだね。はやく天使たち来ないかな」

伯爵の話からレアが推察した天使の正体が正しければ、分類上はあれは魔法生物のはずだ。だとすればアダマンナイトたちのように倒された際にアイテムをドロップして死体が消える可能性が高い。それを確かめる意味でもイベントの楽しみがひとつ増えたと言えよう。

自分や配下たちの運用テストも含めればイベントを利用して検証したいことばかりだ。

それと気になっているのが☆2という天使の弱さである。

現在の大陸の国家の軍事力を考えれば妥当なレベルではある。仮にあれ以上強ければ数が頼みのヒューマンの国家は滅亡の危機に瀕《ひん》してしまうだろうし、ゲームイベントとしてもルーキー置いてけぼりの仕様になってしまう。選択の余地なく参加が強制されるイベントとしてはとても許容できる内容ではない。

それを踏まえれば絶妙なバランスとも言えるが、逆にプレイヤーのトップ層にとってはいささか物足りない難易度だと言える。

普段ヒルス王都やノイシュロスなどで活躍しているプレイヤーにしてみれば、今さら☆2の雑魚の群れなど相手になるまい。

取得経験値にボーナスがつくというのは前回同様イベント関連を問わず全ての行動に適用されるようだし、だったら普段アタックしているダンジョンに籠《こも》り続けるだろう。あるいはデスペナルティも存在しないとなれば、普段より上の難易度のエリアに挑戦するかもしれない。

「天使自体はルーキー用で、中級者以上向けとしては単なる経験値ブースト週間という認識でいいのかな……?」

運営の思惑はともかく、プレイヤーたちの動きとしてはおそらくそうなるはずだ。

その時レアのすべき行動は何かと考えれば、予定通りの迎撃と、普段通りの接待だ。

「つまりダンジョン内では三つ巴《みつどもえ》の戦闘が展開される、ということか」

デスペナルティの軽減がレアたちに適用されないのは悲しいが仕方ない。

それよりも経験値のボーナスと、デスペナルティの軽くなるプレイヤーが格上のダンジョンに挑んでくれるだろう事実の方が大きい。

前回同様、すべてのプレイヤーにとってのフィーバータイムと言えるだろう。

もしかしたら災厄であるレアを探して討伐しようと考えるプレイヤーも現れるかもしれない。

「実に楽しみだけど、その前にポートリーの件を片付けておかないと。そろそろ終わったころだと思うんだけど、どうなってるのかな。こっちから連絡入れるのも信用してないみたいでアレだし、もう少し待つか……」

◆◆◆

「――陛下、申し開きのしようもございません……」

「え？　何が？　もしかして国王取り逃がしたの？」

状況が終了したとのことだったためディアスをヒルス王城に『召喚』した。

現れるが早いか彼はレアの前に跪《ひざまず》き、突然謝りだしたのだ。

「いえ、国王らしき者は殺害したのですが、残りの王族は一部取り逃してしまったようで……」

「あ、なんだそんなことか」

ディアスは国王のいた本陣を壊滅させた後、アダマンスカウトを率いて宮殿に奇襲をかけた。その際に宮殿内にいた全てのエルフとハイ・エルフは殺害したらしいが、現王の長子である第一王子だけは城下にすでに逃れた後だったらしい。

「奇襲をかけたというのにすでに逃れた後だったというのは腑《ふ》に落ちないな。情報が漏れるも何もそもそも作戦内容はディアスの頭の中にしか無かっただろうし。

となるとたぶんその王子様とやらは、ポートリー王都への攻撃がどう転ぶかに関係なく街に出かけていたんじゃないかな」

「街が攻撃を受けているという状況であれば、普通はもっとも防備の厚い宮殿に籠ろうと考えるはず。にもかかわらず街にいたとなれば、よほど父王と騎士団を信頼していたということでしょうか」

そうだったとしても、国王が迎撃のため宮殿を空けているのであれば第一王子は代わりに宮殿に詰めておくのが筋である。国の中枢たる宮殿には何か危急の事態が生じた際に判断を下せる上位者が必要なはずだ。

街にどれだけ重要な用事があったのかわからないが、いずれ国を背負って立つ身としては自覚に欠けるように思える。

「どちらかといえば、逆に国政なんかに興味がない人物なんじゃないかな。まあ知らないけど。跡を継ぐのが嫌だったとかそういう感じなんじゃない？

国王も前線に出てこられるほど元気だったんならまだ代替わりまで時間があっただろうし、今はまだ自分の立場というかあるべき姿というか、そういうものを自覚できてなかったんじゃないかな。残念ながら彼の猶予期間《モラトリアム》は強制終了になったけど」

「自らの愚かしさのおかげで、皮肉にもひとり生き残ったというわけですか……」

「いやわかんないよ？　もしかしたらほんとうに重要な用件で城下街にいたのかもしれないし」

ディアスは悔しそうにしている。が、状況的には悪くない。

目的だったポートリー国王の処刑は達成できているし、話によれば生き残りの王族もその彼ひとりだけだ。

公式サイトにある国家の説明によれば、ポートリーという国は人口が少なく、それはエルフが増えにくい種族だからだとのことだった。それならしばらくは王族はひとりだけの状態だと考えていいはずだ。

今後の展開によってはポートリー王国から精霊王を輩出してもらうことになるかもしれないし、適度に生き残ってくれるに越したことはない。選択肢は多い方がいい。

「とりあえず、ポートリーへの鉄槌《てつつい》としては結果はまずまずと言っていいんじゃないかな。ごくろうさま。

じゃあ次の報告をしてもらいたいんだけど。アダマン隊の問題点についてとか」

「は。アダマンナイトにつきましては、その防御性能に不安はありません。ただし攻撃や回避など防御以外の部分については今回は課題が多く残りましたな。

武器はアダマン製に換装しておりますので攻撃力は問題ないのですが、相手が格上の場合ですと回避されたり受け流されたりして直撃させる事が困難になります。当てさえすれば鎧《よろい》であっても切り裂く事ができるため、どうしても攻撃が大振りになりがちで。

これはこちらが回避する場合でも同様で、そもそも通常攻撃でダメージを受けないせいか回避に対して認識が甘いですな。そのせいで、稀《まれ》に存在する強力なスキルを繰り出す相手によって容易に打倒されております」

「……つまり安易に強化するよりは意識改革を促した方がいいってこと？」

「いえ、訓練によって意識を変えることは可能かもしれませんが、それだけの時間をかけるくらいなら手っ取り早く経験値をつぎ込んで強化したほうがよいでしょう。

相手よりも速く動けるならば回避も容易になるでしょうし、攻撃を当てるのも同様です。また賢くなればより学習できるようになりますし、相手の行動から次の一手を予測することもできるでしょう」

この、意識の甘さに問題はあるが地力が上がれば大丈夫、という考え方には若干覚えがないでもない。眷属というものはどうあっても主君に似てくるものなのかもしれない。

だがその方がレアにとってはやりやすいのは事実だ。

「わかった。でもさすがに全員をどうこうするだけの経験値はないな。すでにかなり使ってしまっているし。まあ当面アダマンたちを使って何かをする予定はないし、次のイベントで稼いだ分を使えばいいか」

公開されている天使の強さが正しいなら現状のままでも問題ないはずだ。

「それともうひとつ。今すぐに問題が起きるというわけではありませんが、ポートリーでドロップさせてしまったアダマス塊はすべて回収できたわけではありません。いくらかはポートリー国内で再利用されてしまうかと」

「それはある程度は初めからわかっていたし構わないよ。それよりも国王を倒した事で相手の近衛《このえ》を全滅させられた事の方が大きいからね。報告によれば近衛騎士は他の騎士団とは段違いに優秀だったんだよね？　武器はスキルがあればすぐに作製してしまえるけど、優秀な人材を揃《そろ》えるには時間がかかる」

エルフの国であるポートリーの人材が全体的に優秀なのはその寿命の長さによるところが大きい。種族的にエルフの人口が少ないのもそれが理由だ。死ににくいために増えにくいということらしい。

ならば失われた人材の回復には相応に長い時間を必要とするはずだ。

しかし、彼らにそれだけの猶予が残されているかどうかは保証できない。

今回のレアの攻撃によって国王とエリートたちを失い、ガタガタになったポートリー王国首脳部がこの状況でどう動くかは想像に難くない。

ポートリーが接している国はヒルスとオーラルしかない。いやヒルスはもう彼らの中では国ではないのだろうし、オーラルのみと言っていい。

魔物とはいえ電撃的な斬首作戦を成功させた勢力がすぐそばにいるという状況下で、誰にも頼らず国を立て直すなど新米の国王に出来ることではない。明日にでも同じことをされれば今度こそ国が滅ぶのだ。隣国オーラルに助けを求める事になるだろう。

ましてやオーラルは野盗の襲撃に遭った村々に安く食糧を提供している。首脳部はともかく、地方の国民がオーラルを友好的な国だと勘違いしてしまっても無理はない。

となれば否応《いやおう》なく、オーラルからの援助を受けて国を建て直していくしかないはずだ。

そんな状態がしばらく続けば、ポートリーはもうオーラルの援助なしには生活していくことも出来なくなる。金貨があるうちはいいだろうが、それがなくなってしまえばオーラルから食糧を得ることも出来ない。そうなった時、ライラの計画は最終段階に入るはずだ。

そもそも今回の騒動は元はと言えばライラが野盗を使ってポートリーにちょっかいをかけたのが原因だ。お茶会の時の話では効率よく農作物を売りつけるのが目的だったというような事を言っていたが、最終的な目標は経済支配である。

供給する食糧を引き合いに出し、果樹園の代わりにオーラルにとって有効な何か、それも直接食べることができないものを生産させるように仕向けるだろう。

仮にレアがやるとすれば、例えば綿花やゴムの木だろうか。それ単体では食糧にしにくいという意味では香辛料やアブラヤシ、コーヒー豆、カカオなどでもいいかもしれない。ゲーム内に存在していればの話だが。

そうなってからポートリーがオーラルの悪意に気付き、そこから脱しようとしても遅い。

食料自給率は極限まで落とされている。生産される作物をオーラルに売ることでしか生きていけない。仮にオーラル以外に取引相手を探そうにも、面した地域は他にはヒルスだけだ。

ヒルス側に残っている都市とまともな取引をする可能性はポートリーの前王が叩《たた》き潰《つぶ》してしまっている。

侵略されたあの街以外にも交易可能な距離に何かしら街はあるのだろうが、野盗と間違えたとはいえある日突然侵略してくる集団など信用する者はいない。

ポートリーが国を立て直す時間の猶予がないと考えたのはそういう理由からである。

下手をすれば、将来的にはツェツィーリア女王あたりがポートリー国王を兼ねるなんていう事態もありうるだろう。ゲームシステム的に許されるのか不明だが。

「ポートリーがこちらにちょっかいをかけてきたのは想定外だったんだろうけど、そのおかげでライラの計画が前倒しされてしまったってところか」

そのような国にいくらアダマスが流れたところで気にする必要はない。

「とりあえず、イベント前に懸念だったことは片付いたかな」

「それと、まあこれは大したことではありませんがもうひとつだけ」

「何かな？　ついでだし聞いておこう」

「敵首魁《しゅかい》が使用するつもりだったと思われる精霊王の遺産ですが、使用される前に回収いたしました。どうぞお納めください」

レアの目の前に大きな何かが取り出された。インベントリに仕舞ってあったらしい。

「なにこ――、精霊王の心臓、アーティファクトか！」

かつてこのヒルス王都でレアを打倒したプレイヤーたち。彼らがレアを倒すために使用したアイテムがまさに精霊王の心臓だった。

これはヒルス王国宰相ダグラス・オコーネルから聞いた名前であるため間違いない。あの時はたしか、彼はヒルス国王から精霊王の心臓の使用許可を得たとか言っていた。

「なんなんだ。この大陸の王族はとりあえず王都を攻撃されたら心臓から使用するのか？　戦争を経験したことがない割には、初手で最大戦力をぶつけてくるとか思い切った事を考える奴《やつ》ばかりだな。それとも殺意が高すぎるだけか。国を簒奪《さんだつ》した者たちの子孫なだけあるな」

心臓は精霊王の遺《のこ》した呪いの中でもっとも大きな力を持つアイテムだ。それはオーラルの宝物庫でひととおり効果を確認したので間違いない。

そしてこの王城の宝物庫にはもう精霊王の心臓は無い。オーラルにもひとつしかなかった。ということは各国にひとつずつ遺されたアイテムだと考えていいだろう。つまりポートリーにはもう心臓は無い。脅威度がまたひとつ下がったと言える。

「オーラルでガメようとした心臓はライラに返してしまったし、ここで心臓を得られたのは僥倖《ぎょうこう》だな。ディアス、これは素晴らしい戦果だよ」

「は」

奪えたということは、相手は使うつもりで戦場に持ち込んだということだ。

どうやって使用される前に奪う事ができたのかは興味が尽きない。

「まだイベントが始まるまで少し時間がある。ゆっくりと聞こうじゃないか。報告という形式ではない、君の武勇譚《ぶゆうたん》をね」

第五章　広がる波紋

【第三回】大規模防衛戦【公式イベント】

0001：アマテイン
第三回公式イベントの告知がありましたので立てました。
現在判明していること
・空から攻撃される
・攻撃対象は無差別（国、種族、魔物かどうかさえ関係ない）
・イベント期間は現実時間で約一週間、ゲーム内時間で一〇日間（第二回イベと同じ）
・イベント期間中は取得経験値が一〇％アップ（第二回イベと同じ）
・イベント期間中はデスペナルティが「一時間全能力値五％低下」に変更（第二回イベと同じ）
・イベント期間中はイベント専用ＳＮＳを設置（第二回イベと同じ）
・敵の強さは難易度☆２相当
・成績発表は匿名希望アリ
抜けがあったら補足お願いします。

0002：名無しのエルフさん
スレたて乙

0003：アロンソン
乙。危うく重複立てるところだった

0004：明太《めんた》リスト
天空からの攻撃、ってあれだよね。天空城にいる大天使だよね。七大災厄の

0005：丈夫ではがれにくい
無差別に攻撃してくるって書いてあるけど、七番目にも攻撃すんのかな
それとも災厄は災厄同士で仲良いとかあるのかな

0006：蔵灰汁《くらあく》
告知の内容からすれば災厄同士であっても会えばぶつかりそうではあるけど……
七番目って真っ白で翼があるんだったっけ？　関係者っぽい気もするんだよな

0007：その手が暖《あった》か
でも天使のトレードマークの光輪はありませんでしたよ

代わりに黄色い角が生えてましたね

0008：明太リスト
あれ金色じゃない？

0009：ウェイン
いずれにしても今ヒルスには災厄が支配するダンジョンがいくつもあるし、天使がそこにも攻撃するかどうかで見極めるしかない感じかな

0010：アマテイン
そうだな
しかし仮に大天使と第七が連携して攻撃してくるとなったら、正直どうしようもないんだが

0011：名無しのエルフさん
難易度☆2っていうのも怪しいっちゃ怪しい
天使の攻撃は☆2だけど第七さんの攻撃はどうかな？　みたいな

0012：丈夫ではがれにくい
だったら運営からの告知も「天空と大地から攻撃がある」とかって文面になってるんじゃね？

0013：ギノレガメッシュ
もし仮に大天使と七番目も対立してて、激突するってなったら会場はヒルスかな？

0014：クラック
マジかよヒルスいかなきゃ

0015：ゼキオ
>>0011　正直ライト層からしてみりゃイベントの敵が☆２って助かるけどな

0016：アマテイン
>>0011　>>0015　それに街の人を守るミッションもある可能性を考えれば、それ以上の強さの敵が大挙して攻めてきたら正直厳しいしな

0017：モンキー・ダイヴ・サスケ
ＮＰＣは別に大丈夫だろ
いつかのヒルスのオッサンの話じゃ、これまでに何度も襲撃受けてるみたいなこと言ってたし
……

0051：水晶姫《すいしょうき》
ねえ、イベントってもう始まってんの？
てか前回のイベントっていつ終わったの？

0052：アラフブキ
ウラシマタローかな？

0053：水晶姫
ふざけないで

0054：御御御付《おみおつ》けない
>>0053　こっちのセリフだわ

0055：クラック
第三回イベントなら来週から
第二回イベントなら一カ月前に終わったよ
なんで？

0056：水晶姫

街が突然スケルトンに攻撃されて壊滅したのよ！
イベントでもないならなんでよ！

0057：ギノレガメッシュ
落ち着けよ。どこの町だよ

0058：マリ狼《ろう》
>>0057　ポートリーのウィルラブだよ
私も居たんだけど、数が多すぎてどうしようもなかった
てか正規の騎士団もやられてたし、あれは無理だね

0059：名無しのエルフさん
ポートリーの街が壊滅？　そんなことあるの？
あの国って正しくＮＰＣというか、上位の騎士とか貴族ってプレイヤーより強かったよね？

0060：丈夫ではがれにくい
そのせいでかちぃっとこっち見下してる感あるっつーか、態度悪かったよなポートリーのＮＰＣ
ヒルス居心地いいし多分二度といかんわあの国

0061：その手が暖か
たしかヒルスのどこかの街に突然侵略してたのってポートリーでしたよね？
住民皆殺しにしたとかって騒ぎになってましたけど

0062：丈夫ではがれにくい
じゃあインガオーホーじゃん

0063：名無しのエルフさん
仮にその報復だったとして、住民皆殺しになったのに誰が報復したってのよ
しかもスケルトンの大軍で

0064：ギノレガメッシュ
最初に侵略されたのってヒルスの街だっけ？
それで報復したのがスケルトンだってんならおめえさん、そりゃひとりしかいねえだろう

0065：ウェイン
その街を自分のものだと認識していたのなら、報復したのは災厄だろうね

0066：明太リスト

大天使も登場しちゃったし、そっちは第七とか七番目とか言わないとごっちゃになるね

0067：水晶姫
そのスレは見てたし知ってるけど、でもウィルラブの騎士がやったわけじゃないし、私なんてもっと関係ないじゃない！

0068：マリ狼
もともと街を襲ったのはたぶん王都から派遣された騎士団かな
ウィルラブ通過してったのは知ってる
本当に報復するつもりがあるとしたら、ウィルラブだけで終わらないってことか

0069：カントリーポップ
いつかみたいにワンチャン賭《か》けてポートリー王都に集合か？

0070：アマテイン
と言っても今回は先に手を出したのはポートリーだしな

0071：ウェイン
形としてはあの時と似てるけど、先に侵略されたヒルスの町の状況を聞いちゃってるからね

行くとしても移動手段も問題だ。直接街に転移出来るわけじゃないし
それにあの時はあくまでヒルス側からの要望もあったから実現したってところもあるし

0072：うどんこ
書き込むって言ってたの見かけたから探してたんだけど、やっと見つけた。
なんで次イベスレで報告してンのよ
そんなことより、ポートリー王から避難勧告が出たよ！
あ、場所はポートリーのグラーノって街です
たぶんウィルラブと王都の間にあります

0073：ギノレガメッシュ
壊滅したのがいつかは知らんが、>>0051　がリスポーンしてから書き込みして……って考えたら
相当動き早《は》えーな
どうやって状況知ったんだポートリー国王は

0074：名無しのエルフさん
ポートリーってよくわかんないけど情報伝達はやいよね

0075：明太リスト

そういう魔法かスキルでもあるのかな
聞いてみたいけど、その機会はもう無さそうだ……

0076：丈夫ではがれにくい
>>0075　もう諦《あきら》められてて草

0077：マリ狼
いや無理だと思うよ。ウィルラブってポートリー国内でも何番目かってくらい大きな都市だし
ここが落ちるくらいなら王都もどうかなって感じ
第七？　って白い奴《やつ》なんだよね？
まったく見かけなかったから、まだ本気だしてないってことでしょう？

0078：水晶姫
なんでもいいわ！
私の経験値に対する補償とか無いの!?　完全にもらい事故じゃない！

0079：御御御付けない
あるわけないだろ
なんでこんな偉そうなんだコイツ

0080：アラフブキ
ポートリーでそれなりにやれてたってことは中堅かそれ以上のプレイヤーだろ？
その性格でよくやれてるよな。名前の通り姫なのかな？

0081：アマテイン
個人叩《たた》きはよそでやれ
とりあえず、少なくとも俺やウェインのパーティは今回はポートリーに対しては静観だな

0082：丈夫ではがれにくい
俺も静観かな
というかヒルスで起こるかもしれない災厄同士の頂上決戦とか見たいしよそに移動する気がまず起きない

0083：ギノレガメッシュ
みんなポートリーに冷たいな
まあ、わかるけどよ

……

0134：幾重風鳴《いくえふめい》
なんでかわかんないけどこのスレでいいの？
ポートリー王都にスケルトンの大軍が来ました
ポートリー側の騎士もどこからかき集めてきたのか知らないけど相当多いです
相手よりも多いくらい。こんなに居たんだって感じ

0135：丈夫ではがれにくい
>>0134　報告おつ　最後の決戦感あるな
そういえば前に書き込んでたプレイヤーはどこ行ったんだ？　避難したの？

0136：水晶姫
ええ

0137：マリ狼
うん

0138：うどんこ
はい

0139：幾重風鳴
えっ

0140：明太リスト
逃げ遅れか……（-＞-;）

0141：その手が暖か
でもまだ負けると決まったわけじゃないですよ？

0142：アラフブキ
決まってるんだよなぁ

0143：幾重風鳴
街の中に騎士が全然居ない……
みんな外にいるのかな？
大丈夫なのこれ

0144：御御御付けない
大丈夫だったらみんな避難してない件

0145：幾重風鳴
あ！　でも王さまっぽい人も出陣してる！
ちょっと鎧《よろい》豪華な騎士たちに囲まれてるからあれ王さまだよ！
危なかったら王さま出たりしないだろうし平気そうじゃない？

0146：アロンソン
フラグにしか見えないからそれ以上言うな……w

……

0159：幾重風鳴
災厄には勝てなかったよ……

0160：丈夫ではがれにくい
早くね!?

0161：ウェイン
ていうかやっぱり災厄だったんだ

0162：幾重風鳴
え、わかりません
王さまの周りが吹き飛ばされたり爆発したりしてたからそうかなって
何が起こったのかは見てません

0163：水晶姫
王都は壊滅したの？　あなたはどこにリスポーンしたの？
今わたしたち三人でＰＴ組んでるんだけど、よかったらいかが？

0164：幾重風鳴
わーいいんですか⁉
でも王都壊滅してません！
なんか街は無事でした。騎士さんたちも数で言ったらほとんど残ってるのかな？
死んだのは王さまとその周りの人だけです

0165：明太リスト
頭と近衛《このえ》だけ狙い撃ちか
街の制圧まではしていないってことは、今回はポートリーを滅ぼす気は無かったってことかな？

0166：ギノレガメッシュ
ポートリーの街並みが美しくなかったからじゃないのか？
気に入らなかったから要らなかったんだろ

0167：ウェイン
ああ、それかもね

0168：幾重風鳴
そんなことで助かったのか……

0169：名無しのエルフさん
綺麗《きれい》だけどね、ポートリー王都
緑とうまく調和してて

0170：丈夫ではがれにくい
緑は見飽きてんだろきっと
森出身でしょ確か

0171：アマテイン

一応確認してみたが公式サイトにもまだポートリーは載ってるな
国王が死んだのは確かなんだろうが、国として滅んだわけじゃないみたいだ
被害は国王と近衛を始めとする騎士団の一部、それとウィルラブって街くらいか？
通過した街がどうなったのかはわからんが、とりあえず一段落ついたってことだろう
もし以降何か情報があるようだったらポートリーの総合スレでやろうか
イベント前に完結したしイベントと関係なかったのは多分間違いない
てかイベント前なのにもう二〇〇に届きそうなくらいスレ消費してるってあんまりないぞ

0172：カントリーポップ
アマテインが立てるの早すぎ定期

0173：丈夫ではがれにくい
定期的にフライングしてんのか（困惑

0174：水晶姫
私が書き込んだせいね。悪かったわ

0175：明太リスト
んで、結局第七さんの姿は誰も見てないのかな

0176：ギノレガメッシュ
本人（?）居たかは不明だが、状況的に第七の差し金で間違いないんじゃねーかな

◆◆◆

【ポートリーを】ベツィルク滅亡【許すな】

0899：ケンケン
ポートリーの国王が災厄に倒されたらしいって聞いて、歩いてベツィルクまで戻ってみたんだが

0900：竹歯朶《たけしだ》
おお、頑張るな。どうだった？　騎士居なくなってた？

0901：ケンケン
騎士どころか、街がなくなってた

0902：ヴァンクール
ちょっと何言ってるかわからない

0903：オータム
報告は正確にしてくださいよw

0904：ケンケン
文句があるなら自分で行ってみろ。マジで何もなくなってるんだよ
完全に更地だ

0905：ヴァンクール
何が起きたん……

0906：竹歯朶
何でもよくね？
住民はどうせ全員ポートリーのクソに殺《や》られちまってんだし、騎士たちごと更地になったってんならざまーみろだ

0907：オータム
街を攻撃した首謀者が死んだから運営が片付けたのかな？

0908：ケンケン
だとしたら雑な仕事だなあw
オブジェクトの削除がシステム的に無理だったから隕石《いんせき》落としたとか？

◆◆◆

ゲームシステム検証　Part6

0063：ブランク
今さらかもしれないが、ＬＰの自然回復量は一定じゃなかったみたいだぞ

0064：森エッッティ教授
マジで？

0065：聖リーガン
>>0064　キャラ！

0066：ブランク
空腹度によって微妙に変わる

変化がわかるレベルになるまで空腹にすると、もうすぐにでも何か食べないと死ぬから普通はやらんだろうけど

0067：ハウスト
やらんというか、その状態でＬＰ自然回復量を気にする奴はいないだろう
なんでそんな事をしたんだ？　修行か？

0068：ブランク
偶然だよｗ
常に空腹状態で狩りしてたんだ

0069：森エッティ教授
人はそれを修行というのでは？

0070：ブランク
俺の居た街っつーか村が夜中野盗に襲われて、村で生産してた果樹園が焼き討ちに遭ったんだ
その後ちょっとして近くのなんとかって国から行商人みたいなのが来て、そのおかげで村の人の食糧は繋《つな》がりそうだったんだけど、俺金貨持ってないから買えなくて
しかたないから少しでも稼ごうと思って近くの湖で狩りしてたんだよ

0071：聖リーガン
何狩ってたの？　獣系とか魚系ならそれ食えばよくね？

0072：ブランク
スライム
もっと遠くのデカイ湖まで行けば立派な街もあるんだけどな
俺の実力じゃまだ行けないんで近所の水たまりみたいな湖で雑魚いスライム狩ってた

0073：森エッティ教授
そう……

0074：ブランク
それでたまに餓死したりしながら戦ってたんだけど、なんか妙にＬＰの自然回復が遅くてさ
遅くなるタイミングが餓死の前だったから、時間測ったりしながら見てたんだけど、空腹度ってい
うかゲージが一定値を割ると自然回復量が減ってくみたい
餓死の直前くらいになるともうほぼ回復しない

0075：ハウスト

回復したところで飢えて死ぬだろうしな

0076：森エッティ教授
ＭＰの自然回復については？

0077：ブランク
そっちは変わらなかった。餓死直前でも普通に回復してた

0078：聖リーガン
ＭＰだけ回復しても意味ねえだろｗ

0079：森エッティ教授
いや、魔法スキルか何かで食料を生み出したり、あるいは直接満腹ゲージを回復させるような事ができるとしたら餓死せずに済むだろう

0080：ハウスト
わざわざ差をつけてるくらいだし、何か意味があるはずだ
そういうスキルがあったとしてもおかしくないな

◆◆◆

非公式掲示板【ＢＨＳＣ】魔物プレイヤースレ

966：
新イベ、協力プレイだってさｗ

967：
誰と誰が？

968：
知らね
ここ以外のプレイヤーとＮＰＣがじゃね？

969：
まあ、だよなｗ
おまいらどうする？

970：
プレイヤーとＮＰＣが仲良くイベントモンスターと戦ってるところを後ろから刺す

971：
だったらダンジョンに隠れてやるのがいいか

972：
俺いるの洞窟《どうくつ》なんだよな
多分どっかのダンジョンだと思うんだけど、プレイヤーよく来るし。
天使って洞窟の中にも現れるのか？　空から攻撃って書いてあるが

973：
さあなあ
でも洞窟ん中いれば関係ないなら大陸全土でイベントみたいな書き方しないだろ
洞窟型のダンジョンとかけっこうあるし、普通にスルー可能になるぞ

974：
じゃあどうやって攻撃してくんだ？
入り口から律儀に入ってくるのかな？

975：
カモじゃねーか
洞窟ん中じゃ飛べないぞw

976：
だったらマジ裏山
俺んち森林なんだよ

977：
お前の家じゃないだろw
でも森林でもうまく木とか使えば有利に戦えそうじゃないか？

978：
言われてみればそうだなw
じゃあ何か、ヤバいのは街中とか草原くらい？

979：
砂漠民オレ終了のお知らせ

980：
砂漠なんて見たことねえよｗ　あったんだｗ

981：
にしても一時期に比べてずいぶん人増えたよな

982：
まあ、スタートは超ハードモードだけど、モンスターテイムできるとなればな
つってもオレまだそこまで行けてねーけど

983：
へっへっへ
イベント前だけど特大情報投下していい？

984：
ウザ
はよ言え

985：
ゴブリンからコボルトにルート変更出来た！
やり方は>>984　の態度が気に入らないから教えない！

986：
申し訳ございませんでしたm(_ _)m

987：
仕方ねえなあw
まあとりあえずまずはコボルトを見つける必要があるんだが――

第六章　邪王誕生

いよいよ第三回イベントの開始だ。

といってもウェインたちは特別普段と違う事をする予定はない。経験値ボーナスやデスペナルティ軽減を利用してエルンタールのボーンドラゴンに挑むくらいだ。

ただ、☆2と言えど飛行手段を有する天使というのが戦闘にどう影響を及ぼすのか不明なため、一応その戦闘力を肌で確認しておこうと、最近拠点にしているエルンタールの最寄りの宿場町で待っていたところである。

「あ、おい。あれじゃないか？　何か飛んできたぞ」

ギルが指さす方向からは鳥の群れのようなものが近付いてきていた。

オールラウンダーを目指すウェインは『視覚強化』も取っているが、距離の為《ため》かまだずいぶんと小さく見える。

「いや、違うな……。あれはもともと小さいんだ。あれが天使だっていうのか？　本当に？」

「ＳＮＳを見ていたんだけど、それが天使で間違いないみたいだよ。――ああ、僕にも見えてきた。これは確かに戸惑うよね。でも他の街とかだとすでに襲われてるみたいだし、あれが今回のイベントのターゲットだ」

はるか上空から現れた翼を持つヒト。

「──子供じゃないか。大丈夫なのかこれ。倫理審査通ってるのか？　攻撃してもいいやつなのか？」

「まあある意味でイメージする天使らしい天使とも言えるけどね。なんとかっていうお菓子メーカーのトレードマークもこういうのじゃなかった？」

「どっちかっていうとマヨネー……」

「ギル！　くるぞ！」

プレイヤーがいくら戸惑っていたとしてもそれは相手には関係がない。

愛らしい姿の天使たちは、そのシルエットからは想像もつかないほど醜悪な形相を浮かべてそこらの人を襲っている。

この宿場町はＮＰＣより圧倒的にプレイヤーの方が多いため、現在襲われているのはプレイヤーのみだが、もっと数が増えてくればＮＰＣにも被害が出てくるだろう。

「ええい、襲ってくるならやるしかない！　『サンダーボルト』！」

ウェインの放った雷《いかずち》の矢は天使の一体に突き刺さり、撃ち落とした。

撃ったのは『雷魔法』の中でももっとも初期に取得できる攻撃魔法だ。さすがにそれで一撃というわけにはいかないまでも相応のダメージは与え、飛行状態を中断させ地面に落とす事は出来た。

「やりづれえなくそ！　おらっ！」

落ちた天使にギルが剣で止《とど》めを刺した。そういうつもりはなかったがギルには嫌な役回りを押しつけてしまった。攻撃するのなら中途半端はやめにして一撃で葬り去るようやるべきだった。今のウェインたちなら容易に出来る。

「お？　消えて……なんかアイテム残ったぞ。ドロップ残して死体は消える系か。あーよかった。さすがにコレを解体っつーのはハードル高いってレベルじゃねーからな……」

「『ブレイズランス』！　死体が消えるのなら、最初のインパクトほど心理的な抵抗は感じずに済みそうだ」

「ＳＮＳでもそんな感じだね。さすがにこれを解体させる仕様っていうのは規制が入っちゃうからじゃないかな」

「ＳＮＳ見てないで戦えよ明太《めんたい》！」

「ごめんごめん。すぐやるよ」

　飛行して襲ってくる上、攻撃しにくい見た目のために厄介な魔物だが実力的にはウェインたちの敵ではない。その気になれば戦闘中にあたりを見渡す余裕も作れる。

　周囲の他のプレイヤーたちも次第に状況に慣れ、徐々に天使たちに対応できるようになっていた。もともと周辺のダンジョンは☆１から☆５と段階的に難易度を備えているため、この宿場町にも幅広い層のプレイヤーが出入りしている。☆１のダンジョンで稼ぐルーキー以外にとってはこのくらいの敵は問題にならない。

「だけど攻撃が単調だな。食らえば痛いのかもしれんが、避《よ》けるのも楽だぜ。これなら初心者くらいの能力値でもプレイヤースキルが高けりゃ回避できるかもな」

「それは相手の動きが見えてるからじゃない？　ＡＧＩ上げると動体視力も相応によくなってくらしいから、まったく上げてないくらいだと無理じゃないかな」

　回避主体のスタイルであるウェインは一撃ももらってはいない。

戦闘力の調査という意味では一撃くらいは受けておいた方がいいのかもしれないが、回復手段の乏しいこのパーティで余計な消耗をするのは避けたいところでもある。いくらダメージを受けることはないだろうと言っても鎧《よろい》が消耗していけばいつか修繕が必要になるし、この鎧の修繕にはおそらく相当なコストがかかる。

「……そろそろか。だいぶ減ってきたよ、敵の数」

「お、そうだな。第一波終了ってとこか」

天空から襲来した天使はプレイヤーたちに倒されることでその数を減らしていき、やがてすべていなくなった。

普通の生物なら群れが全滅してしまう前に退却するものだが、それをしないということは普通の生物の行動ルーチンではない、つまりは上位の存在に全滅するまで戦うよう指示されていたということだろう。ヒルスで宰相閣下に聞いたとおり大天使によって支配された存在とみて間違いなさそうだ。

ふと見れば明太リストが地面に落ちている赤い宝石を拾い上げている。何かと思えば、天使を倒した際にドロップしたアイテムだった。

この町だけでも相当の数が落ちており、またこの襲来が大陸において定期的に起きているとなれば金銭的価値は低そうだが、普通の宝石に比べ濁ってはいるがまあ綺麗《きれい》と言えなくもない。

「これ、何に使うアイテムなのかな」

「とりあえず倒した分は拾っとこうぜ。もしかしたらこいつの所持数で成績が決まるとかもあるかもしれねーし」

「なるほど、それはありうるな」

「さすが、前回一位は目の付けどころが違うね」

「まあな」

「鑑定とかができるようなアイテムも販売されるんだっけ。前回のパターンからするとこのイベント後のメンテナンスからかな。今あればこれがなんなのかわかったんだけどね」

それをさせないための販売タイミングのような気がしてならない。

ともあれ、敵の侵攻第一波は大した被害もなく凌《しの》ぐことができたようだ。

空を見渡してみても今すぐに第二波が来るような気配はない。どうやら常に攻撃を受けるとかそういうことはないらしい。

仮にそうだとすれば、こうした騎士団の居ない町には常にプレイヤーや傭兵《ようへい》たちが張り付いていなければならなくなるだろうし、イベントとして現実的ではない。ある意味当然の仕様と言える。

「次の波がいつになるのかはわからないし、今のうちにエルンタールに行っちゃおうか。この感じなら上に気をつけてさえいれば戦闘に乱入されても対処できそうだし、まあ最悪ミスっても今ならデスペナ無いしね」

「そうしよう。よし、じゃあアイテム拾ったら出発だ」

◆◆◆

エルンタールの近くにはプレイヤーは少ないようで、街の周囲にはまだいくらかの天使が飛んでいた。

昼間であるためエルンタールの街にいるゾンビたちは家に籠《こも》っている。そのせいで天使を討伐する者がいないのだろう。

街の外からではエルンタールのゾンビに対して天使が敵対行動を取っているのかどうかはわからない。

つまり災厄同士で敵対しているのかどうか不明なままだ。

「街の中に入ってみよう。ゾンビたちが家に籠っているなら、街に入ってもゾンビと天使が敵対しているかどうかはわからないかもしれないけど」

そんな疑問は街に入ったところで解決した。

街の周辺にはいくらか飛んでいた天使も、街の中には全くいない。ただそこらに例の濁った宝石が落ちているだけだ。

つまり街に侵入した天使はすでに何者かによって倒されたということである。

この街を支配しているのがおそらく例のボーンドラゴンであることを考えれば、これをやったのは奴《やつ》か奴の配下だろう。

「ということは、少なくともボーンドラゴンと天使は敵対していると考えてもいいのか」

「アンデッドと天使だしな。仲が良いって言われるよりは納得できるわ。んでもってボーンドラゴンを生み出したのが災厄……第七災厄だとするなら、つまりは第七と大天使も敵対してるってことだな」

「じゃあやっぱり第七はアンデッド寄りって事なのかな。天使のアンデッドって説も有力かなあ。

人間だってゾンビと仲が悪いわけだし、普通に有り得る話だね」

あの時ヒルス王都で邂逅《かいこう》した第七災厄——の中身は、アンデッドというには生命力に溢《あふ》れすぎていたように思える。黄昏時《たそがれ》の夕闇の中でさえその全身は白く輝き、圧倒されるような存在感を発していた。

なんとか倒せた一度目はそれほど強い印象は受けなかったが、こちらが為《な》す術《すべ》もなく倒された二度目は特に圧倒的だった。

閉じていた目を開き、赤い瞳《ひとみ》に虹色《にじいろ》に輝く魔法陣を浮かべて何らかの攻撃をしてきた時など、その瞳に吸い込まれて消えてしまうのかと思ったほどだ。

しかし第七災厄の正体がアンデッドだったにしろそうでなかったにしろ、とにかく今大天使の勢力と敵対しているらしいことは間違いない。

それならば第七魔下《きか》のダンジョンでプレイする限り、必ず三つ巴《みつどもえ》の戦いになるはずだ。位置取りにさえ気をつければこちらだけが特別不利になる事はないだろう。

「三つ巴……って言ってもあれか。このダンジョンに関して言えばすでに倒されてしまっているみたいだし、よく考えたらいつもと変わらないな」

「まあそうだね。問題は誰がどうやって倒したのかって事だけどね」

「……あー。キミたち。それだったら多分正解はアレだぜ。ほれ、街の周囲をだな——」

ギルの見ている方向を見やると、ドス黒いオーラをあたりに撒《ま》き散《ち》らしながらあのボーンドラゴンがゆっくりと飛行していた。

骨しかない翼でどうやって揚力を得ているのかわからないが、まるで普通の生物か何かのように優雅に飛んでいる。もっとも優雅なのはその姿勢や態度だけであり、醸し出す雰囲気は最悪だ。遠目で見て初めて分かることなのかもしれないが、あのドス黒いオーラがおそらく例のスリップダメージだ。

なぜならボーンドラゴンはただ飛んでいるだけであるにもかかわらず、近くにいる天使たちが次々と濁った宝石に変わり消えていっているからだ。

スリップダメージの範囲に入った瞬間に死亡するという感じではない。天使たちはボーンドラゴンを第一の攻撃目標に定めているらしく、がむしゃらとも言える無謀さでボーンドラゴンに対して攻撃を仕掛けている。

しかしボーンドラゴンには一切ダメージは通っていないようだ。その無駄な攻撃を繰り返すうちにスリップダメージによってＬＰが底をつき、死亡しているのだろう。

「ありゃ、本当にただ飛んでいるだけだな」

「ていうか、飛べたんだねあいつ……」

「そうだな……。あのまま俺たちの上空を追いかけて来たりしたら絶対に勝てないぞ。どうやって倒すんだ」

イベント中もエルンタールに挑戦する事を決めたのは、デスペナルティのない間にあのボーンドラゴンに挑み、ゾンビアタックを繰り返してでも弱点や有効な攻撃方法を探り、今後に生かすという考えがあったためだ。

しかしそもそも攻撃が届かない距離にずっと居られてはそれも叶《かな》わない。

「……まあイベント期間は長いし、ダメそうなら別の、王都やラコリーヌにでも行こうか。とりあえずしばらく待ってみよう、奴が降りてくるのを」

◆◆◆

トレの森。

その中心部には一本の世界樹が堂々と聳《そび》え立っている。

そして世界樹の西側には大きく開けた広場があり、むき出しの大地が空を睨《にら》んでいた。

「なるほど、清らかな心臓か。そう言う割には随分濁っているような気もするけど、まあ天使のドロップ品と言われればそれっぽい」

レアはその広場にまばらに落ちている赤く濁った宝石のようなものを拾いながら呟《つぶや》いた。

鑑定の結果、このドロップアイテムは「清らかな心臓」というらしい。

だがその名前についてもドロップしたモンスターについても大して重要ではない。『鑑定』による説明に比べれば些細《ささい》なことだ。

そこにはこうあった。肉体に魂を繋《つな》ぎ止める効果があるとされる、と。

「蘇生《そせい》アイテムの原材料、と考えるべきだよね。これは」

今の時点でその事に思い至っているプレイヤーは少ないはずだ。

運営が課金アイテムでテコ入れをするくらいだ。『鑑定』を取得済みのプレイヤーは相当少ないと考えていい。

しかしそれも今だけだろう。

イベントの終了後にはメンテナンスがある。課金アイテムはその後から実装される公算が高い。今のうちに現在の市場価値は調べておきたい。

「ああそうか。聞いてみればいいか」

〈清らかな心臓といえば、天使どもが遺《のこ》す濁った宝石のことでしょうか？〉

〈そうだよグスタフ。これまでにも市場に出回った事があるはずだけれど、どういった扱いだったのか知りたくてね〉

〈大したものでもありませんよ。数も多いですし、忌々しい天使どものひり出したクソですからね〉

実際に長い間被害に遭っているとなればそんなものだろうか。グスタフの口調は辛辣《しんらつ》だ。長命なエルフならばともかく、ヒューマンだったグスタフならこれまでに直接被害に遭ったことは無いはずだが、天使に先祖でも殺されたのか。

〈グスタフはこれが何に利用できるのかとか、そういう情報は持っているの？〉

〈肉体に魂を繋ぎ止める効果があるという噂《うわさ》は聞いたことがあります。そのせいで死霊術師のような後ろ暗い生業《なりわい》の者たちがこぞって買い占めているとか。それもあって、市井《しせい》ではいい印象のあるアイテムではありませんな〉

〈そっちかあ……〉

『死霊』をかなりのレベルで取得しているレアである。これは気づいてもよかったことだ。

いや、無理か。

天使、清らか、魂を繋ぎ止める、という単語から死霊術を連想するのは難易度が高すぎる。

逆にＮＰＣの死霊術師はよく気がついたものだ。普段から何を考えていればそのような発想に至るというのか。

しかし確かに死亡している肉体に魂を繋ぎ止めてみたところで、このゲームにおいては出来上がるのは良質なアンデッドくらいである。それは普通蘇生とは言わない。

もう一つ、何か重要なファクターが足りていないのだろう。おそらく死亡した肉体を生きた肉体に戻す何かが。

それが判明しない限りは蘇生アイテムの製作は無理だ。プレイヤーを総動員しても、ただの『回復魔法』のアンロックでさえ第二回イベントまで待つ必要があったほどだ。もう少し時間が必要なのかもしれない。

「……まあいいか。どのみち今のところわたしにとって蘇生アイテムの価値は低い。対抗手段や使用の妨害を考える方が有益だし、それなら自分で作製出来なくても問題ない」

ケリーの配下で商会頭を務めるグスタフにはプレイヤーたちがもしこのアイテムについて質問してきたら、なるべく死霊術に関連する事を全面に出して説明するよう言っておいた。

ついでに念の為不審に思われない程度にそれとなくプレイヤーたちから清らかな心臓を買い集めておくよう指示を出し、グスタフとのフレンドチャットを終了させた。

「それはそれとして、弱い天使ではやはり大したテストにはならなかったな」

レア自身のスキルやステータスの確認、そしてアンフィスバエナである「ユーベル」の性能テストである。

天使たちの攻撃は非常に軽く、レアの四方を守る『魔の盾』に阻まれて直接のダメージを通した者はいない。

盾へのダメージも軽微だった。この程度なら、レア本体が攻撃を受けていればノーダメージだったはずだ。今レアが身に付けているドレスは「女王のドレス（無垢《むく》）」という名で、高い魔法耐性を持ち、防御力もいつかのNPC騎士が着ていた鎧《よろい》よりも高い。

さらに装備特性として「一以下のダメージを無効にする」というものもあった。しかしこれは先の騎士の鎧や真竜人の種族特性の『竜鱗《りゅうりん》』の効果に同じ記述があった。

ここから『魔の盾』のライフが削られた理由が推測できる。

盾は天使の攻撃により、一定回数ごとにわずかにLPが減っていた。

おそらくこういうことだ。

このゲームのダメージは小数点以下も計算され、数字上では現れてこないダメージもシステムとしては存在する。

普通は小数点以下のダメージを受けたところでLP自然回復によりすぐに回復し、そもそもダメージを受けたという自覚すら起きない。真っ裸でいたとしても、被害として目で見える数字になる前に自然回復により受けたダメージは消えてしまう。

しかし『魔の盾』にはLP自然回復も微小ダメージ無効もないため、受けたダメージが素直に蓄積されていき、やがて目に見える結果として現れてくる。

この仕様を利用できるかどうかは別として、それはそれで有用な検証ではあった。

しかし、天使との戦闘で有用だったのはそこまでだった。

他にブレス攻撃はどの能力値によって威力が算出されているのか、ユーベルの能力値を弄《いじ》りながら検証してみたかったのだがそれも叶わなかった。

ユーベルのブレス自体には大したダメージは設定されていないようだが、追加効果の猛毒や疫病により天使は数秒で死亡してしまうからだ。

天使と言えば清浄であり汚れなき存在である。おそらく毒や病に弱いのだ。相応に抵抗力は高いだろうが、その分抵抗に失敗した場合のダメージは大きいということだ。

普通は毒や病に対する抵抗力といえば、侵されてからの死ににくさを表しているのだろうが、このゲームのシステムにおいて抵抗といえば行動判定の成否における指標のひとつである。抵抗に成功すれば全く何の影響も受けないが、失敗すれば追加効果の全てをその身に受けることになる。

ユーベルの総合的な戦闘力を考えればこの程度の天使たちが抵抗できるはずがない。

何度かＩＮＴやＤＥＸを弄ってブレスを撃たせてみたのだが、統計的に確信が持てるようになる前に天使が居なくなってしまった。

「相性が悪いというやつだな。わたしに対する精霊王の呪いのようなものだ。たぶん、属性というか、なんかそんな感じのアレも正反対に近いだろうしね」

ということは逆説的にレアやユーベルもまた、天使の特殊攻撃を受ければ大きなダメージを被る可能性がある。

そこらを飛んでいた天使は通常攻撃しかしてこないため問題ないが、例えば大天使などと対峙《たいじ》する際には注意が必要かもしれない。もっともその場合はおそらくお互い様なのだろうが。

「他の支配地域も……、どうやら問題ないようだし、天使とやらの襲撃はひとまず落ち着いたかな」

予定通り、レアの各支配地域はそれぞれの担当者に任せておいて問題なさそうだ。

SNSをざっと流し読みしたところでは未《いま》だ戦闘中の地域や、そもそも天使の襲撃を受けていないらしい地域もあるらしい。

イベント告知のシステムメッセージには大陸中のすべてのキャラクターが襲撃を受けるというような趣旨の内容があった。

それが正しいならば、天使が襲撃してくるタイミングには地域によって差があると考えるべきだろう。

レアの支配地に関しても、例えばリーベ大森林などよりリフレの街やヒルス王都の方が早く襲撃を受けた。

この微妙なタイムラグはなんなのか。

「……これは天空城の現在位置からの距離によって差が出ていると考えるのが妥当かな。天使たちの実力が全て☆2ということは画一的な能力値なのだろうし、おそらく移動速度にはそう差はない」

SNSに上げられている報告の、書き込まれた時間と場所を全て拾い上げ、例のプレイヤーメイドのスゴロク状の簡易マップとヒルス王国地図、オーラル王国地図などを照らし合わせて統計をとれば天空城の詳細な位置を割り出すことも不可能ではない。

「……いや、さすがにそれは一人では無理……というかやりたくないな。ライラに手伝わせるとしても作業量が半分になるだけだし……。ブラ、いや、まあ今回は諦《あきら》めようか。もしかしたらそのうち有志の誰かが割り出してくれるかもしれないし、ＳＮＳをチェックしながら待っていよう」

レアは一人ではない。

ネットワークの海の向こうには志を同じくする大勢の仲間たちがいるはずだ。

わざわざ言わなくても、この事にすでに気付いて行動を始めているプレイヤーもいるに違いない。

運営もしがらみを忘れて協力するべきだと言っていたことだし、ここはまだ見ぬ仲間たちの力を信じるとしよう。

そこへ、リーベ大森林を管理させているクイーンベスパイドから連絡が入った。

「──ふうん？　空気を読まずにダンジョン攻略にばかり血道を上げるパーティがいるのか。しかもリーベ大森林とは珍しい。というか前回のイベント以降では初めてだな」

しかし運営の推奨する協力プレイを放棄するというのはいただけない。

ここはひとつ、自分の利益しか考えないプレイヤーに協調性というものを教え込んでやるべきだろう。

◆◆◆

こうしてリーベ大森林に入るのはずいぶん久しぶりな気もする。

前回来たのは草原に少し立ち寄った時だった。

なんとなく、かつてケリーたちと出会った洞窟《どうくつ》に寄ってみた。

あの時はマイホームとしてごく狭い範囲しか自分だけの領域として設定できなかったが、今は違う。マイホームは設定できなくなったが、かわりにこの広大な大森林のすべてが魔物たちの主《あるじ》であるレアのものだ。

洞窟の中は、以前と同じように明かりがなくともなんとなく周囲を把握することができる。

かつては初期エリアゆえのサービスかと考えていたが、それは違うと今なら分かる。

「マナがめちゃくちゃ濃いなここ。なんだこれ」

あまりに濃すぎるマナのため、『魔眼』がなくとも肌で感じることができるようだ。おそらくそのおかげで周囲がなんとなくわかってしまう。

「……プレイヤーと遊ぶ前に、ちょっと実験をしてみよう」

〈では私は先に様子を見に行きます〉

「ああ。頼むよ」

プレイヤー襲来の知らせはスガルにも同時に届けられていた。そういう伝達ルールになっている。

ここへはスガルも伴って来たのだが、スガルにとっても古巣であるここにプレイヤーが襲来するのは久しぶりだ。じっとしていられないのだろう。

洞窟を奥へ進み、地底湖までやってきた。

以前ここでケリーたちを洗ってやったことがあるが、今思えばよくこんな冷たい水でそんなことをしたものだ。マリオン以外はそれほど嫌がらなかったような記憶があるが、やはり猫獣人と猫は違うということなのか。

同じ地底湖でも、伯爵のいたあのアブオンメルカート高地のものと比べると非常に小さく思える。

だが数匹のヒルスニュートが暮らしていくには十分だ。

三匹ほど適当に『召喚』し、湖に放った。

洞窟内には特に生物は見当たらなかったので彼らの食事はどうしようかと思ったが、どうやら湖内部には目が退化した真っ白いミミズのような何かがいるらしい。

この環境でならばもしかしたら勝手に転生条件を満たすこともあるかもしれない。

次に行ったのは、無駄にＭＰ《マナポイント》を消費してみることだ。

大気中のマナがキャラクターの有するＭＰの元になっているのだろう事はわかっている。

そのことから、ＭＰの自然回復というのはその大気中のマナを吸収することで行われている、という設定なのではないかと考えていた。

このマナの濃すぎる洞窟はその検証をするのにうってつけだ。

ＭＰの無駄遣いで一番安全かつ効率がいいのは『哲学者の卵』を発動し、何も入れずに『アタノール』で熱し、そこで工程を終了させるというものである。すると何も起こらずにランプと水晶の卵が消え、ただＭＰが失われただけで終わる。

これらのスキルは消費ＭＰが多めであるためか、あるいは連発しても意味があるようなものでもないためか、クールタイムが設定されていない。

苦労して最大値の半分ほどまでＭＰを減らしてみたところ、ほんの数秒待つだけでＭＰは元の数値まで戻った。異常な自然回復速度だ。

「ここまで違いがあるのか。ということはＭＰの自然回復はキャラクターごとに個別に設定されている固定値ではなく、ゲーム全体のシステムの一環としてきちんと周囲のマナを取り込んで行われているということなのかな。あるいは周囲のマナ濃度を変数にした計算式で常に回復量を算出しているとかかもしれないけど」

ＬＰ《ライフポイント》の自然回復量は基本的に一定割合だが、空腹度によって多少の差があるらしいと検証している者がいた。

ＭＰの自然回復量が周囲のマナ濃度に左右されるなら、ＬＰ自然回復量はキャラクターの体調によって左右されるということだろう。

もしかしたら空腹度以外にもＬＰ自然回復に影響を及ぼすファクターがあるかもしれない。

「ちょうどいいな。プレイヤーもいることだし、わたしは大雑把にだが『真眼』によって相手のＬＰを視認することができる。少し試してみるとしよう」

◆◆◆

「これで☆5か？　言うほどのこともないな」

「この程度ならそうだな、☆3かそれよりちょっと下ってところか」

「昆虫系ばっかだな」

「クモは昆虫じゃないぞ」

そう会話をしながら進むプレイヤーたちをオミナス君の視界を通して眺める。

勇ましくもリーベ大森林に挑んできたプレイヤーたちは四人組だった。前衛二人に魔法使い二人というなかなか尖《とが》ったパーティだ。スカウト役は誰がしているのだろう。

戦うさまを見る限りではかなり上位の実力者のようである。ただ戦闘だけを行い効率的に経験値を稼いできたということだろうか。

罠《わな》などに対する警戒もせずに戦闘だけやって経験値を稼げるような場所があるのならぜひ教えてほしいところだ。ＩＮＴが低めの魔物たちでも楽して稼げそうだし。

「ヒルスの王都のスケルトンより防御力も低いし、あっちよりもやりやすいな」

「デスペナ無いうちに偵察に来ようってだけだったが、これなら狩場こっちに移してもいいくらいか？」

と思ったら、どうやら罠のないダンジョンとはヒルス王都のことだったらしい。

確かに王都の街並みはなるべく変えたくないために罠は設置していない。

建物が破損した時も『建築』や『石工』のスキルを取得させたレヴナントにすぐに修繕させていた。

迎撃用の部隊とは別にカーナイトを定期的に巡回させ、壁の落書きやゴミのポイ捨てにも対応させている。

彼らはそんな、おそらく大陸一整備の行き届いた王都から来たようだ。

しかしどこのダンジョンでもあのようにサンダルで歩けるわけではない。それを知らないままでは彼らのためにならないし、何よりこの大森林を低く見られるのは面白くない。

レアはプレイヤーたちの上空、オミナス君の下に移動すると、そこにユーベルを『召喚』した。

彼らの周辺からはすでに魔物たちを退避させている。

見上げればユーベルの姿を確認することができたかもしれないが、リーベ大森林は深層よりも浅い場所の方が木々が深く密集して生長している。日の光も届きにくい環境では上空を巨大なドラゴンが覆ったとしても気付くことは困難だ。

ユーベルに指示をし、上空から『プレイグブレス』をゆっくりと吐き出させた。

「なんだ？　なんかダメージを受けたぞ」

「こっちもだ。範囲攻撃か？　どこからだ？」

「おい少しずつＬＰが減っているぞ！　能力値も下がってる！　なんかの状態異常だ！」

プレイグブレスの追加効果、状態異常「疫病」である。『鑑定』をかけるとこちらに気付かれてしまうため詳細に確認したりはしないが、彼らの様子を見る限り全員が疫病状態になっているのは間違いなさそうだ。

「疫病」は毒よりも継続ダメージが小さく、むしろダメージ自体は無視できるレベルだが、かわりに全能力値が重症度に応じて低下する。そして治癒されないかぎり時間経過で徐々に重症化していき、一定以上の重症度になると周囲に感染する。

「疫病ってなんだこれ！　どの解毒ポーションでも回復できないぞ！」

「いつの間に罹《かか》ったんだ！　そんなマイナーな状態異常対策なんてしてきてねえよ！」

「……ぐ！　やばい、俺もう重症だ……！　なんで進行速度が違うんだ……？」

「……こっちも重症だ。たぶんＶＩＴが低いと進行が速いんだろう。でも疫病だけならすぐに死ぬことは――」

「アリだ！　アリが来たぞ！」

「クモもだ！　糸が――」

「引き千切れない!?　さっきはできたのに！」

「能力値ダウンのせいだ！　放っておくと重症化してもっと下がっていくぞ！」

能力値が下がることによって当然ＶＩＴも下がり、その分病状の進行速度も速くなっていく。早期に治癒できれば大した影響もないが、放置することで毒や猛毒よりも重篤な症状を引き起こす状態異常、それが「疫病」だ。

現在レアがもっとも受けたくない状態異常のひとつでもある。毒や火傷《やけど》もそうだが、これらのダメージは『魔の鎧《よろい》』でＭＰにコンバートできない。

とはいえ対策自体は簡単で、免疫を再現したかったのか何なのか、一度疫病に罹ってそれを治癒した状態なら、その後丸一日は疫病にならないという仕様だ。

しかしそもそも疫病状態を誘発する攻撃をしてくるエネミー自体がまれであり、普通は対策を常時用意はしていない。

ポーション全般を取り扱うＮＰＣの店ではたいてい疫病の治療薬やワクチンの取り扱いがなく、『調薬』をある程度修めている職人が直接品物を売っている店か、薬剤を専門にしている店にしか置いてないのも理由の一つだ。

あらかじめ対策を用意してくれれば完全に防ぐこともできるが、そうでないなら初見殺しとも言える攻撃だ。

サンダルで近所を散歩するような気分で森に来た彼らではどうしようもない。

グレータータランテラの糸によって拘束された前衛職のプレイヤーは、身動きが取れないままビートルウォーリアやビートルナイトの攻撃を受けてそのＬＰを減らしている。

疫病の重症化が深刻な魔法職はもっと哀れだ。

近寄ると感染してしまう恐れがあるため、遠距離からスナイパーアントの狙撃の的になっている。

スナイパーアントはレアからの指示で急所は狙わないよう攻撃していることもあり、まるで戦場で足のみを撃ち抜きその場に転倒させ、助けに来た敵兵を次のターゲットにする熟練の狙撃手のような事をやっている。

ただし、彼には誰も助けは来ない。すぐ隣で同じように寝転んでいる魔法職の仲間の他には、クモの糸で拘束され巨大なクワガタとカブトムシにいびられている頼りない戦士職しかいない。

別に嗜虐心《しぎゃくしん》を満たすためだとか、嫌がらせや腹いせのためにこのような指示を出しているわけではない。

レアは冷静に『真眼』で彼らのＬＰの様子を観察していた。

（普通の状態よりは、自然回復のスピードが遅いな。わずかな差だけど、それも前衛職より後衛職の方が遅いように見える。これは健康状態によって自然回復に影響が出ると判断して間違いなさそうだ）

大した差でもないが、ギリギリの攻防をするような事態に陥った時、これは大きな助けになる。

ここで疫病の有用性について確認することができたのは良かったと言える。

『邪眼』のツリーを開放していけば、そのうちに疫病や猛毒を視線ひとつで与えることも可能になるだろう。逆にそういう攻撃をしてくる存在もいるかもしれないということでもあるが。

「細かい数値はともかく、だいたいわかった。もういいよ」

前衛職の彼らがクモの糸を引きちぎることができなかったのは疫病のせいだけではない。

レッサータランテラからグレータータランテラへひそかにバトンタッチしていたからだ。

あえて弱めのアリやクモで獲物をキルゾーンまで誘い込み、糸やタンク系の甲虫類で動きを止めてスナイパーがキルする。

それが現在のリーベ大森林におけるもっともコストパフォーマンスのいい戦闘パターンである。

もっとも客が来ないため、使われることはないのだが。

過剰な戦力で押しつぶせばいいだけならば、そこらの空を優雅に飛んでいるメガサイロスをけしかけるだけだ。

木々の密集している場所だろうと彼らにとっては関係ない。高いSTRとVITによって、森林の浅層に密集している樹木は彼らにとっては茹《ゆ》でたブロッコリーのようなものだからだ。何の障害にもならない。

「イベントを機にもっとお客が来てくれればここの子たちも緊張感を持って任務に当たれるんだろうけど……。現状ただの窓際部署だからな。近くに街もうないし、NPCの傭兵《ようへい》が来る事もなければ、野生の魔物の群れなんかが襲撃してくることもない。おそらく大陸でもっとも平和な地域だよね」

それを考えると天使の襲撃はちょうど良かったと言える。もっと頻度が高くてもいいくらいだ。

〈──レアちゃん今暇？　ちょっとお願いあるんだけど。あと相談も〉

ライラからフレンドチャットがきた。

確かにちょうど一息ついたところではある。

しかしお願いはともかく相談というのは珍しい。大人の言い方なら相談というのもたいていはお願い事のことだが、わざわざそんな言い方をするような事とは一体なんだろうか。

〈今暇になったところだよ。どうすればいい？　今どこにいるの？〉

〈今いるのはヒューゲルカップなんだけど、こっちから行くよ。この間の広場がいいな。あそこで待っててよ〉

◆◆◆

「ここを待ち合わせ場所にしたってことは、サラマンダーの転生条件がわかったってことでいいの？」

「うんまあ。お願いっていうのはひとつはそれだね」

「お願いって複数あるの？　あと相談はまた別なの？」

「そりゃ相談はお願いとは言わないでしょ」

「いやそんなことはないけど。ニュアンスの問題かな」

「ああ、遠回しにお願いしたいときの言い方か。奥ゆかしいってやつだね」

よく考えてみれば、「奥ゆかしい」はライラから最も遠い形容詞だ。そんな殊勝な言い方をライラがするわけがなかった。

「……じゃあとりあえずお願い事から片付けようか。いくつあるんだお願い事というのは」

「そんなにないよ、ふたつだけ。ひとつはあの賢者の石、あと一個欲しいなって事。もうひとつはウチのオーラルスキンクを融合させて欲しいって事さ」

「オーラルスキンク？　それがヒルスサラマンダーの転生先？」

「ヒルスサラマンダー？　オーラルサラマンダーでしょう？」

話が噛《か》み合わない。

ライラがあの川から連れて行ったのは、レアのものと同様のヒルスニュートだった。ここまではお互いに認識が一致している。

しかしこの森でレアが実験をした際はヒルスサラマンダーへと転生していたのに対し、オーラルでライラが賢者の石を使用した際はオーラルサラマンダーに転生したという。

「つまり、こういうことか。多分彼らは生まれた場所によって種族の名前が変わるんだ。ヒルス産のサラマンダーとか、オーラル産のサラマンダーとかそういう意味なんだよ。

転生ってのは文字通り新たに生まれ直すって事なんだろうね、システムの判定としては」

「そう考えるのが妥当かな……。でもヒルスはもう存在してないよ。それは公式サイトの国家紹介ページからも明らかだ。つまりシステムもそう判断してるって事だけど、それでもヒルスサラマンダーになるの、なんか納得いかないんだけど」

「かつてそう呼ばれていた地域って意味では間違ってないいんじゃない？　他に呼びようもないしね。エゾシカとかヤマトナデシコとかと同じだよ」

「同じ……かなぁ？」

ライラの場合、からかっているのか、皮肉で言っているのか、本気で言っているのかいまいち判断がつかない。

皮肉だとしたら蝦夷《えぞ》を征伐した大和朝廷とヒルスを滅ぼしたレアを重ねて言っているのだろうか。

「……何か悩んでるみたいだけど、深い意味はないよ。ぱっと思いついたものを言っただけだよ」

「まぎらわしいな！　いらん事言うな！」

名前はともかく、ライラが呼び出したオーラルスキンクとやらはヒルスサラマンダーとサイズは同じくらいだが、サンショウウオらしさはもうあまり残っていなかった。あれに似ている。コモドオオトカゲだ。

そして一体だけ転生できていない個体は外見上はヒルスサラマンダーそのものだ。『鑑定』してみると確かにオーラルサラマンダーとなっており、言われてみれば若干色が薄いように見えなくもない。気のせいかもしれない。

「お願い事を聞いたり相談に乗ったりするのはいいけれど、かわりに聞きたいことがある」

「サラマンダーからスキンクにする条件なら多分『火魔法』と『水魔法』かな。この子たちこう見えてもブレス攻撃できるんだよ」

「火が吐けるの？」

「いや、スチームブレスなんだけどね。高温の蒸気を吹き出すの」

「……ただのあったかい息じゃないか！」

「ちゃんとした攻撃手段だよ！　検証したところでは水属性なんだけど抵抗に失敗すると追加効果で火傷の状態異常を」

「どこまで本当のことなの？」

「今のところ全部だよ」

うさんくさいがさすがに人に物を頼む状況で無駄にからかったりはしないだろう。いや「今のところ」とあえて口に出したところがいやらしい。この後嘘《うそ》をつくつもりでもあるのか。

ともかく、レアの試しておきたかったサラマンダーたちの転生条件に関しては目論見《もくろみ》通りライラが代わりにやってくれたようだ。

それだけでとりあえず対価としては問題ない。

こちらの質問を先回りして答えられたことについては若干苛《いら》ついたが些細《ささい》なことだ。

「それはそれとして、質問はまだあるよ。確かヒルスニュートの転生用に一体あたり二個ずつ、計六〇個の賢者の石を渡したと思うんだけど、一個は何に使ったのかな？」

「……うんまあ、それが実は最後の相談ってやつでもあるんだけど。そっちを先にする？　ここまで来たし、スキンクたちの方を先に片付けてからのほうがすっきりしない？」

言いにくそうではあるが、答えたくないという風ではない。

後で話すということだし、ここはライラの言う通りスキンクたちの融合実験を終わらせてからでも構わない。全員に『火魔法』を取得させる上に賢者の石も二回分必要なため膨大なコストが掛かるが、大量に存在するニュートからドラゴン系の何かを生み出せるとなれば非常に大きな戦力になる。

「じゃあ、はいこれ。賢者の石。とっととオーラルスキンクにでも転生させて、結果を見よう。話はその後だ」

「おっけーおっけー。よーし、っと――あ」

「なに？」

「ヒルスキンクになっちゃったよ」

「あ」

ここはヒルスのトレの森である。

図らずも先程の推測が正しいことが証明されてしまった。

しかしオーラルスキンク二九体に一体だけヒルススキンクを交ぜたところで結果に変化はあるまい。融合に関しては細かいところはかなりアバウトでも問題ない印象だ。

おそらく「特定のモンスター」＋「あるカテゴリーのモンスター」や「あるカテゴリーのモンスター」＋「あるカテゴリーのモンスター」など、何らかの枠に入っていれば問題なく素材にできるのだろう。

これはキャラクター以外のアイテム素材でも同じことが言えるのかもしれない。

これまでもブランに倣ってたまにレアも血液を投入していたが、吸血鬼であるブランならともかくレアの血液が結果に影響していたのかどうかは不明だ。もしかしたら血液なら誰のものでも良かったり、極論を言うと例えばタンパク質を含む液体なら豆乳やプロテイン飲料などでも良かったりするのかもしれない。

もっとも、少なくともリフレの街ではプロテインは販売されていないため、プロテインよりは魔王の血の方が安上がりだが。

「ふふ」

「え？　なに？　なんで今笑ったの？」

「なんでもないよ。『哲学者の卵』」

いつものように作業を進めていく。

このスキンク一体あたりに費やしたコストのことを考えればこれまで以上に強い魔物が生み出せそうな気もするが、何しろ元にしたニュートが弱すぎる。現在リーベ大森林の地底湖で放置実験中だが、もしかしたら本来はもっと緩い条件で転生可能なのかもしれない。賢者の石で転生させているのはあくまで緊急措置に過ぎない。

例えば、ゴブリンをゴブリンリーダーに転生させるのに必要なのはゴブリンの核石だけでいいが、それがわからなければ賢者の石を使うしかない。ゴブリンの核石と賢者の石ではその価値に天と地ほどの差がある。ニュートやサラマンダーでも同じことが言えるのかもしれない。

「『大いなる業』」

卵のサイズは前回の、アンフィスバエナやスケリェットギドラの時ほどではない。

広場の隅の方、といっても大きすぎるため少し端に寄っているという程度でしかないが、とにかく横に立っているウルルやユーベルと比べても若干小さめであることが分かる。

その水晶の卵を砕いて現れたのは、青竹色の鱗《うろこ》を持った、いかにもドラゴンと言える風体の竜だった。

頭部にはまさしく角というようなものはないが、角のあるべきところにはヒレのようなものが伸びている。ヒレにも骨格があるようなのでどちらかと言えば角にヒレが張られていると言った方がいいかもしれない。

翼はアンフィスバエナに比べれば小振りであり、とても飛べそうには見えない。しかし分厚く、こちらも翼というよりはヒレに近い。

首も体躯《たいく》に対して長めに見える。しかしながら尾も長めなのでそれほど不自然というわけでもない。アンフィスバエナもスケリェットギドラも首は長めのため、首が長いのがドラゴン系魔物のデフォルトのデザインなのかもしれない。

「かっこいい！　ガルグイユだって！」

「ガルグイユ……ガーゴイルの元になったやつ？　マイナーじゃない？」

「いやそこのアンフィスバエナに言われたくないよ。いつ作ったんだよそれ」

『鑑定』してみたところでは『フレイムブレス』、『アクアブレス』を持ち、この翼なのに『飛翔《ひしょう》』と『天駆』も持っている。

アンフィスバエナもこのガルグイユも必要最小限の経験値しか使用していないという意味では種族的なデフォルト能力値に近いと思われるが、それを比べてみると全体的にアンフィスバエナの方が上だ。

しかしガルグイユには『水中呼吸』や『潜航』がある。活動する場所を選ばないイメージのドラゴンだ。

「ていうか、結構いろいろやってるけど『なんとかドラゴン』みたいな、いかにもな名前のドラゴン一匹も出てこないな。トカゲしか使ってないから？」

それはライラのガルグイユだけである。

レアもブランも真竜人やドラゴントゥースなど竜と名のつく素材を使用している。

「いつかのＳＮＳにあったけど、ＮＰＣの伝承でドラゴンの噂があるらしいから存在はしてると思うんだけどね。ドラゴントゥースもいるし」

「名前があるから存在していると考えるのは早計だよレアちゃん。現実にはドラゴンなんていないけど名前だけはあるじゃない。竜の鬚《ひげ》って植物あるけど竜関係ないしね。リュウゼツランとかもそうだし」

一見正論のように見えるがただの詭弁《きべん》だ。

エルフやゴブリンをはじめとする種族の名前がすべて現実の単語を使用しているこのゲーム世界において、正体不明の怪物にわざわざ「ドラゴン」と名付ける理由はないはずだ。呼び名がつくには必ず理由が必要で、現実でも架空の存在であるドラゴンという言葉は「睨《にら》みつけるもの」というギリシャ語のドラコーンから来ている。

こちらでもまさか同じ語源や似た発音の言葉から「ドラゴン」という単語が生まれたとは考えづらいし、あえてわざわざ「ドラゴンがいる」という伝承が残っているのなら、実際にドラゴンが存在するのは間違いないと言っていい。

そんなことはライラもわかっているはずで、つまりこれは単にじゃれているだけだ。

「まあドラゴンについてはいずれ時間ができたら探しに行くよ。それよりさっきの話だけど、賢者の石は何に使ったのさ」

「ああそうだった。相談したいっていうのはそれのことでもあるんだけど、その前にまず、レアちゃんが魔王になったときのシステムメッセージについて教えてもらってもいい？」

なるほど。その言葉でだいたいわかった。

つまりライラは渡された賢者の石のうち、ひとつは自分に使用したのだ。

ただ、見たところノーブル・ヒューマンのままであるようだし、おそらく処理を保留しているのだろう。

「わたしが使ったのはハイ・エルフの時で、賢者の石じゃなくて上位互換の賢者の石グレートだったけれど、その時のアナウンスはたしか、精霊か精霊王になるという正規のルートと、特殊条件を満たしたってルートでダーク・エルフと魔精と魔王が出てたんだったかな。

たぶんダーク・エルフとハイ・エルフが同格だから、条件を満たしてさえいれば横スライド転生もできるってことだろうね、賢者の石系は」

「なるほど、それっていつのこと？　時期的なものは」

「第二回イベントの……お知らせの少し前だったかな」

「つまりヒルスのなんとかって街とか王都を壊滅させる前か」

「そうだね。それが？」

街の壊滅の何が問題なのだろうか。

「いや、実は一個自分に使ってみたんだよね、賢者の石。そうしたらシステムメッセージでさ、特殊条件を満たしたからイービル・ヒューマンか邪人になれますよってアナウンスしか出なかったんだよ。特殊条件を満たしてなかったらまるで何にも転生できなかったみたいじゃない？　どうなってんのかなって思ってさ」

レアの場合で言えば、ハイ・エルフからダーク・エルフや魔王ルートにしか行けないかのようだ。

相変わらず特殊条件が何なのかは不明だが、賢者の石とグレートとでそこに違いが出るとは考えにくい。

「例えばライラがその、特殊条件とやらを満たしすぎちゃったから正規のルートが消滅したということ？」

「私もそう思ったんだよね。それでレアちゃんが転生したタイミングを聞こうと思って。邪道とか魔王とか言ってたし、たぶんなんか悪いことしたから特殊条件満たしたんじゃないかなと。でもってそれをやりすぎるともうそっちのルートにしか行けなくなる、とか」

「だとすると、確かに街規模の壊滅っていうのはわかりやすい指標ではあるね。じゃあ両方の条件を満たしたギリギリの状態っていうのはなんなんだ」

「適度に殺してる状態なんじゃない？　私は不参加だったけど、第一回目のイベントの参加人数覚えてる？　確かレアちゃん優勝してたよね。あのとき何人くらいキルしたの？」

「……覚えてないけど、たくさんキルした気がする」

この仮説が正しい場合、仮に今レアが転生しようとしたら魔王ルートしか出ないだろう。自分自身では検証しようもないが、もし今後精霊王を生み出そうと思ったら注意が必要だ。

「だけど殺しちゃダメだって言うのなら、わたしはあの時点でもリーベ大森林の牧場使って結構殺してたりしたけど。その前にアリたちもそれなりに倒してるし、森に来たプレイヤーもキルしてるよ」

最初のチュートリアルで言われた事だが、プレイヤーとＮＰＣにはシステム的な差はなく、それはモンスターも同じである。

つまりゴブリンだろうとヒューマンだろうと、殺した時点でキルカウント一が加算される事に変わりはない。キルした相手の種族によって別々にカウントされるとしたら、特殊条件とされているのは一体何をカウントしているというのか。

「そう言われるとそうか。カウントする条件ね。何だろう」

ライラは少しの間思案していたが、やがて自分の考えを口に出してまとめるかのように話し始めた。

「――何にでも言えることだけど、区別するという行為において最初にまず考えることが必ずある。つまり、自分とそれ以外だ。

そう考えると、これ、もしかして自分と同種族のキャラクターをどれだけキルしたかがキーになってるんじゃないかな」

なるほど。

それならわからないでもない。

だとすれば、レアの場合はイベントやリーベ大森林でキルしたプレイヤーたちのみがカウントされたことになる。あの頃はNPCのエルフになど会ったことがなかったが、プレイヤーの中ではエルフが占める割合は非常に多い。イベントであれだけ殺せばエルフもたくさんいたはずだ。

「ということは、やりすぎたらしいライラはノーブル・ヒューマンを殺しすぎたってこと？」

「ノーブル・ヒューマンはそれほど殺してはいないから、厳密に言えば転生前も含めてのことかもしれないね。レアちゃんだって別にハイ・エルフをキルしたわけじゃないでしょう」

「じゃあヒューマンはそれほど殺してるのか」

「人類系はほら、魔物に比べて経験値効率がいいから多少はね」

オープンβが始まってから、オーラルの王都で転生するまでの間に何かやらかしているようだ。

しかし人類系のキャラクターの経験値効率がいいというのは否定できない。人類系のキャラクターは非戦闘員でも総じてINTが高めであるためだ。

「話を戻すと、相談というのが正規のルートに戻る方法を知りたいってことなら、残念ながら力にはなれないな」

「ですよね。まあ、仕方ない。課金アイテムで最初の選択をやり直せるようにはなったけど、キル数かなにかでカウントされてるファクターがあるなら多分ヒューマンに戻ってやり直したところで同じだろうし、これはもうどうしようもない部分なんだろうね」

もしエルフやドワーフに転生する課金アイテムを買ってやり直すのならヒューマンのキルカウントも関係なくなるが、ライラがそれを考えていないとは思えない。

ということは、おそらく人類系は種族にかかわらず大量にキルした事があるのだろう。

「ライラが使えないとなると聖王は別で用意する必要があるな。あてが外れたよ」

「使えないってひどいなあ。あと聖王って何？」

「もしかしたらヒューマンの先にあったかもしれない種族だよ。イービル何たらとか邪人とかから転生できるとは到底思えないからライラじゃ無理だけど。わたしの目的のためにはそれが必要なの」

あえて黙っているメリットもない。この件でライラと利害が対立する展開は考えづらい。伯爵から聞いた話をかいつまんで話した。

「……なんか、すごいねブランちゃん」

「そう思うよ。死亡してランダムリスポーンした先が伯爵の城の地下だったたって話だから、たぶん正式サービス開始時のスポーン位置の仕様変更はあの子のせいだと思う」

最初のリスポーン位置が開始数時間で他の誰かのパーソナルエリアになるという不運もそうだが、その後飛ばされた先がいきなりレイドボスの居城というのもなかなかに極《き》まっている。前世でどんな悪い事をすればそんな目に遭わされるというのか。

「しかし、聖王か。せめてノーブル・ヒューマンの次が判《わか》ればアタリをつけられたんだけど。今出来そうなことと言えば私が邪人に転生して、もう一度賢者の石を使う事で邪王とかになれるかどうか見るくらいかな」

「はやく」

「ええ？　まあ、どのみちこのルートしか残されてないならいつかはやることだろうしいいけどさ。でもこれ変な羽とか角とか生えてきたりしないかな？　いちおう領主もやってるし、あんまりビジュアル的にロックなやつは困るんだけど」

「は？　変じゃないし別に」

レアの角も翼も別に変ではない。椅子に座るときやベッドに横たわる時など多少わずらわしく感じる事もあるが、それ以上に便利な状況の方が多い。領主という職にとっても便利なのかどうかはわからないが。

「まあその時は適当に代役作って表舞台からは退くしかないか。邪人に転生します」

それがシステムに対する返答になっていたらしい。

すぐに光に包まれ、やがて現れたライラは『真眼』で見えるＬＰも『魔眼』で見えるＭＰもひとまわり増えているようだ。肉眼で見える姿は──

「……痣《あざ》？　いやそういう模様なのか。虎とか豹《ひょう》とかみたいな」

「模様……？　うわ、なんだこれ！」

ライラの顔には漆黒の、幾何学的な紋様が浮かびあがっていた。手の甲にもあるようなので、もしかしたら全身に浮かんでいるのかもしれない。悔しいが、カッコいいと言わざるを得ない。

「翼とかはないね。この次からかな？　はいこれ、賢者の石。前回摂取してから一日以上経《た》ってる？」

「薬か！　前回使ったのはおとといだから一日以上は経っているけど、これクールタイムって使用の瞬間からカウントなの？　それとも効果が解決された瞬間から？　それによって今使用できるかどうかが変わるよね。あ、その前に着替えないと」

ライラはレアから受け取った賢者の石をその場に置き、そそくさと茂みに着替えにいった。

「人からもらったものいきなり地面に置く？　普通……」

「──よし。お待たせ」

「おかえ──何その格好！　信じられない！」

茂みから出てきたライラは露出度が異常だった。ここが街なかだったら通報されていてもおかしくないくらいだ。なんならレアが通報するまである。

「いやだって羽だの角だの生えてくる可能性があるんでしょ？　それが魔王と同じとは限らないし。もしかしたら尻尾《しっぽ》かもしれないし、背ビレかもしれない。どこから何が生えてきても大丈夫なように、極限まで被害を減らせる格好を選んだだけだよ」

「お祖母《ばあ》様に言い付けるから！」

「意外と自分も着たがるかもよ」

「お母様に言い付けるから！」

「あそれはやめてまた追い出されちゃう。よし、じゃそろそろ賢者の石を——っと、使えたってことは、使用した瞬間からクールタイムのカウント始まるのかな」

ライラは「うわ高い！」とか言いながらも光に包まれていく。

使用した時点で賢者の石は消費され失われている。システムメッセージを保留させているのはあくまで使用した事で誘発された処理を停止させているに過ぎない。使用に対してクールタイムが設定されているのならこの仕様は納得できるものだ。

ほどなく光は収束し、邪悪な雰囲気をまとわせたライラが現れた。雰囲気だけでなく、何か別のものもまとわせている。おかげで露出度が常識的なレベルまで戻っていた。

「……なにそれ、マント？」

てっきりレアのように翼でも生えるのかと思っていたが、ライラの背から伸びていたのはボロボロに見える真っ黒なマントだった。身体《からだ》を覆っているものも同じ色合いだ。

「マントじゃないよ。これ、手みたい。『邪《よこしま》なる手』ってのが開放されてるから、たぶんこれのことかな。服みたいなのも、防御力が一定以下の部位を自動で覆って補強してくれてるみたい。確かにさっきの服、防御力は度外視で作ってたから納得かな。

あと『角』ってのがあるんだけどもしかしてやっぱり角生えてるの？」

「生えてるね。服とマントがインパクト強すぎて見てなかったけど羊みたいなやつ」

レアの角を山羊《やぎ》のそれだと評するならば、ライラの角は羊のそれに似ている。巻き角というのか、側頭部から後ろに向かって生え、弧を描いて先端は前方を向いている。不吉な紋様と相まって非常に邪悪な雰囲気だ。

また、その耳もヒューマンとエルフの中間のような形というか、ヒューマンの耳を少しだけ尖《とが》らせたような形状に変わっている。魔王であるレアの耳と同じものだ。

背中から伸びているのは、影で出来た触手といった風情だ。これがいくつも寄り集まって、マントや服を形作っているらしい。どこまで伸ばせるのか、普通の手と同じように利用できるのかなどによっては非常に有用な種族スキルになりそうだ。

「あやっぱりマントみあるのかも。『飛翔《ひしょう》』ってのが開放されてる」

そして角にはおそらく、レアのそれと同じく『支配』などをガードする特性があるはずだ。

魔王であるレアの場合、この時点で『魔眼』もアンロックされていた。

ならば邪王であるライラにも同じくアンロックされていてもおかしくない。

「もうひとつ『邪眼』てのもあるんじゃないの？」

「──ああそうか。レアちゃんにも似たようなのあったね」

やはりあるようだ。

《邪道ルートのレイドボス「邪王」が　その他地域トレの森　にて誕生しました》

「──なるほど。これか」

怪しいこと極まりない。プレイヤーであるレアは慣れているが、ＮＰＣがこんなメッセージを突然脳内にぶち込まれてはそれは慌てるだろう。

というか、今まさに大陸中で該当のＮＰＣは慌てているはずだ。

なにせつい最近聞いたばかりのメッセージの、同じく邪道のレイドボスは、正しく人類の敵として行動し、ヒルス王国を滅ぼしてみせたばかりである。

「これか、ってレアちゃん聞こえたんだ。特定のスキルをお持ちのプレイヤーってことだね。ああ、聖教会を支配したときのアレか」

「そうだよ。自分でも取ってみた。でもこれでまた各国が騒がしくなるな。オーラル聖教会にはわたしの方から言っておくけど、他はどうしようもないな」

あの時ヒルス王国が災厄討伐軍を組織したのは、災厄が生まれたのが自分たちの庭だったからだ。結果的にその判断は正しかったと言える。にもかかわらず滅び去ったのは、ただ相性が悪かっただけだ。圧倒的な物量で攻める事が強みと言えるヒューマンの軍に対し、たまたまレアの手札が広域殲滅《せんめつ》に特化していたというだけである。

この状況下でわざわざ災厄のお膝元《ひざもと》であるトレの森に軍隊を派遣するような国などあるまい。ただでさえ天使への対応で手いっぱいのはずだ。

速やかにオーラル聖教会の主教たちへ事のあらましを伝え、表向きだけ騒いでおくよう指示しておいた。そうしなければプレイヤーたちにオーラル聖教会が不審に思われてしまうからだ。

「でもなんか、気分いいねこれ。誰でもいいからボコボコにしたい感じ」

急激に能力値が上がったり、新たな器官やスキルが芽生えたりした影響だ。レアにも覚えがある。

というよりも、この感覚を素直に解き放った結果、ヒルス王都までひとりで赴いたのだと言えなくもない。

「経験者から言わせてもらうと、あんまり調子に乗ると死ぬよ」

「大丈夫だって。さっきまでの自分と比べてみても、ちょっとやそっとじゃとても死にそうにないし」

分不相応な力を手にしてしまった人間とはなぜかくも愚かになってしまうのだろう。

まるで鏡映しの自分を見ているかのようだ。顔も似ているし。

しかしレアは人類の敵としては先輩である。後輩である姉を正しく導いてやらねばなるまい。

「そういう生意気なセリフは、わたしを『鑑定』できるようになってから言いなよ」

「『ちゃん』」

《抵抗に成功しました》

「もうそれ変えたら？」

「……ごめんなさい。調子に乗ってました」

かつてプレイヤーたちに敗北し、また魔法やスキル無しの戦闘でライラと引き分けた経験があるのだ。自分の力を過信することの危険さは少なくともライラよりは身にしみている。

そしてそれらの教訓により、たとえ調子に乗ったとしても、それが過信ではなくただの事実になるように自分自身に投資してきた。災厄に成り立ての新米においそれと『鑑定』されるほど弱くはない。

「でもこれで聖王になるルートが確定したかな。ノーブル・ヒューマンから聖人、そして聖王だ」

「あー。うちのツェツィーリアとか使ってもいいよ。でも使ってもいいって言っても、その場合経験値三〇〇〇って私が払うのか」

単にコンテンツ開放のフラグとして必要だというだけのことだ。

唯一残った野生のヒューマンの国であるウェルスの王族あたりをそそのかし、聖王へと至らせる事が出来れば目的は達成される。

同じ事が精霊王や幻獣王にも言えるだろう。

「自分の陣営で死んでも困らない——配下のいない聖王とかを育ててみるか、それか適当な野生のNPCをうまいこと誘導して転生させて倒してみるか、どっちが安上がりかな」

「聖王とか精霊王にしちゃってから『使役』すれば？」

「……いや、わたしやライラ、それにスガルの例を考えれば、該当の種族はすべて『角』とかそういう特性で高い抵抗力を有している可能性がある。配下にしてから転生させるならともかく、転生しちゃった奴を配下にするのはちょっと難しいんじゃないかな」

聖王や精霊王に角が生えているというイメージは湧かないが、似た効果の別の何かが無いとも言いきれない。

これは真祖や海皇でも同じ事が言える。

プレイヤーの誰しもがエンドコンテンツの開放が出来るようにデザインされていると仮定すれば、おそらく協力関係でも敵対関係でもどちらでも満たすことができる条件のはずだ。

協力ならば現地に連れていけば何かしら起きるだろう。

敵対ではそれは難しいため、戦う事で解決する問題である可能性が高い。

「やはり野生のNPCを育てて刈り取るのが合理的かな」

「NPCの王族を追い詰めておいて、賢者の石を片手に『力が欲しいか』とかやるわけね」

なんだそれは。

素晴らしい。

実にかっこいい役回りだ。

では現在存命の各国の王族にはなるべく経験値を稼いでもらい、かつ死なない程度に危機感を持ってもらう必要がある。

王家直属の騎士団などが出張る必要のある距離に、適度な難易度のダンジョンを用意してやればいいだろうか。

プレイヤーには用はないため、転移先に設定される必要はない。システムにダンジョンだと認識されなくても問題ない。あくまでNPCにとって都合のいい狩り場であればいいだけだ。

「素材が魅力的な魔物とか、経験値はおいしいけど弱い魔物とか、そういう眷属《けんぞく》がいるな」

「レアちゃんが楽しそうで何よりだよ。私は……このままだとちょっと帰れないな。新政権樹立記念式典の時の全身鎧《よろい》着ないと」

「『邪なる手』はどうするの?」

「……全部服に——は無理なのか。じゃあ鎧にスリット入れて、もうマントで押し切るしかない」

「角は?」

「兜《かぶと》に穴開けて、兜の装飾って事で……。面倒だな！　もう適当な町娘さらって影武者仕立てた方が早い！」

巻き角をうまく兜に合わせるのはよほどの器用さと機能的なデザインが必要だ。それなら影武者を立てたほうが早かろう。

それからしばらくは『邪なる手』の可動範囲や詳細な仕様を調べたり、『邪眼』を少しアンロックしたりして過ごした。

レアの例で言えばライラにもそのうち「邪の理《ことわり》」とかそういうキーになるスキルがアンロックされると思われるが今のところはまだ無い。

「──今できるのはこんなところかな。新しく取得できる配下の強化系スキルは『ヒューマン』か『邪』を種族名に含む者に限るって制限あるけど、かなりの上昇率だ。どのみち私の配下はほとんどヒューマンかノーブルだし問題ないな」

邪王は配下の強化に特化したスキルを多く取得できるらしい。羨《うらや》ましいと思わなくもないが、仮に魔王がその仕様だった場合、対象になるのは「なんとかエルフ」と「魔なんとか」だろうか。残念ながら一人もいない。

「邪竜とかそういうのが作れれば超便利そう」

「ああ、それいいね。ニュートたくさん捕まえて試しておいてよ。

さて、目的も全部達成できたし。まあ一部想定外に仕事が増えた部分もあるけど、そろそろ帰ろかな」

確かにもう用はないのだろうが、そうもいかない。これだけ付き合わされたのだし、逆に少しの間付き合わせてもバチは当たるまい。

レアは空を見上げた。

「まあせっかくの機会だし、帰る前にその身体の慣らし運転でもしていけば？」

「え？」

「ほら、第二陣の登場だよ」

上空には天使の群れがやってきていた。


「……何か、数多くない？　街より森のほうがたくさん来るの？」

「いや、街に来る数なんて知らないけど。でも少なくともさっきよりは多いかな。弱いかわりに段々数が増えてくるとかそういうイベントかも」

言い方から察するに、第一陣の時はライラはヒューゲルカップを守っていたようだ。

上空から飛来する天使たちの数は明らかに第一陣よりも多い。正直何匹来たところで結果が変わるわけでもないし、レアやユーベルが対処する分には大した経験値も得られない。現状ではドロップアイテムを得ても有効的に活用できるか未定のため、時間の無駄とも言える。

「──やっぱりおかしいな。間違いない。あの天使たちはイレギュラーだ。」

他に襲撃されている街やダンジョンはないみたいだよ。少なくともSNSには情報が上がってない」

眼を閉じて立ったまま寝ているのかと思ったらSNSを見ていたようだ。家を飛び出したとはいえ、ライラもレアと同様の教育を受けている。たとえ意識を飛ばしていたとしても間抜け面を晒《さら》したりはしないのだ。

「この森だけ襲われているということ？　──確かに、さっきはリフレの方がここより早く襲われていたけど、今は他に襲われているところはないな。どういう事？」

支配地各所に確認をとってみたが、そういう報告は無いようだ。

「レアちゃん、なんかしたんじゃないの？　さっきの襲撃のときに目立つ事したとかさあ」

「――そうか。世界全体にアナウンスされた邪王ライラの誕生だ。天使たちはそれを聞いた上司に命令されたんじゃない？」

「ちょっと、なんか背中がムズムズするからその言い方やめてよ」

『邪なる手』が蠢《うごめ》いているのか。この手もスキルを増やせば数が増えるのかもしれない。

それよりも今は天使のことだ。

「あのアナウンスを聞いて天使をけしかけてきたとしたら、少なくとも大天使の陣営が『霊智《れいち》』を持っているのは間違いないな。ここめがけて来たってことは、トレの森という場所の情報まで『霊智』で聞こえていたってことで、つまり最低でも総主教クラスの『霊智』を持っているか、持った眷属がいるって事だ」

「天空城っていう物が仮に自由に移動が可能なオブジェクトだとしたら、ここまで直接来るかもね。シンボルタワーもあることだし」

ライラの言っているシンボルとは世界樹の事だろう。確かに目立つ。

「でも天空城を支配しているって言われてるのに、自由に移動できないなんて事あるのかな」

「支配している、っていうのはあくまで人類国家の伝承でしかないからね。例えば単純に、大陸周辺を特定の軌道で周回するような天然の浮遊大陸にお城を建てただけかもしれないし」

それなら有り得ないでもない。

このまま待っていても天空城そのものがここに現れないのなら、天空城は自由に動かすことが出来ないか、あるいは天空城を動かすほどの価値が邪王ライラに無いかのどちらかだ。

後者の場合はつまり、邪王の相手はこの数を増したザコ天使たちで十分だろうと判断したということであり、仮にもワールドアナウンスされるほどの存在に対してそれは少々舐《な》めすぎとも言える。

「まあいいや。ユーベル。片付けてきて」

「アビゴル。頼むよ」

「アビ……えっ？　それがガルグイユの名前？」

「エリゴスって付けようと思ったんだけど駄目だったから別名で。もしかしたらエリゴスって名前の種族とか重要NPCとかが居るのかもね」

世界樹はすでに【世界樹】という名前で登録されてしまっている。キャラクターに種族名を名付ける事は可能だ。

付けられなかったというのなら、NPCでも名前被りはNGである可能性と、存在する種族名を全く別の種族のキャラクターに付けることは出来ないという可能性が考えられる。

NPCの名前被りがNGというのはさすがに無茶な話だが、重要NPCに限って言うならあり得ないでもない。

存在する種族名を別の種族のキャラクターに付けてみるというのはすぐにでも実験が可能だ。例えばヒルスニュートにオーラルスキンクとか名付けてみればいい。普通の眷属に妙な名前を付けると混乱するのでやりたくないが、いずれ素材になって消えていく眷属になら構わないだろう。

上空では天使たちが果敢にユーベルとアビゴルに襲いかかっている。

彼らは武装もないため主な攻撃手段は体当たりや飛《と》び蹴《げ》り、拳《こぶし》などだが、その効果範囲に入る前にユーベルとアビゴルのブレスによって落とされている。

数は先ほどの倍以上いるが、殲滅《せんめつ》にかかる時間は大して変わらないだろう。

「ていうか、その身体の慣らし運転したら、って言ったでしょう？　なに楽しようとしてるのさ」

「慣らし運転ならアビゴルだって必要でしょ。それよりレアちゃんのとこの子、ユーベルってドイツ語？」

「そうだよ。かっこいいでしょう？」

「プレイヤーでさあ、ユスティースってのがいるんだけど知ってる？」

「……どこかで見たな。そういえばいたね」

ＳＮＳで見かけたことがあった気がする。

ユーベルは「邪悪」とかそういう意味だ。英語だとイービルが近いニュアンスだろうか。

対してユスティース、ユスティーツとなればおそらく「正義」だろう。英語で言えばジャスティスだ。

「その子オーラルにいるんだけどさ。ていうかヒューゲルカップにいるんだけど。騎士になりたいみたいで、領主である私の眷属になりたがってるんだよね」

「――へえ」

プレイヤーがプレイヤーを眷属にした場合、眷属にされた方は相手がプレイヤーであることに気がつくのだろうか。

プレイヤーが誰かの眷属になったとして、仮にその後なにかに転生したり、何らかの特殊なスキルを取得したりする場合、主君がＮＰＣではシステムメッセージを聞くことが出来ないため、自動的に処理が進む。

この時主君がプレイヤーだった場合はそのプレイヤーの意思表示によって処理が進むことになるが、タイムラグを極力小さくしてやればおそらく気づかれる事はないだろう。

しかし問題は主君であるプレイヤーがログアウト中に眷属プレイヤーが何かやらかした場合だ。主君がNPCなら処理は自動的に進むため起きていようと寝ていようと変わらないが、プレイヤーが寝《ログアウトし》ている場合ではどうやっても処理は進まない。さすがにバレるだろう。

「眷属にするの？　ライラ」

「しないよ。リスクが大きすぎるし何のメリットもない。でも眷属の眷属にだったらしてもいいかもしれないな。この後用意するつもりの影武者をノーブルに転生させて、その子に『使役』させてみるとか」

それは別に好きにすればいいと思うが、しかし、まるでユーベルのライバルであるかのような名前は少し引っかかる。確かにSNSで見かけた記憶はあったが、言われるまで忘れていた。というか、いちいち書き込んだプレイヤーの名前など覚えていない。

ユーベルの雰囲気はまさに邪悪や魔的というにふさわしいもので、正義の騎士とは対極的な存在と言っていい。英雄譚《えいゆうたん》で騎士が打ち破るにはうってつけのボスだ。

「ユスティースがもし間接的に私の眷属になったとしたら、ちょっとバトルしてみようよ。そういうクエストみたいな感じでけしかけるからさ」

「別にいいけど、手加減しないよ」

「いいよしなくて。負けても困らないし別に」

ただの余興だよ。そう言ってライラは笑う。

ライラとはそのうち擬似戦争か何かで勝敗を決したいとは思っていた。なにしろヒューゲルカップで初めて会い、引き分けた時の決着をまだつけていない。

ユーベルとユスティースの決闘をそれに代えるというのは案外面白い案かもしれない。

◆◆◆

結局、しばらく待ってみたが天空城は現れなかった。

それならということで、ライラにも先程の、天使の襲撃タイミングから天空城の位置を割り出す話をしてみたが、返事は芳しくなかった。

「割り出してどうするのさ。倒しにでも行くの？　まあ一部のプレイヤーの皆さんはレアちゃんと大天使の怪獣大決戦を期待しているようだけど。やるとしてもイベント終盤にしておきなよ。その頃になればさっき自分で言ったとおり誰かが大雑把にでも位置を割り出してるかもしれないし、それからでも遅くないんじゃない？」

「誰が怪獣だよ。まあ、そうだよね。せっかく取得経験値量も増えているんだし、天使は放っておいてダンジョンに来るプレイヤーたちで経験値稼ぎでもしようかな」

「いや、運営のアナウンスの通りにCo-op《協力》プレイでもしたら？　わざわざ言うくらいだし、それがランキングの基準だと思うけど」

確かに運営が何の意味もなくあのようなアナウンスをするとは考えづらい。

しかし協力プレイと言われても何をすればいいのか。

「所属に関係なくみたいなことも言っていたけど、種族はともかく所属や陣営ってどうやって判定しているのかな。

しがらみを忘れてということは普段の仲間と協力してもあまりポイントにはならないんだろうけど、じゃあ普段の敵対関係だとかは何によって区別しているんだろう。パーティどころかクランやギルドみたいなシステムもないよね。

ＮＰＣのＡＩはわからないけど、プレイヤーの思考はゲームアバターのコントロールとか以外の事に利用するのは法律で制限されてたはずだし」

「私も詳しいわけじゃないけど、普段の行動から色分け出来ないことはないんじゃないかな。旧時代からあるテクノロジーだけど、行動ターゲティング広告って知ってる？　普段の検索履歴とか閲覧したサイトとかからその人の趣味や嗜好《しこう》を割り出して最適な広告出すってやつ。あれと同じだよ。

プレイヤーのゲーム内での行動のログを取るのは適法だし、それを分析するのも規制とかないから、直接思考を読まなくてもプレイヤーの考えくらいはある程度お見通しだと思うけどね」

「たしかに。それだったらディアスの『瘴気』がブランの配下のゾンビたちを味方と認識していたのも頷《うなず》けるな」

その時その時でプレイヤー同士、あるいはＮＰＣでもいいが、ともかくキャラクター達がどういう関係性なのかをログから分析し、その上で最適な効果対象を選択して発動しているということだ。

「さてと、じゃあそろそろ帰るね」

「ああ、ユスティースとやらによろしく」

「私が直接会うことは無いだろうけどね」

ライラが去った後、アリたちに周辺の清らかな心臓を回収させた。

ライラはひとつも拾わずに帰っていったが要らないのだろうか。

『死霊』スキルがないとしても、死体に魂を留《とど》めておくことが出来るということは、少なくとも蘇《そ》生《せい》受付時間を延ばすことが出来るのは間違いない。もっともその蘇生アイテムさえ作れない現状では──

「……蘇生受付時間を延ばす……か」

仕様上、誰かの眷属《けんぞく》になっているキャラクターが倒されると一時間で自動的にリスポーンする。死体に一時間は魂が拘束されているという設定であるため、その間はリスポーン出来ないということだろう。

ゲーム的に言えば蘇生系のスキルやアイテムとのブッキングを防ぐためだと思われる。

自分で選択してリスポーンするかどうかを選べるプレイヤーと違い、ＮＰＣでは自動的に処理を進めるしかない。眷属のリスポーンタイミングがランダムだったり、自動リスポーンまでの時間が短すぎれば蘇生させたくても出来なくなってしまう。それを一律で定めたのが一時間というリミットだ。

では倒された何者かの眷属に、清らかな心臓を使用した場合リスポーンまでの時間を延ばすことが出来るのだろうか。

普通に考えればそんなことをする意味はないが、設定的にはそうであってもおかしくない。先ほどのMP自動回復などの処理を思えば、設定になるべく準拠するようシステムも作られているようだし、可能性はなくはない。

「まあ、だからといって利用する機会が来るとは思えないけど。一応頭の隅にいれておこう。時間があったら検証かな」

ひとまず、トレの森にはもう用はない。

何となく広場を見渡すと、まず天を貫かんばかりに屹立《きつりつ》する世界樹が目に入り、次に気を取られるのはその前に鎮座する大神殿、ウルルだ。そして大神殿の両翼を守るように佇《たたず》むアンフィスバエナとガルグイユ。

〈——ライラ？　忘れ物があるみたいなんだけど？〉

〈あー。こっち、置いておく場所ないからしばらく預かっておいてよ。躾《しつけ》はしてあるから大丈夫〉

ライラはすぐに適当なことを言う。

いや、躾というのはもしかしたらフレンド登録を済ませた事の隠語なのかもしれない。

だとすれば悪くない表現だ。使わせてもらおう。

ともかく、ウルルとユーベル、アビゴルのせいで広場も最初よりかなり手狭になってきた印象だ。もっと広げ、代わりに森の外周部を一回り大きくしておくように世界樹に言いつけておく。

後片付けを済ませたらイベントへの対処の続きだ。

天使たちの問題はどうにでもなる。

公式の発表どおりならよほどのことがない限りはあのザコ天使しか飛来しないだろう。

「しかし、協力プレイか。いやまあ、そもそもイベントでランクインしたいなんて思ってないんだけど」

匿名希望でシステムメッセージに返答をしたレアがランクインしたところで、正常に表示されるとは思えない。

「一位がもし匿名とかって表示されたとしたら、真面目に頑張っているプレイヤーはさぞ悔しがるだろうな」

今ではあまり見かけないが、かつて高等教育機関への入学を学力のみでテストしていた時代があった。

あの頃の入試のリハーサル、いわゆる模擬試験の、中でも全国統一模試などではふざけた偽名で受験して上位に名前を載せるイタズラが横行していたらしい。当時人気があったアニメのキャラクター名とか。

品の良い行いとは言い難《がた》いが、何の意味もないイタズラよりは遥《はる》かに粋《イキ》なように感じる。なにせそのイタズラを成功させたければ、全国トップクラスの学力を有する必要があるからだ。そこには相当な努力があったはずだ。

「まあ、それも悪くないか。とりあえず正規の第二陣が来たら、ヒルス国内の空の掃除をしてみよう」

様子を見て、問題なさそうならば姿を消さずにやってもいい。

レアが姿を見せたまま天使たちからヒルスの街を守ってやれば、二度とヒルスにちょっかいをかけようという国家は現れないだろう。

◆◆◆

「正確に決まっているわけではなさそうだけど、だいたいインターバルは五～六時間ってところかな」

だとすれば現実時間でおよそ四時間といったところか。

定期的な全体イベントの発生タイミングとしては悪くない間隔だ。

もともとこの世界に住んでいたNPCの騎士たちだけが対処するとしても、国や街が滅び去るほどの被害を受けるようなこともなさそうではあるし、気まぐれにプレイヤーが参加するにはちょうどいいバランスだろう。

ただし現状で上位のプレイヤーたちには物足りないに違いない。

「ご満足いただけるかはわからないけど、ちょっと話題を提供してあげようかな」

王都から鎧坂《よろいざか》さんを『召喚』し、久しぶりに乗り込む。

そしてユーベルと航空兵、飛行可能なビートルたちを連れ、トレの森を飛び立った。

航空兵はリーベ大森林やラコリーヌの森からも徴兵する。

それぞれヒルス上空の天使たちを片付けながら合流を目指すよう指示を出し、待ち合わせ場所はヒルス王都を指定した。

旧ヒルス領の東側から大量の蟲《むし》たちが飛び立ち、天使を食い荒らしながらそれぞれ王都を目指す様はさながらイナゴの群れである。

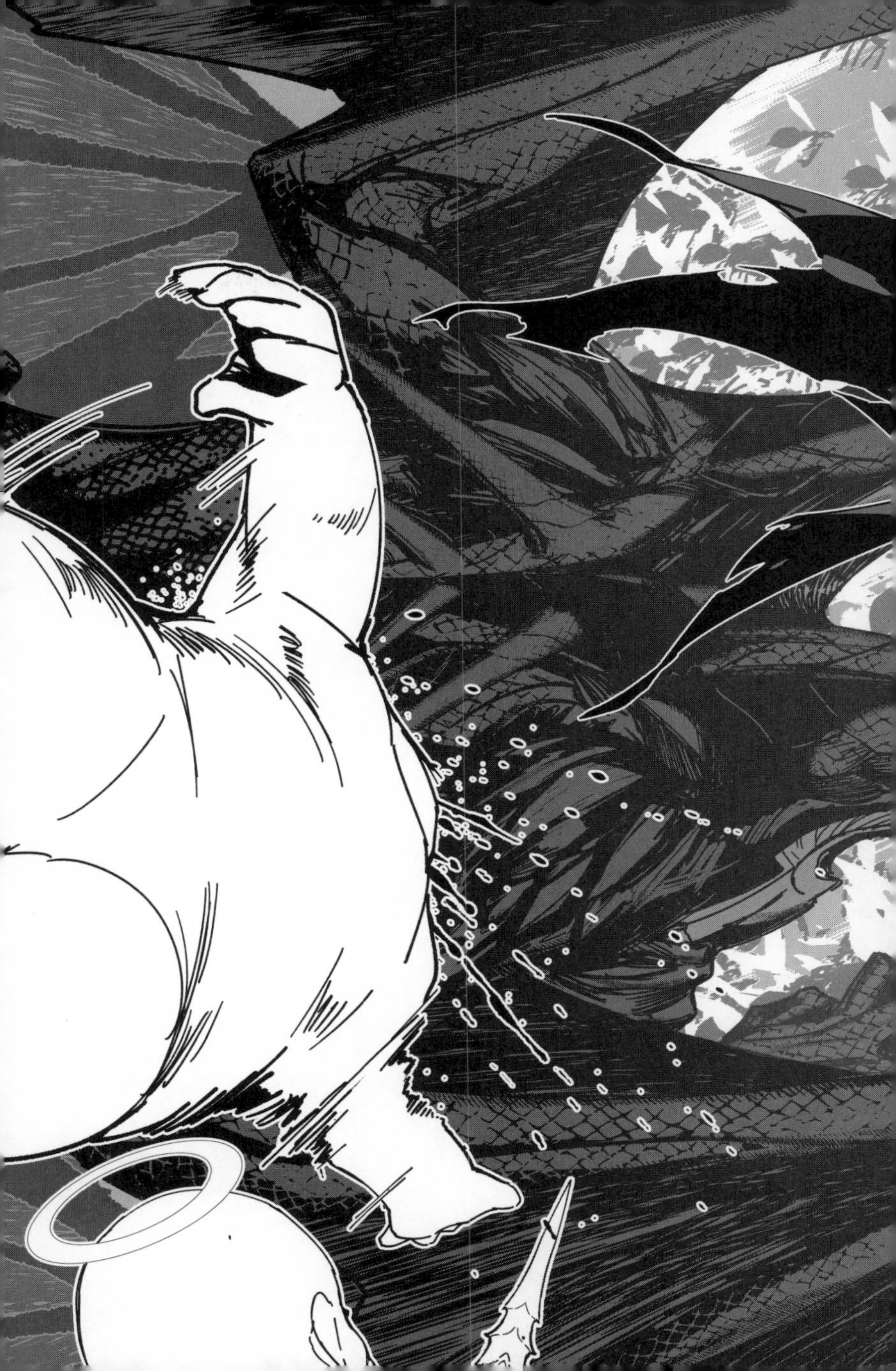

倒した際にドロップする心臓は無視だ。いちいち拾っていられないし、必要とあればウルバン商会にでも買い集めさせればいい。ヒルスの商会が天使被害者支援の名目で心臓を買い取ってくれるとなれば、それを耳にした商人はこぞってヒルスにやってくるだろう。そこで心臓と交換した金貨は国外に流れることになるが、それもまた経済の活性化につながる。

レア自身も道中で天使たちを始末しながら王都へ向かった。

王都には何人かのプレイヤーが集まっていた。王都の中に入るのではなく、外で天使と戦っている。中に入るとアダマンナイトやカーナイトたちと三つ巴《みどもえ》の戦闘になってしまうので、天使だけを狙うのなら王都の外は確かに効率がいい。他の街のように、国を守る騎士や兵士に獲物を取られることもない。

よく見れば、中には見覚えのあるプレイヤーたちもいた。もう一度いつかの礼をしてやってもいいが、今はそれよりするべきことがある。

ちょうどいいので、ここで提供する話題は彼らに拡散してもらうことにした。

「――勇壮なる眷属たちよ！　見よ！　天より現れた悍《おぞま》しき肉の塊が、不遜《ふそん》にも我らが都市に無断で押し入ろうとしている！　到底許せることではない！」

『風魔法』の『拡声』を使い、王都周辺一帯にレアの声を響かせる。

「あれ、第七災厄か⁉」

「天使と戦おうとしてる……？　敵対してるってこと？」

「少なくとも、天使と災厄に挟み打ちにされることはなさそうね」

「なんかドラゴンみたいなのいるんですけど⁉」

上を見上げて大口を開け阿呆《あほう》のように騒ぐプレイヤーたちの姿に、レアは気分を良くする。

「……王都に無断で押し入ろうとしてるのはプレイヤーも同じなのでは」

「……悍しき肉の塊て。仮にも天使に対してなんという言い草。不遜さにかけては第七さんの圧勝ですねこれは」

「……ていうか、人によっては柴犬《しばけん》サイズの虫の方が悍しいまであるよね」

しかしツッコミを入れる者もいた。小声のつもりのようだがレアの強化された聴覚はごまかせない。

王都ダンジョンに挑戦するプレイヤーについては、正門から入る分には問題ない。正門を開けてあるのは門を壊されないためだが、ある意味黙認していると言える。

しかし天使がやってくるのは上空からだ。それは認められない。空を飛べないカーナイトたちが対応しづらいからである。

不遜であるという指摘については自覚もあるので反論できない。あえてそうロールプレイしているところもある。プレイヤーの口ぶりからだとそれを期待されている節もあるので、そのように振る舞ってやることにする。

「──そこの異邦人たち！　わたしの代わりに王都を守ってくれているとは殊勝な心掛けだ！　これからもわたしの役に立つというのなら、殺すのは後回しにしてやる！

さあ眷属たちよ！　空飛ぶ肉塊どもを蹴散《けち》らせ！　魔王の配下の矜持《きょうじ》を見せるのだ！」

レアの号令一下、巨大な虫たちが、地上のカーナイトたちが、そしてアンフィスバエナのユーベルが、一斉に天使への攻撃を始めた。レアの意向を反映し、出来る限り派手な技でだ。

その様子に眼下のプレイヤーたちが漏らす感嘆の声がレアの耳に届く。期待通りのいい反応だ。

話題の提供は大成功だ。きっと彼らはＳＮＳでこのことについて広めてくれるに違いない。

その後も次々と現れる天使たちを悉《ことごと》く滅ぼし、何も出てこなくなるまで――つまり襲撃ウェーブが終了するまで戦闘を続け、終わったらサービスでプレイヤーたちの頭上をかすめるように飛行してから引き上げた。

一旦《いったん》トレの森に戻り、ひとり反省会をする。

「うーん。天使の襲撃に対していちいち森から迎撃に出ていては間に合わないな。空《あ》いている土地に駐屯地でも作ろうか」

もう日は落ちてしまっていたが、その方がレアにとっては好都合だ。

夜の間にヒルス中を飛び回り、目立たない場所にエルダートレントやトレントを『召喚』して小さな林を造成し、アリやビートルたちの駐屯地を用意して回った。

これにより、二日目以降の旧ヒルス王国領上空においては、ほぼ全域にわたって天使と蟲型の魔物との戦闘を見ることができるようになった。

◆◆◆

そうしてヒルスを中心にＮＰＣやプレイヤーたちに大天使と第七災厄の対立構造をアピールし、また少なくとも旧ヒルス国内においては天使による被害は最小限に抑えられていると印象付ける事ができた。

代わりに上空を定期的に巨大なスズメバチやクワガタが巡回するという心理的プレッシャーをばらまくことになったが、まあ些細《ささい》な事だ。

それよりも数度の襲撃を受けてわかったのは、やはり天空城とやらは位置が定まっていないらしいという事である。

襲撃の度に、街やダンジョンが襲われるタイミングに差があるようなのだ。

自由に移動できるのかどうかはわからないが、少なくともほぼ常時移動しているのは間違いない。

「襲撃ごとに天空城の位置を割り出して、そこから天空城の移動ルートを算出する事ができれば現在いる位置も推測可能になるだろうけど……。面倒くさすぎるな」

そもそも、規則的な軌道で移動していると決まってるわけでもない。

ゲーム内ではイベント二日目を迎えたが、この朝から天使そっちのけでレアの支配するダンジョンに入り浸るプレイヤーも増えてきた。

それ自体は仕方ないとも言える。

何せここヒルスでは天使はほとんどレアの配下たちが上空で片付けてしまい、地上には濁った宝石か蟲の死体しか落ちてこないからだ。

そうなると彼らは経験値ボーナスやデスペナルティ緩和を無駄にしないためにも、ダンジョンにでもアタックするしかない。

ＳＮＳを見る限りではプレイヤー上位層の割合は旧ヒルス領内が最も多いようだ。彼らはイベントポイントを稼ぐことは難しくなるだろうしレアにも経験値が入る。一石二鳥と言えよう。別にランキング上位を狙っているというわけではないが。

しかしダンジョンに来るプレイヤーのパーティも、せっかくの経験値ブースト期間だというのに効率よく狩りをしようという風には感じられない。

効率や安全率は度外視し、とにかく奥へ進むか、あるいは全マップの踏破を目的に行動しているように見える。

おそらく、死ぬことによるリスクが最小限である今のうちにダンジョン内マップを作成し、今後に生かそうというつもりだろう。

ラコリーヌの森については、マップの作成が無駄であることは分かっているらしく多くのプレイヤーがとにかく最深部を目指してアタックしている。こちらはボスや強モンスターと何度も戦って攻略法を見いだそうという狙いがあると思われる。

最深部と言っても到達できるかどうかも現地のクイーンアラクネアたちの胸三寸なので結局無駄に近いのだが、その情熱には頭が下がる思いだ。

プレイヤーたちが死を恐れずに無茶をする事自体は、経験値ブースト期間ということも相まってレアの取得経験値に直結しているので大歓迎である。

面倒なことと言えば、エルンタールに固執していたウェインたちがヒルス王都に現れた事くらいだ。

彼らの防御力と物理攻撃力は他のパーティと比べても頭一つ抜けている。

ヒルス王都においてもカーナイトだけでは抑えきれず、時折交ぜているアダマンリーダーでギリギリ倒せるかというところである。

強力な装備のおかげであるのは確かだが、徐々に実力も装備に追いつきつつある。いまや間違いなくトッププレイヤーの一角と言えるだろう。

「もう☆4くらいの難易度だと適正レベルだな、彼らは。彼らのいるところだけ局所的に☆5にしてあしらうしか無いけど、アダマンリーダーでギリギリとなるともう手札がないな」

幸いプレイヤーたちの向こう見ずな突撃によって多くの経験値を得ている。ラコリーヌの街で国軍を平らげたときに匹敵する収入であるのは間違いない。やはりイベントというのは素晴らしい。

「そろそろ、アダマンたちを本格的に強化するか。賢者の石も無限にあるわけじゃないし、二体を融合させて一体にして、賢者の石のかわりにわたしの血でも混ぜ込んでごまかせないかな」

そう出来たらよかったのだが、アダマンたちは『哲学者の卵』に入れることが出来なかった。融合素材にはならないということだ。一体一体賢者の石で強化するしかない。

とはいえ賢者の石が残り少ないのも確かである。他の素材はともかく、魔物の心臓がもう心もとない。

辰砂《しんしゃ》や鉄はリーベ大森林やウルルのいた火山地帯の麓《ふもと》でいくらでも取れるし、酸もアリたちが無限に吐いてくれる。世界樹やトレントの灰も同様だ。ちょっと枝をいただいても放っておけば自然回復でじきに元に戻る。

しかし魔物から心臓を奪うということは命を奪うということであり、さすがにそれは無限に用意するのは難しい。今思えばノイシュロスのホブゴブリンたちの心臓をいただいておけばよかったかもしれない。彼らなら例のデオヴォルドラウグルのプレイヤーの眷属《けんぞく》だろうしおそらく無限に湧いてくるだろう。

秋のイチョウ並木の銀杏《ぎんなん》のように、どこかにコロコロと心臓が落ちている場所でもあれば話が早いのだが。

「――うん？　なんか最近そんな光景見たな」

インベントリの中を見た。

そこには大量の「清らかな心臓」が入っている。トレの森での天使の襲撃で得たものだ。あれ以降にも各ダンジョンに襲撃が行われているし、何も報告がないということはそれぞれで適切に対処しているのだろう。

ドロップした清らかな心臓をどうしているのかわからないが、消えてなくなったということはあるまい。

それでよければおそらく大量にあるし、これからも増える。

「使ってみるかこれ。名前に『心臓』って書いてあるならシステムも心臓にカテゴライズしてるって事だし」

辰砂や鉄は全てリフレの職人街に置いてきてしまっているため、そちらに行かなければ実験することができない。

リフレに待機しているマーレの体を借り、職人街に赴いた。レミーの眷属となった職人たちの腕前を見る意味も込めて、彼らに作らせてみる。

すると。

「――できました」

「清らかな心臓を使っても賢者の石は作製可能か。でもそれと世界樹の灰を使ってもグレートにはならないんだね」

心臓としては低ランクということだろう。純粋に魔物としての格の問題かもしれない。

「まあいいや。とにかくこれで、天使たちが襲撃している間に限っては賢者の石は量産可能ということだね」

「そうなりますね。量産しますか？」

「しておいて。賢者の石は経験値効率もいい。少なくともユーベルが天使を一〇体倒すよりもここで職人さんが賢者の石を一つ作るほうがたくさん貰《もら》える」

ユーベルの殲滅《せんめつ》力は凄《すさ》まじいが、実力差がありすぎて天使一体からは雀《すずめ》の涙のような経験値しか入手できない。広告塔としては非常に目立つため、現在はヒルス王国中の空を巡回させて天使の迎撃に当たらせている。

ともかくこれで賢者の石の供給には目処《めど》がたった。

これなら再び湯水の如《ごと》く使えるだろう。

◆◆◆

アダマンたちに賢者の石を使用し、まとめて強化した。

場所はリーベ大森林、その隣の草原だ。

現在はアリ達によって地下に格納庫が作られており、そこには十数体の武者髑髏《むしゃどくろ》とジャイアントコープスが出番を待っている。残念ながら今の所活躍の機会は考えていないが、いずれ日の目を見る時も来るはずだ。いやアンデッドなので日の目を見るとダメージを受けてしまうため見ないほうがいいかもしれないが。

とにかくそんな草原で一体ずつ賢者の石を使用して上位の魔物に転生させた。

その結果、アダマンリーダーはアダマンドゥクスに。

アダマンナイトはアダマンアルマに。

アダマンメイジはアダマンスキエンティアに。

そしてアダマンスカウトはアダマンウンブラになった。

「ええと、日本語だと……将軍、武器、知識、影か。ちょっとかっこいいなこれ……」

以前のアダマンたちはそれほど外見上の差はなかったが、今はかなり違っている。

アダマンドゥクスは黒ベースの金属光沢に金色の縁取りが混じり、高級感あふれる色合いになっている。ひと目で分かる強キャラ感が漂うまさに将軍といった出《い》で立《た》ちだ。

アダマンアルマは全体的に少しシャープになり、黒い体躯《たいく》に銀色のアクセントが光っている。以前に持っていた盾はなくなっており、両手に剣を持っていた。あの盾も剣もレアが用意した武装だったはずだが取り込まれたということなのか。微妙に損した気分である。

アダマンスキエンティアは鎧《よろい》が肩部分のみになり、そこから下は光沢のある布で織られたローブを纏《まと》うようになっている。

アダマンウンブラはアダマンアルマの銀色部分を全て黒く塗りつぶしたような外観だ。両手の剣もアルマよりも短く、体全体もさらに細身であるようだ。まさに暗殺に特化した姿、アルマの影と言えるだろう。

アダマンドゥクス以外は転生に際して追加で経験値を要求されるということはなかったため、目に見えて強化されたという風ではないが、例えばアダマンスキエンティアならＳＴＲが下がった分だけＩＮＴとＭＮＤが上昇したなど、よりそれぞれの役割に最適化されたという感じだ。

特にアダマンアルマのＩＮＴとＭＮＤの下降ぶりがひどい。これでは本当にただの武器、まさに肉切り包丁である。

これは彼らを統括するリーダー、アダマンドゥクスの手腕が問われる事になる。

そのアダマンドゥクスは追加の経験値を要求されたこともあり、純粋に強化されたと言っていい。

これならばウェイン達と戦闘をしても一小隊で完封できそうだ。もっともあの明太リストというプレイヤーは魂縛石を所持し、『精神魔法』を得意としている。そこは十分に気をつけなければ、ＭＮＤが低いアダマンアルマあたりは簡単に状態異常にかけられてしまうだろう。

しかしそのあたりも含めての戦闘経験だ。ドゥクスの手腕に期待するしかない。

アダマンズの強化はこれでひとまず終了である。これ以上になればおそらく一体一体に経験値が必要になるだろうしコストパフォーマンスを考えれば現実的ではない。

出来れば鎧坂さんあたりも強化しておきたかったところだが、アダマンドゥクスに経験値を吸われてしまったため残高が心もとない。鎧坂さんも場合によっては次あたり、転生に多くの経験値が必要になってもおかしくない。もう少し待つ必要がありそうだ。

イベントも投資も今はする事がない。

それなら今後の為に趣味に走っても構わないだろう。

「聖王を生み出そうと思ったら……。ウェルス王国にちょっかいをかけるのがいいかな。もうヒューマンの国家は事実上あそこしか残ってないし。あっち方面にはたしか白魔《はくま》たちが行っていたんだっけ。何だかずいぶん久しぶりな気もするけど、ちょっと行ってみようか」

第七章　ラ・ピュセル・ド・ウェルス

ウェルス王国はヒルスから見ると北にある国である。ヒルスとの国境をアブオンメルカート高地などの魔物の領域によって隔てられているため、ヒルスとはあまり交流の盛んでないところだ。ところだった。今はヒルス王国が消滅しているのでどうなのかは知らない。

主な産業は林業と農業だ。国家間の交流が少ない大陸であるため農業は基本的にどこの国でもそれなりにやっているのだが、ウェルスが特に力を入れているのは畜産業のようである。

家畜は隣国ペアレに、木材はペアレを通じてさらに向こうのシェイプに輸出しているという話だった。

魔物が多く貿易の難しいこの世界でよく頑張っていたものである。

家畜に木材を引かせ、商隊まるごとペアレ王国に売り渡し、その後はペアレの商人が木材をシェイプに売るというスタイルのようだ。

その家畜というのもどうやら家畜化したある種の魔物であるらしく、弱いモンスターしか出ないような場所ならばそもそも襲われることも少ないらしい。

しかしその貿易もここ最近はあまり行われていない。

壊滅したノイシュロスを取り巻く都市間のいざこざにより、ペアレとシェイプの国境地帯でお互いに対する国民感情が悪化したためだ。ウェルスの木材はペアレを通じてシェイプに輸出されるため、ペアレとシェイプの関係が悪化すれば関係ないウェルス産木材といえども流通は止まる。

「最近は売れなくなった木材はライラが買い上げているのか。育てた家畜をペアレに売るより木を切ってオーラルに売った方が儲《もう》かるとなれば、畜産業から林業に転向する農家も出てくるのかな。そうなればいずれペアレの食糧事情も絡んだ複雑な貿易摩擦に発展するかも。ほんとにロクなことしないなライラは」

ニュートやリザードマンなどの魔物と同じく、この世界は木々の生育サイクルも早い。さすがに数週間で生長するということはないが、何十年もかかったりはしないようだ。

そういう仕様であるなら畜産業から林業にシフトするのもそれほど無茶な事でもないだろう。


上空からウェルスの王都を眺めてみても特に変わった様子はない。

美しい円形や四角形だったヒルスやオーラルとも違う、アメーバのような、なんというか雑な形をしている。お国柄だろうか。

城門付近を覗《のぞ》いてみたが、門兵が立ってはいるが、特に検問のようなことはしていない。

城壁自体がそもそも魔物に対する備えであるため、犯罪者などの人間の出入りについては特にチェックしていないということだろう。

レアについてはどうせ上空から侵入するため関係ないのだが。

「お、あれが大聖堂かな」

オーラル王都で侵入した大聖堂に似た建物を探し出し、あの時同様に侵入した。

二回目ともなれば慣れたものだ。

宗教組織の発言力がどのくらいあるのかというのは国や時代によってまちまちだが、王都の一等地にこれほどの土地と建物を持ち、聖職者が大通りを大手を振って歩くことが出来るという時点で一定の社会的地位を持っているのは間違いない。

聖職者である、というだけで人々は無条件に信頼してくれるということだ。

聖職者であることの証明もスキルの存在するゲームの中なら容易だ。実際にスキルを発動させてやればきちんと修行をしている証《あかし》になるし、それがそのまま組織内での地位にも繋《つな》がる。

つまり、社会的信用のある聖教会を掌握してしまえば、王族をそそのかすのも容易になるということだ。

◆◆◆

「——そういうわけで、わたしはこの国の王族をより高みに押し上げてやりたいと考えているわけだ。理解してもらえたかな」

「もちろんです、主よ」

今回のミッションは前回よりも格段に楽だった。

それっぽい装束を身に着けているNPCを片っ端から『鑑定』し、『霊智《れいち》』や『暗示』を高い水準で取得しているキャラクターに『使役』をかけるだけである。

そうして総主教を支配した後は、総主教をノーブル・ヒューマンに転生させ、他の主教たちを呼び出して総主教の支配下に置く。

そして礼拝堂に全員を集めてありがたい説教をして状況を共有し、今に至るというわけだ。

「『召喚：ケリー』、『召喚：アマーリエ』」

「──はい、ボス」

「──ここに、陛下」

「この子はケリー、この子はマーレという。わたしの腹心たちだけど、この子たちをしばらくこの街に置いておこうと思う」

ケリーにはこの街一番の商会を支配しておくように指示する。街なかの情報が一番集まるのはやはり商人のところと傭兵《ようへい》組合だ。

傭兵組合はどうも運営の影がちらつくような気がするため、下手に手を出すのはリスクが高い。妙な個室にでも突然転移させられ「なぜ呼ばれたのかわかりますね」などと説教されるのは勘弁だ。だから商会を支配する。ケリーは配下にグスタフがいるため他のメンバーよりは慣れているはずだ。ここでも同じことをするだけである。

ライラもポートリーが片付けばいずれこの国の経済支配に動くだろうし、その時に助けにもなるはずだ。それをネタにまたミスリルや希少な素材を強請《ねだ》るのもいい。

「マーレにはとりあえずこの大聖堂で生活してもらおうかな。心配しなくても生活費くらいはわたしが出すよ。とりあえず、そうだな、後でマーレを聖人に転生させるから、聖女とか適当な事を言って担ぎ上げ、このウェルス聖教会のアイドルにするんだ」

歌って踊るそれではない。偶像という意味のアイドルだ。別に歌って踊っても構わないが。

マーレにはなるべく街の貧しいエリアや治安の良くないエリアに行き、そこで施しをするように言いつけた。

十分なだけの資金は与えたが、足りなくなればケリーが支配する商会から寄付という形で予算を立ててもいい。

治安の良くないエリアに行った際は、そこにいる裏社会のボスを『使役』しておくようにも命令した。ボスを操り手下を利用して街の人に因縁をつけさせ、それをマーレや聖教会の人間がうまくおさめるのだ。

何度も対立するうちに次第に聖女の人となりは闇社会の顔役の心を絆《ほだ》し、いつしか街の治安のために陰ながら聖教会に協力していくようになる、という筋書きでもいい。

こういうものを日本の古語ではマッチポンプというらしい。自分のマッチで付けた火を自分のポンプの水で消すという意味だ。

仕上げにマーレに賢者の石を与え、聖人へと転生させた。

聖人は外見的に大きく変わったという部分はないが、もともと金髪だった髪は透き通るように輝き、キューティクルがエンジェルリングを浮かび上がらせている。その瞳《ひとみ》の虹彩《こうさい》も金色で、全身が光に包まれているかのような錯覚を覚えるほどだ。

「陛下、しかし私が顔を晒《さら》して目立つ活動をしますと、ノイシュロスで出会ったぷれいやーに見られた場合、私がぷれいやーなのかそうでないのかを勘ぐられる可能性がありますが」

そういえば、あの時レアがプレイヤーとして活動をしていたために彼らの目の前でインベントリを使ってみせたのだった。

かといってこのままプレイヤーとして聖女に担ぎ上げられたということにしておけば、SNSになぜ書き込まないのかなど他に面倒な疑問も湧いてくる。

　顔を隠すにしても、そんな怪しい風体で聖女でございというのはさすがに無理がある。

「目の周りだけ隠したらなんとかごまかせないこともないかな……。それだったら目が見えないからとか何とか」

「目が見えなければ戦えませんが……」

　そうとも限らないのはレアが証明している。

「『真眼』を取得して……。ハチマキみたいな目隠しをしておこう。とりあえずはわたしのドレスを――」

　レアは着ていたドレスの裾《すそ》を引き千切り、細長い布を作ってマーレの眼を隠した。

　女王のドレスは物理防御も高いため、素手で引き千切れるかわからなかったが、普通の布のように破ることが出来た。

　詳しくは検証してみる必要があるが、今のは「生産加工」の行動だと見なされた可能性がある。目隠しを作る、という目的でドレスを材料に生産を行い、レアのスキルが低いため、というか該当スキルを持っていないためボロボロの目隠しが完成した、という事だ。

とはいえ元はクイーンアラクネアの糸である。「品質：劣」でも物理防御も魔法抵抗もそれなりにある。

　一方のレアのドレスは素材として失われてしまったせいか、見た目は裾が破れただけだが、物理防御や魔法抵抗はふつうの布のドレス並に低下してしまっていた。

これはまたクイーンアラクネアにもう一着仕立ててもらわなければならないだろう。

「まあ、もっとちゃんとした目隠しをクイーンアラクネアに用意させておくから──」

「いえ、これで結構です。陛下に賜ったものなら、聖女という言葉にも信憑性《しんぴょうせい》が増しましょう」

言っていることはよくわからないが、マーレがいいなら構わない。

そしてマーレに射撃系のスキルを取得させ、『真眼』をアンロックさせた。

マーレには射撃の心得は無いが、レアは和弓なら嗜《たしな》んだ事がある。時間が出来たら体を借りて訓練すればそちらも使えるようになるだろう。

『真眼』で見えると言ってもあくまでLPを持つものだけであり、建物などの障害物、それから擬態しているロックゴーレムやトレントは見ることが出来ない。擬態していてもLPやMPはあるはずだが『魔眼』でも『真眼』でも見ることが出来ないので、おそらくそういう特性なのだろう。

ともかく街を歩くには『真眼』だけでは不便なため、先導のために女性の司祭を二人つけさせた。

彼女らもノーブル・ヒューマンに転生させ、天使くらいは物ともしない程度に強化しておいた。

この時に気づいたのだが、聖教会のメンバーはだれも『回復魔法』や『治療』を持っていなかった。

レアのイメージするファンタジーの聖職者からはかけ離れているように思えるが、この世界では聖職者とは学者、特に歴史学者に近い者たちなのかもしれない。

だがこれまではそれでも良かったのかもしれないが、大陸中に死なない人間が現れ、立て続けに人類の敵が生まれ、さらに天使の襲撃頻度も高まる──イベントであるならこれからは当然そうなるはずだ――この時代において、力がなければ人々に信頼してもらうことは出来ない。歴史や学問は大切だが、それだけでは命を守ることは出来ないのだ。

ここまできたらついでとばかりに、総主教を始め、支配下に置いた全ての司教や司祭たちに『治療』や『回復魔法』を取得させておいた。一部の上位の者には『光魔法』もだ。これは天使に有効だとは思えないが、だからといって聖教会が『闇魔法』で天使を薙《な》ぎ払《はら》うというのも外聞が悪い。

これは聖女であるマーレでも同じだ。なるべく『闇魔法』は使わないように言い含めておく。それ以外の魔法は別に構わないが。

「おっと、それより早速カモが来たようだよ。天使の群れの襲来だ。聖女のデビュー戦にはうってつけだな。街の平和のために聖教会のアピールをしてくるといい」

◆◆◆

どこかに隠れてマーレや聖教会の活躍の様子を見ようと考えていたが、『迷彩』で姿を消しても天使たちはレアに寄ってきた。もしやと思い『鑑定』してみれば、どうやら天使は全員が『真眼』を持っているらしい。

LPの多さによって優先順位をつけるよう命令されているのか、レア、マーレ、ケリー、の順に天使が寄ってきてしまう。これでは聖教会のプロパガンダにならない。

仕方がないので姿を消したままゆっくりと逃げ回り、天使を適当に集めたところでマーレに一掃させる事にした。気分はさながら誘蛾灯《ゆうがとう》である。またはイカ釣り漁船の電飾だ。

見目麗しいキャラクターが天使の大軍を相手取り、派手な魔法で一掃する様は街の住民たちの目にも鮮やかに映ったようで、いたるところから歓声が上がっている。

聖女らしく『神聖魔法』や『光魔法』には経験値を多めに振ってある。

マーレは『光魔法』を取得させた時点で『神聖魔法』が現れた。レア自身の時の事を思うにおそらくアンロック条件のひとつはノーブル以上の種族であることだろう。イービル・ヒューマンやダーク・エルフに転生した場合にそれらがアンロックされるかはわからないが、今『闇魔法』を取得しているにもかかわらずマーレの取得可能リストに『暗黒魔法』が出ていないところを見るに、おそらく無理だろう。

つまり『神聖魔法』と『暗黒魔法』の両方を取得するには正道側と邪道側の両方の種族を経験する必要があるということだ。レアは偶然それを達成し、ライラもまたそうなっているはずだ。

街中の天使をレアがかき集め、目立つ大通りでマーレや聖教会のメンバーが討伐する。

二日目の、おそらく最後の襲撃はそうして終わりを告げた。ウェルス国内での聖女のファーストインプレッションは成功裏に終わったと言えよう。

終盤には街を守るべき騎士たちでさえ歓声をもって聖女を讃《たた》えていたほどだ。彼らはレアに惹《ひ》かれて集まった天使たちを追って大通りまでやってきて、そこで聖女の戦いぶりをその目にしたというわけだ。

明日になればケリーが掌握した商会が少しずつこの日の噂《うわさ》を広げ、そう遠くないうちに街中で聖女の出現を知らない者はいないというほどになるだろう。

国王をはじめとする為政者の下にはそれよりも早く、騎士たちからの報告という形で聖女の事が伝わるはずだ。見ていた限りでは騎士たちは好意的に聖女を受け入れていた。悪い形で報告が行くことはあるまい。

しかし王がそれを同じく好意的に受け取るとは限らない。

あまりに人気が出すぎるようなら、自分の権力基盤を揺るがす存在として危険視する可能性もある。

本来であれば、いかに市井《しせい》から人気の高い人物が現れようと、貴族や王族が種族によって決まっている以上、その地位を揺るがす事にはなりえない。権力構造が『使役』を元にしたシステムになっているため、ただのヒューマンではどうやってもそれを覆しようがないからだ。

しかし、マーレはすでに聖人にまで至っている。王族がノーブル・ヒューマンであるなら、それより上の存在だと言える。

これは王族にとっては看過できない事態のはずだ。

王族が王族たる理由は保管されているだろうアーティファクトの存在もあるが、それは王族と一部の貴族しか知らないことだ。熱を持った大衆が知りもしない伝説のアイテムの事など忖度《そんたく》してくれようはずもない。

もしも大衆が王家より聖女を戴《いただ》く事を望み、そうした向きの風が吹き始めたら国はどうするだろうか。

短絡的に考えるなら、聖女を消すか、取り込むかだろう。

しかし冷静に長い目で見るのであれば、正攻法で聖女を超えることが国と王族にとって最も優れた選択になる。

つまり「聖人」を超えた「聖王」に、国王自身が至ることだ。

聖女が活躍すればするほど王族の焦りは増していくだろう。

そして聖女の排除か取り込みが失敗してしまったタイミングで、正攻法を思い出させてやるのだ。

そういう追い詰められた状況でこそ、『力が欲しいか』という甘言が魅力的に聞こえるはずだ。

このように事態を誘導できれば、レアのやりたい黒幕ムーブと、黄金龍復活に必要なファクターの両方を手にすることができるだろう。

マーレには是非このままウェルス《ラ・ビュセル・ド・ウェルス》の聖女として頑張ってもらいたい。

◆◆◆

いつだったか、白魔《はくま》たちには他の魔物の領域で好きに暴れるよう言い渡してウェルスに送り出している。

そのため特に報告の義務などは課していない。こちらに来る前に連絡をとったところではどこかの森にいると言っていたが、それだけしかわかっていなかった。

白魔の側にレア自身を『召喚』してみると、そこには多くの狼《おおかみ》型の魔物と猿型の魔物が頭《こうべ》を垂れて待っていた。

狼型の魔物は全て氷狼《ひょうろう》だ。

おそらく、この森が雪と氷に包まれているためだ。狼たちはここで氷に囲まれて成長していく過程で氷系のスキルや魔法を取得する、ということだろう。

一方の猿型の魔物は『鑑定』の結果「スノーバブーン」という種族のようだった。白い毛を持ち、足よりもやや手のほうが長い。マントヒヒにそっくりだ。

一体だけ大型の個体がおり、その個体のみ「狒狒《ヒヒ》」という種族だった。狒狒といえば日本の妖怪《ようかい》で、バブーンの和名のヒヒの語源になった存在である。

「なにこれ……。どういう状況なの？」

〈お久しぶりです、ボス。こいつらは昔の群れの仲間と、群れがこの森を追われる事になった縄張り争いの相手の猿どもです〉

白魔と銀花《ぎんか》の説明によれば。

ヒルスを発《た》ってウェルスに向かった白魔たちは、一路北を目指した。

しかし故郷を飛び出し逃げてきたのはまだＩＮＴも低い氷狼だった頃のこと、詳しい道はよく覚えていなかった。

現実の犬なら故郷のことは忘れたりはしないと聞いたことがあるが、ゲームの中では違うらしい。

ともかくウェルスに入ってからもいろいろな魔物の領域を適当に荒らしながら北上し、雪積もる針葉樹林が見え始めた頃、ようやく記憶が繋《つな》がりこの森の事を思い出した。

森に帰ってみれば相変わらずそこには白魔たちの群れを追い散らした猿どもが我が物顔で居座っており、仲間の氷狼たちは影も形も見えなかった。

そこでとりあえず猿どもを屈服させ、森を掌握したらしい。

ただし白魔たちは誰も『使役』を持っていない。そのためこの森はシステム上は未《いま》だ猿たちの楽園のままである。力によって狼たちが支配しているに過ぎない。つまり牧場ということだ。大したものである。

そうして森に来るプレイヤーたちを狩ったりしながらレアからの連絡を待っていたところ、森の異変を察知してか、かつて散り散りに逃げた同胞たちが恐る恐る様子を見に来たらしい。

その群れを吸収して数を増やし、現在に至るというわけである。

「狼たちは『使役』を誰も持っていないのか。どうやってアルファを決めているの?」

アルファというのは群れの頭の事だ。

〈一年に一度、そういう時期の前に序列争いの決闘がありまして、そこで決まりますね。オレがリーベで暫定のアルファだったのは序列争いをする相手が居なかったからです〉

要は普通の狼の群れと同様らしい。

そういう時期、というのはいわゆる繁殖期のことだ。

あえて『使役』による社会システムを使わないことで、各々の向上心を保ち、群れ全体の能力が低下することを防いでいたのだろう。

しかしそれももう終わった。

猿への雪辱は白魔たち自身の手で果たしたようだし、白魔や銀花は他の狼や猿よりも数段上の格を持つ魔物である。

絶対的に強いボスがいるのなら、毎年アルファを決める必要はないだろう。

差し当たって白魔と銀花に例の『使役』を取得させ、狼の群れは全て彼らの眷属《けんぞく》にした。それぞれがオスとメスのアルファであることにこだわったため、オスは白魔が、メスは銀花が『使役』していったが、レアとしては別にどうでもいいところだ。好きにやればいい。

猿はもともと一体の狒狒が他のスノーバブーンを支配する群れの構造だったため、その狒狒をレアが支配しておいた。

それによりこの針葉樹林はレアの支配下に入り、ウェルスにおける活動拠点が出来た。

「君の名前は、そうだな。ハヌマーンというのはどうだろう。あ、駄目だった。じゃあヴァーリン……も駄目か。ならモン吉《きち》でいいや」

どこかにハヌマーンやヴァーリンという重要NPCがいたりするのかもしれない。

白魔と銀花にはこれまでのようにウェルスの国内の領域を適当に荒らしてもらうことにした。その領域のボスは倒さないようにし、ザコやプレイヤーを狩って経験値のみ得るよう言いつけた。

〈それじゃ、ボス。オレたちはこの国の、あー東側を適当に荒らしておきます〉

「ああ、頼むよ。では銀花たちは西側かな」

〈そうなりますね〉

SNS上では彼らは徘徊《はいかい》型の特殊ボスモンスターという認識らしい。

それで楽しんでくれているのならレアとしても送りだした甲斐《かい》があるというものだ。

数がずいぶんと増えることになったが大した問題ではないだろう。一部のプレイヤーにはたいそう人気があるようだし、多い方がいいに決まっている。

そしてモン吉には引き続きこの森の支配をやってもらう。

そもそもスノーバブーンたちの時点でヒューマンよりも大きい。狒狒にいたっては前傾姿勢でさえ三メートルはあるのではないだろうか。氷狼たちと争って勝ってしまうほどだし当然ではある。

とりあえずよくわからない種族であるし、まあ強い方がよかろうとまずはモン吉に賢者の石を与えてみた。

《眷属が転生条件を満たしました》

《あなたの経験値一〇〇を消費し「猩猩《しょうじょう》」への転生を許可しますか？》

猩猩は猿でいいのだろうか。だがそうなっているのなら納得しておくしかない。

実際に転生させてみると、見事な筋肉のマントヒヒだった。狒狒を筋肉で太らせただけのような見た目だ。

猩猩と言えば、一般的にはオランウータンの事を指すように思う。あるいは伝説上の存在で言えば、大酒飲みであるとか、海に住んでいるとか、森の賢者だとか言われているが、目の前のイケメンゴリラからはどれも連想できない。

「でもＩＮＴは高めだな。森の賢者だからかな？　それ以上にＳＴＲも高いけど。これは見たまんまだな」

支払った経験値は大したものではないが、おおむね女王級と同程度の強さと言えるだろうか。もともと狒狒として長い間群れを率いてきた分の積み重ねもあるだろうし、種族としてどちらが上なのかはわからない。

「さて。とりあえずはこれでいいか。白魔たちが帰ってくるまでこの森を支配したままでいたのなら、これ以上強化しなくてもこの先もやっていけるだろう。

それで結局、君たちはどういう理由でどこからきたのかな」

モン吉たちはここよりずっと西の森から来たと言っている。

ここより西となるとペアレだろうか。

ウェルスにやってきた理由は白魔たち同様森を追われたということだったが、その理由は人が森に入ってきたかららしい。

ペアレと言えば獣人の多い国だ。

ヒューマンと比べエルフたちが果物を多く摂《と》っているように、獣人はたしか肉類を好んで食べているとか聞いたことがある。ウェルスから家畜を購入しているのもそのためだ。

「獣人たちが森に入ってきたという事は、普通に考えれば狩りなんだろうけど、モン吉たちを食べるつもりだったのかな？」

言いながらレアは、無いな、と思った。

猿のような、ヒトに近い種を食べるという心理的ハードルの高さもあるが、まず問題になるのは彼らの強さだ。

スノーバブーンは大きい。それ相応にＳＴＲもＶＩＴも高く、特に訓練を積んでいないＮＰＣでは勝つのは難しい。数で囲めば倒せるだろうが、見て分かる通りバブーンも群れを作る種族だ。一体だけを森の中で囲むというのは現実的でない。

スノーバブーンたちを狩るのが目的でなかったとしたら何のためなのか。

リーベ大森林のように地下資源の豊富な森だったとしたらその資源目当てだという事も考えられるが、そのために魔物の跋扈《ばっこ》する森を切り開いたりするのだろうか。

この大陸のＮＰＣ像にはそぐわなく思える。

仮に木材そのものが目的だったとしても疑問が残る。

ペアレはウェルスから家畜と木材を買い、家畜は自分たちで食べて木材はシェイプに売っていた。

もし木材を自分たちで生産できるなら、ウェルスから買う必要はないはずだ。

「ペアレに行くことがあったら調べてみるか。幻獣王についても調べる必要があるし」

ウェルスが一段落ついたら次はペアレだ。

現状でもっとも謎なのが幻獣王である。これについては伯爵から特に死んだとかの情報は聞いていないので、今も世界のどこかにいるのかもしれないが、もし獣人の行き着く先が幻獣王なら探すより生みだした方がおそらく早い。

ケリーたちを転生させてもかまわないのだが、現状ではその転生の条件もわからない。ケリーたちは猫獣人から別の獣人へと転生したが、それがハイ・エルフやノーブル・ヒューマンと同格の存在なのか、それとも横方向にシフトしただけなのか、いまいち判然としない。少なくとも種族特性として『使役』は取得していなかった。

そのあたりのことや、あるいは現在のペアレの貴族や王族について知ることができれば、上位種族への転生のヒントを得ることができるかもしれない。

獣人の上位種族に関する情報を入手し、それを活用してケリーたちを強化する。

「そうしたらその次はドワーフの国、シェイプか。ポートリーの手綱をライラがうまく握れるというのなら精霊王はライラに任せてもいいんだけど」

前精霊王のことを考えればドワーフの方が精霊王にふさわしいような気もする。

しかし同様に前精霊王のことを考えるなら、ドワーフを強化する事でまた妙なアイテムを量産されたりばらまかれたりしては厄介だ。聖王もそうだが、精霊王は特にレアにとって天敵となりうる存在である。取扱いには注意が必要だ。

精霊王は何らかの形で監視が容易な環境に置いた方がいいだろう。

そういう意味ではヒルスとオーラルによって事実上封鎖されているポートリーはちょうど良い。

「ドワーフといえば頑固なイメージだし、もうヒルスみたいに滅ぼしてしまってもいいんだけど。このさらに次あたりのイベントくらいまでにどういう国なのかおおざっぱに調べておいて、面倒そうならまた首だけ狩ろうかな」

ドワーフやエルフのような長寿設定の貴族はＮＰＣの中では比較的強い存在だ。

武者髑髏《むしゃどくろ》やジャイアントコープスたちの活躍の場としてはちょうどいいかもしれない。


狼たちを送り出した後、針葉樹林の地下にウェルスの拠点を作ろうとクイーンベスパイドを一体呼んだ。

しかしあまり反応が芳しくない。

何だろうと思えば、どうやらここは寒すぎるらしい。

クイーンには全属性の魔法を取得させており、各属性の耐性スキルも持たせてあるが、工兵たちは戦闘員としてカウントしていないため耐性スキルは持っていない。つまり、ここの地下に秘密基地を作るのは寒さに弱いアリたちでは難しいということだ。

レアの陣営は生産系についてはアリとリフレの職人たちがすべて賄っている。それは設備や建物に関してもそうだ。

アリたちが使えないとなればヒューマンの職人たちしかいないが、冷静に考えれば戦闘に関わらない普通のヒューマンとて別に寒さに強いわけではない。アリたちに『氷魔法』をぶつければほどなく死んでしまうが、ヒューマンの職人に魔法をぶつけてもたいていは死ぬ。

つまりこうした極寒の地で生産的な作業を行うに向いた人材はレアの手持ちには居ないのだ。

「ウェルスでの拠点になり得るかと思ったけれど。ていうか、別にわざわざ森の中に作る必要もないか。活動拠点はウェルスの聖教会の大聖堂の地下にでも作ろうか。ウェルスでの活動の本分はNPC王族の強化だしね」

ウェルス王都ならここよりは寒くないし、こっそりアリたちを呼べば地下室を掘ってくれるだろう。あとはそこへリフレから建築系の職人を呼んで部屋を作ってもらえばいい。

断られることなどあり得ないが、一応ウェルス総主教の許可を得るべく王都のマーレの下へ飛ぶ事にした。

◆◆◆

「天使無理！　超キモい！　ホラーじゃん！　控えめに言って小綺麗《こぎれい》な殺人人形だよ！」

エルンタールの領主館にブランの悲鳴が響き渡った。

上空から襲撃があるからみんなで力を合わせて頑張ろう！

という趣旨の運営からの告知で、なるほど珍しく協力プレイイベントかと楽しみにしていたところにこれである。

プレイヤーたちで協力して殺人人形の群れと戦うなど、ホラー映画の三作目あたりで監督が暴走してパニック映画に転向するパターンにしか思えない。そして四作目で戦争アクション映画に転向して五作目でエイリアンと対決とかやりだすのだ。

「つまり今三作目って事だよね。イベント三回目だし。次回は戦争……は前回イベでやったから、次は天使VSモンスターだな！　バケモノにバケモノをぶつけるんだよお！」

だが考えようによってはそれもすでに今回カバーしていると言える。

天使をひと目見て直接戦う事を放棄したブランは、迎撃の全てを配下に任せることにした。

襲撃の最初のうちこそアザレア、マゼンタ、カーマインの三名とバーガンディで出撃していたが、次第にバーガンディ一体で十分であることに気が付き、アザレアたちはいつの間にかブランとお茶を飲んでいた。

実のところ、そのバーガンディ一体でさえ過剰戦力である。バーガンディ自身は全く攻撃をせず、ただ近寄ってくる天使が勝手に『死の芳香』によってダメージを受け、落ちているだけだ。

ともかく、バケモノVSバケモノはエルンタールで好きなだけ見ることができる。おそらく大陸各地で同じ状況のところはあるはずだ。

特にレアやライラの支配地がそうだろう。どうせ自重せずに天使を蹴散《けち》らしているに違いない。

また天使の襲撃の合間にくるプレイヤーたちも未《いま》だバーガンディの防御と範囲スリップダメージを突破する手段が見つかっていないようで、デスペナルティの軽減をいいことに無為な突撃を繰り返しているように見える。

それ自体はブランに経験値がどんどん入ってくるため大歓迎だが。

「なんてこと……。戦争もVSゲテモノももう終わってるんじゃあ、この天使シリーズに未来はないな」

「先ほどから何をおっしゃられているのか全くわからないのですが」

「なんでもないよ」

とにかくブランはイベント一日目にしてかなりやる気をそがれていた。

◆◆◆

〈え？　ライラさん邪王？　になったんですか？〉

〈うんそうなんだ。だから何ってわけじゃないけど、一応言っておこうと思ってね。どうせレアちゃんは私の事そんなに話したりしないだろうし〉

〈あー。そんなこともないですけどね。なんだかんだ言ってもよく話題には出ますよ〉

〈え、あ、そうなんだ〉

魔王であるレアの姉が邪王というのは面白い。

人類にとって非常に迷惑な姉妹だ。

邪王。

魔王。

頭文字を取ると邪魔な姉妹である。

〈じゃあライラさん引きこもるんですか？〉

〈うん？　まあ、人前には出られなくなったから、そういう意味では引きこもりだけど。じゃあ、

って何？〉

〈いや、確か伯爵が邪王は引きこもりだとか言ってた気がしたんで〉

引きこもりすぎて黄金龍とやらの降臨でも協力しなかったという話だった。

しかし考えてみれば現実の人間だって引きこもる者とそうでない者がいる。同じ種族だからといって同じ行動をするとは限らない。人間や邪王のような高度な知能を持った生物ならなおさらだ。

例えば昆虫などには悩みはないと言われている。

悩むことなく決断し、その時自分にとって最も必要な事を必要なだけ行うということらしい。

それぞれがそれぞれに特化して進化したがゆえに、地球上でもトップクラスに種類の多いカテゴリーになったという事である。

人類は逆に個々がそれぞれ思い悩むことで同種の中での多様性を獲得し、地上を席捲《せっけん》するにいたったのだ。

どちらの方が優れているというわけではないが、人間は思い悩むがゆえに時に失敗し、時に成功する。

置かれた環境によってそうせざるを得なかったという人ももちろんいるが、それがそのまま結果につながっているとは限らない。似たような状況でも、人によってその後の対応はまちまちだ。

だいたいの人はそれを「自由」と言う。

引きこもるのも引きこもらないのも邪王の自由である。

〈――他にいるのか、邪王〉

〈いるみたいっすよ。伯爵はなんか知ってるようなこと言ってました。会ったことがあるのかは知

りませんけど〉

〈そう。ありがとう。連絡してよかったよ。じゃあちょっとすること出来たからまたね〉

〈あ、はい。またー〉

する事というのが何なのかわからないが、レア風に言えば、どうせろくな事ではないのだろう。

「――ちゃっと、というのは終わりましたか。ライラ様はなんと？」

ヴァイスはちょいちょいブランの交友関係を気にしてくる。アザレアたちが何も考えていない顔でタルトを頬張っているのとは対照的だ。こいつはオカンか何かか。

「ちょっとした近況の報告とかかな。なんか邪王っていう種族になったみたい」

「はあ？」

ヴァイスは少し思案げにうつむくと、「少々、用事が出来ましたので二、三日空けます」と言って出ていった。

その際にアザレアたちに何やら言い付けていたが、当のアザレアたちは去りゆくヴァイスの後ろ姿にイーッとやっていた。あんな顔する人などドラマくらいでしか見たことがない。

「なんか最近、どんどん人が減っていってるな。ちょっとさみしくない？」

「ディアス殿やビートル殿がいなくなられたのは寂しいですが……」

「ヴァイスは別に」

「下の吸血鬼、何匹か呼んできましょうか？」

そういう事ではないが、まあ気持ちだけは受け取っておく。

イベント中ということで何度か無駄な突撃をしていたプレイヤーのパーティも最近は来ていない。

そのため天使の襲撃の無い時はバーガンディも暇そうにしている。

広場では他にジャイアントコープスやフレッシュゴーレムもいるが、丸くなって眠っているバーガンディの周囲で体育座りでぼうっとしているだけだ。

「退廃的だなぁ……」

「まあ、アンデッドですし」

「健康的なよりは退廃的なほうがアンデッドとして健全なのでは」

「……アンデッドが健全っていうのも大概おかしなこと言ってる気がするな？」

とりとめもない話が続いていくが、生産性はまったくない。

このままでは何か駄目になる。

そんな気がした。

「よし、せっかくのイベント期間だし、どっかの街を襲って支配地を増やそう！」

「えっ」

「いえ、そういう大きな事をする時は、まずレア様かライラ様あたりに相談されたほうが」

マゼンタの言うことも一理ある。

だがいつもそのようにしていてはブラン自身の成長が見込めない。

仮にここで、二人の手を借りずになにか大きな事を成し遂げた場合、きっと二人は驚くだろう。

「大丈夫！　わたし一人でも人間の街くらい余裕だよ！　ていうか国だって余裕だよ！」

もはやブランの脳裏には成功した後のことしか無かった。

レアとライラの称賛する姿が今から目に浮かぶようだ。

「あの、このようなことは本来死んでも言いたくないのですが、せめてヴァイスがいる時に」

「大丈夫大丈夫！　きっと伯爵も褒めてくれるし！」

ライラに手を貸してオーラルでクーデターを起こしたときなど、伯爵は見たこともない顔で笑っていた。

またあの顔をさせてやることが出来るかもしれないとなれば、やる気も湧いてくる。

まずはレアから貰《もら》った地図を広げる。

街を滅ぼすと言っても、ヒルスやオーラルの街を攻撃したらレアやライラの何らかの計画の妨げになってしまうかもしれない。

考えてみればレアはヒルス、ライラはオーラルという国を事実上支配している。

ブランだけはエルンタールやアルトリーヴァという都市単位だ。

ブランもどこか国を支配してみたい。

「ええと、こっから一番近い国は……。ウェルスってところかな？」

地図はあくまでヒルスの国内のものであるため、ウェルスという国の詳細はわからない。

しかし国境線は書かれている。ウェルスに入るだけなら容易だ。

空が飛べるのであれば、伯爵のいるアブオンメルカート高地を越えればそこはウェルスである。

伯爵にも内緒で行動するつもりのため城に寄るような事はしないが。

「まあとりあえず行ってみてから考えよう。飛べるのはわたしとアザレアたちとバーガンディだけか。バーガンディはここを守ってもらわないといけないから、今回は四人かな」

ジャイアントコープスやフレッシュゴーレムたちもすることがなさそうなので使ってやりたい。

高地を越えたらそこで『召喚』してやればよいだろう。

巨人アンデッドたちの行進で人類の街をぺしゃんこにしてやるのだ。

プレイヤーたちはイベントであるため、天使の襲撃だけが脅威だと認識しているに違いない。そしてそれはおそらくＮＰＣも同様だ。

なにせ天使は人や魔物を問わず襲いかかってくる。

その状況で天使を無視して別の勢力を襲撃するような者などそういないはずだ。

「野も山も、みないちめんに弱気なら、あほうになって、米を買うべし！」

「なんですかそれ。コメ？」

「伝説のギャンブラーの残した言葉だよ！　他にも『人の往《い》く、裏に道あり、花の山』とか、まあとにかく他人と同じことをしていたら勝つことなんて出来ないってことさ！」

レアやライラも、聞いているだけでも他人と違うプレイをしてここまでやってきたように思える。

ならばブランもそうするのだ。

「いえあの、ご自覚がないようですが、おそらくご主人さまもすでに十分に——」

「よし、じゃあ行こうか！　あ、一応レアちゃんから借りてる剣も持っていこう。もうずっと壁の装飾品になってるし」

第八章　空を舞う骨付き肉

【第三回】大規模防衛戦【公式イベント】

0302：その手が暖《あった》か
誰かＮＰＣの聖職者の方の話聞いた人いますか？

0303：丈夫ではがれにくい
ヒルス王都には聖職者居ないんだよなあ。てか人間が居ないんだよなあ
なんかあったの？

0304：ウェイン
聖職者っていうと、なんとか聖教会の牧師だか司祭だかってこと？
またなんか神託とかあったの？

0305：ギノレガメッシュ
神託？

0306：ウェイン
前回イベントのとき、イベントボスの第七災厄が生まれたって情報は、ヒルス聖教会の総主教だかって人からもたらされたって宰相が言ってたんだよ
たぶんこのゲームの聖職者っていうのは運営の告知をそれっぽくゲーム内に伝える役割があるんだと思う

0307：ギノレガメッシュ
ああ、あれか
まあ災厄の誕生とか別に運営からアナウンスされてないから、告知ってわけじゃないけどな

0308：明太《めんた》リスト
ゲーム内情報を得たかったらゲーム内で情報収集しましょうってことだよね多分

0309：その手が暖か
あの、私シェイプで活動してるんですけど、シェイプ聖教会とシェイプの政府から連名で街に通達がありまして
以前にもあったんですけど、内容は「人類の敵が誕生した」っていう

0310：丈夫ではがれにくい
情報遅！　って話ではなく？

0311：カントリーポップ
以前にもあったんですけど、って言ってるじゃん
つまり八番目が生まれたってことじゃ？

0312：その手が暖か
場所は旧ヒルス領、トレの森という所だそうです

0313：丈夫ではがれにくい
またヒルスかよ！　てかどこだよ！

0314：ウェイン
トレの森っていうと、リーベ大森林の少し北にある森？
確か☆5のダンジョンだ

0315：アマテイン
トレの森か

あそこの氾濫《はんらん》については宰相殿は災厄、第七に関係あるかどうか不明とか言っておられたんじゃなかったか？
第七配下はアンデッドと虫がメインだが、トレの森近くのルルドの街は木に飲まれたとかそんな報告だったたってウェインから聞いた気がするが

0316：明太リスト
じゃあ第八は植物操る系の災厄ってことかな
前回イベントのときにすでに街を飲み込むほどだったのなら、誰も何の対処もしなかったから成長して今回災厄にまで成り上がった？

0317：ギノレガメッシュ
そんなことあんのか
じゃあノイシュロスとかもやべーんじゃねーか？
場所的に言ってあそこも第七とも第八とも関係ないだろ。あと出現モンスターもゴブリンだかなんだかって話だし
今回か、次回には第九とかになってるかもしれんぞ

0318：アマテイン
可能性として無いではないが、だとしてもどうしようもないな

0319：タクマ
ノイシュロスのボスなら一回討伐されてるよ
その後普通に復活したけど
さらにやばい姿で

0320：ギノレガメッシュ
そんな事あるのか
そんな事あるのかっていうか、そういえば俺たちもこの目で見たわ
前回災厄倒したんだけど、その直後に復活してパワーアップした災厄にさくっとキルされたわ

0321：明太リスト
なるほど
特定のボスはそういう仕様なのかも
何か条件を満たした上で討伐しないとパワーアップして復活するとか

0322：アマテイン
ありえないでもないな
今回の第八もそのパターンで災厄化した可能性もある

だとしたら誰が倒したんだろうな
誰も倒していなければ、パワーアップして復活とはならないと思うが

0323：丈夫ではがれにくい
いるやろ最有力候補が

0324：ウェイン
そうか、第七か

0325：明太リスト
ああ。なるほど自分の庭に自分以外に強大になりうる存在がいたから排除しようとしたのか

0326：ギノレガメッシュ
結果的に相手の成長の助けになってしまったと

0327：タクマ
ＮＰＣが勝手にそんなことするのか？

0328：明太リスト

勝手にっていうか、単に自分の勢力以外の全てに攻撃するってルーチンなんじゃない？
今回の天使だってそうでしょ

0329：丈夫ではがれにくい
そうだ、天使だよ
結局天使と第七って対立すんのか？

0330：ウェイン
あ、忘れてたけど対立してるっぽいよ
エルンタールでボーンドラゴンが天使撃墜してた

0331：丈夫ではがれにくい
マジか！　よし！

0332：ギノレガメッシュ
よしって言っていいのか
下手すりゃ第八と第七と大天使の三《み》つ巴《どもえ》だぞ

0333：その手が暖か

あの、そこに人類もいれて四《よ》つ巴にしてあげてください

……

0411：丈夫ではがれにくい
ヒルス王都の上空で天使とハチが戦ってるんだが？　これついに災厄VS災厄フラグ？

0412：ホワイト・シーウィード
ラコリーヌ上空じゃ前回の襲撃からそうだぞ

0413：丈夫ではがれにくい
言えよそういう大事なことは！

0414：蔵灰汁《くらあく》
王都には虫系いないからかな
アンデッドは空飛べないから、飛べる手駒を森から派遣する関係で、王都とかは天使との衝突が遅れたのかも

0415：明太リスト
>>0414　アンデッドは空が飛べない、いつからそう錯覚していた？

0416：ギノレガメッシュ
空とぶやべえアンデッドがいるぞ、エルンタールに

0417：カントリーポップ
エルンタール？　っていうともしかしてあのボーンドラゴン？　アレ飛べるの？

0418：名無しのエルフさん
あれ飛べるの？

0419：ウェイン
こないだ言わなかったっけ？
飛んでたよ。空中で天使撃墜してた。ていっても攻撃してたとかじゃなくてただ飛んでただけだけど
天使が勝手に突っ込んで、例の謎の範囲ダメで勝手に落ちてた

0420：名無しのエルフさん
あれ飛べるのか……

0421：ハルカ
飛ばれると近接職とかどうしようもなくない？

0422：ウェイン
前に一度、赤いスケルトンが空中を走ってるの見た事ある
もしかしたらそういうスキルとか能力があるのかも

0423：らんぷ
いや、仮にあったとして、もしスケルトン並に減量しないと無理なやつだったらどうすんのよ

0424：くるみ
あんたはダイエット得意でしょ
リアルで何回もやってるじゃん

0425：明太リスト
それさあ……

0426：ギノレガメッシュ
まあ、普段は地面に寝転がってるし、別に飛べないと戦えないってわけじゃないだろ

実際天使と戦ってない時は地上で相手してくれたしよ

0427：名無しのエルフさん
あ、挑戦したんだ
どうだった？

0428：ウェイン
どうもこうも、って感じかな
あの範囲スリップダメージは防具じゃ防げないみたいだし、天使じゃないけど何もしてなくても近づくだけでダメージ受けるから長期戦はそもそも無理かな
こっちの攻撃は通ることは通るけど、短時間で削りきれるほどじゃない

0429：ギノレガメッシュ
あのサイズのボスモンスターにLP自然回復があるのかどうかわかんねーけど、まあ二回目に挑戦した時は前回つけた傷も消えてたし、多分あるんだろうな
それ考えると与ダメのペースが全然足りねえな。アタッカーが一〇倍いたとしてもな

0430：明太リスト
とりあえず通常状態の行動パターンはメモっておいたから、レイドとか組めれば少しは形になるか

なってとこ
もしも募集したらどのくらい来るかな？

0431：丈夫ではがれにくい
行きたい感あるけど、レイドってても最初のうちは死んでパターンメモ増やすだけになるしな
災厄ＶＳ災厄の可能性がある以上イベント中はあんまりって感じ

0432：カントリーポップ
でもイベント終わるとデスペナ復活するからやるなら今しかないんだよな
かと言ってイベントと全く関係ない事に時間取られるのも……
オレこれまでイベントで上位入賞したことないし、今回ちょっと頑張ってんだよ
街の人守ったりさ

0433：丈夫ではがれにくい
街なんて騎士いるんだからあんまり活躍できないだろ

0434：名無しのエルフさん
最近ヒルスに増えてる宿場町には騎士団とかいないから活躍し放題よ
まあ新しく街作るだけあって街の人ももともと強かったりＮＰＣの自警団ぽい人とかはいたりする

んだけどね

0435：らんぷ
そいえば、その自警団にちょっと可愛《かわい》いケモミミ娘いるんよねぇ。素朴な感じのあいうの見ると、エルフじゃなくて獣人でも良かったかも～って思っちゃう

0436：明太リスト
やっぱり今募集しても微妙かな
どっちみち僕らはエルンタールからはもう移動しちゃっててヒルスの王都にいるんだけどね

0437：丈夫ではがれにくい
だよな？
なんかお前ら見かけたような気がしたんだよ王都で

0438：ウェイン
カントリーポップがどこで頑張ってるのか知らないけど、今回のウェーブの様子見る限りだと、ヒルス国内じゃ天使倒してポイント稼ぐのは無理じゃないかな
空で虫が倒しちゃうんじゃない？

0439：クラック
おい見たか空で天使と戦ってるやつ！

0440：丈夫ではがれにくい
虫だろ？　見てるわ

0441：クラック
それじゃねーよ！　いやそれもだけど！
てかお前らどこにいんの？　ヒルス王都だったら空を見ろ！

0442：ウェイン
……なんだあれ

0443：丈夫ではがれにくい
やべーのがおる！　なんだあれドラゴンか⁉

0444：明太リスト
骨じゃないね
ちゃんと肉がついてる

0445：ギノレガメッシュ
骨付き肉みたいに言うなw
頭も二つだな
エルンタールのとは別種の奴だ

0446：蔵灰汁
虫と共闘して天使と戦ってるね
じゃああれ第七の手駒か
あんなのもいるのか

0447：明太リスト
むしろあれのほうが災厄って感じがする
第七は最初は鎧《よろい》で現れて、第二形態が天使みたいな姿だったから、アレが第三形態って可能性もないでもないけど

0448：ウェイン
いや、それはないな
視覚強化持ってる人なら見えるかもだけど、そのドラゴンが手になんか鎧みたいなの持ってる

あれ第七だよ

0449：蔵灰汁
やっぱり第七の手駒なんじゃないか……

0450：丈夫ではがれにくい
大天使は何やってんだ！

0451：明太リスト
ちなみに大天使ＶＳ第七のカードが組まれたら丈夫ではがれにくいはどっち応援するの？

0452：丈夫ではがれにくい
おっぱいの大きい方！

0453：ウェイン
>>451　それなら大天使かな
大天使にはまだ会ったことないけど

0454：ギノレガメッシュ

そうだな
俺も大天使見たことねえけど
……

0510：アロンソン
ヒルス以外の国じゃわりとどこでもＮＰＣは第八と天使の話題ばっかりだが、天使はともかく第八の続報は全く聞かないな

0511：名無しのエルフさん
トレの森？　っていうところから出てないのかな

0512：丈夫ではがれにくい
誰か見に行けよ
今ならデスペナないから、行くなら今しかないぞ

0513：カントリーポップ
お前が行けよｗ

0514：丈夫ではがれにくい

俺には王都での災厄ＶＳ災厄を見るという使命が

0515：蔵灰汁
王都でやるとは限らないし、例えばこれから第七とか大天使とかがトレの森に第八を倒しに行くという可能性だってあるだろ

0516：丈夫ではがれにくい
ああああああ

0517：アマテイン
というか、聖教会なんかは街でけっこう演説とかやって人類の敵が立て続けに生まれてるって危機感煽《あお》ってはいるんだが、国の方はあんまり本腰入れて対処しようって感じがないんだが
これ他の国でもそうなのか？

0518：ヨーイチ
オーラルも初日は聖教会が警告を出していたな
だがこっちは逆に騎士団なんかと連携して国民を落ち着かせる方向にシフトしてるぞ
トレの森は遠いからすぐにはどうにかなることはないとか何とか

0519：モンキー・ダイヴ・サスケ
国民性の違いかねぇ
いざとなりゃ貴族単体で戦ったほうが早いドワーフとかエルフと違って、ヒューマンは団結しねぇと生き残れねえからな

0520：名無しのエルフさん
ウェルスはどうなの？

0521：ビームちゃん
ウェルスは中間くらいかなあ
聖教会も騒いじゃいたけど、こっちもやっぱ最初の一日二日くらいだけだったし、そっからは落ち着くようにって流れになってた気がする
ていうか新災厄どころじゃないからな、こっちの聖教会と騎士団は

0522：クラック
あ、なんかどっかのスレで見たぞ
聖女様降臨とかなんとかってやつだろ

0523：もんもん

そうそう
目隠ししてるから顔は完全には見えないんだけど、それでも美人なのはわかるってくらいにふつくしい

0524：ファーム
あいつずるいよな
金髪っていうか、まさにプラチナブロンドって感じ。オレもあんな感じの色にしたかったんだけど、キャラクリで作れなかったから諦《あきら》めた。多分プレイヤーには無理な色だわ
課金で対応してくれんかな

0525：クラック
聖女様目隠ししてるのか
規制されたりしないのかな。接続元ＩＰによっては目隠し取れてて口も閉じてるとか

0526：ビームちゃん
目隠しそのままの場合もあるだろ
かわりに胸が小さくされてたりするけど

0527：もんもん

何の話してんの？　カードゲーム？

0528：ビームちゃん
まあとにかく、聖女様が降臨なされて天使たちをばったばったとなぎ倒しあそばされててなウェルスの王都はその話題で持ちきりだぜ

0529：ハセラ
関係ない都市にいるプレイヤーも聖女見たさに王都に集まったりしてるしね
僕とか

0530：ギノレガメッシュ
まあ、正直天使と戦うのってめちゃめちゃ楽しい！　って感じではないからな
ビジュアル的に

0531：カントリーポップ
え？

0532：明太リスト
>>531　おまわりさんこいつです

0533：アロンソン
前回は確か、教会関係が騒ぎ出してから翌日くらいにはもう街滅んでたんじゃなかったかな？
それ考えれば第八のやつは随分おとなしいっていうか、静かだよな

0534：アマテイン
そうだな
災厄同士だからって仲が良いとは限らないのは天使と虫の争いから明らかだし
ヒルスで暴れれば第七が黙ってないだろう

0535：クラック
もうすでに第七に凹《へこ》まされてたりしてな

第九章　観光地でのポイ捨てはＮＧ

スキルの力とは素晴らしい。

一日とかからずにウェルス王都の大聖堂地下には広大な空間が広がっていた。

工兵アリたちに空洞を掘らせ、大量に出た土を使ってリフレの職人たちがレンガを作製し、それを用いて地下室を作ったのだ。

崩落を防ぐためところどころに規則的に石柱が立っている。そのせいで狭く感じられるが、見た目以上に広い空間だ。

「ここならウェルスの拠点としては十分だね。天井がそれほど高くないから大型の魔物は入れないけど」

「大型の魔物が必要だとも思えませんし、それは別に構わないかと」

マーレの言葉ももっともだ。大型の魔物なら森に控えさせておけばよい。せっかく街なかに作ったのだから、街での活動が得意な眷属《けんぞく》のための設備にするべきだろう。

「適当に壁とかも建てて、いくつか部屋を作っておいてよ。わたしの部屋はあってもなくてもいいけど、マーレの部屋とかケリーの部屋とかね」

あと必要だとすれば金庫などだろうか。

インベントリはセキュリティの面でも容量の面でも便利だが、全員が利用する資金を保管しておくには向かない。

「じゃあ、ウェルスでやることはひとまず終わったし、わたしはヒルスに戻るかな。何かあったら呼んで」

ヒルス王都に戻り、飽きずにアタックを続けるプレイヤーたちの様子を見ながら、他に進めているプロジェクトの進捗《しんちょく》状況を確認しておくことにした。

◆◆◆

ヒルス王都では、エルンタールからこちらに移動してきたらしいウェインたちが死を恐れずアタックをしていた。

他にも数名交じっている。見たことのある者もいるため、おそらくかつてこの王都でレアを倒した者だろう。

せっかくだし、あの彼にはついでにあのときの仕返しをしておくのもいい。幸い今は時間がある。

ウェインとギノレガメッシュというプレイヤーには新たに引っ叩くべき理由も増えた。何十年が経《た》とうとも、人類というものはSNSで失敗する生き物らしい。

どうしようか迷ったが、鎧坂《よろいざか》さんは置いてレア単体で行くことにした。

威圧感を出すためにユーベルを『召喚』し、その前足に腰掛けての登場だ。

ユーベルは基本は四足歩行だが、後ろ足だけで立つことも出来る。手首は人間並に柔らかい関節をしており、人間のように手のひらを上に向けることも可能だ。そこに腰掛けたのである。

「──毎日毎日、飽きずにご苦労な事だね。特に今は大陸中で空から気持ち悪い子供が襲いかかってきているというのに。他の国の人間たちを守ってやらなくていいのか？　君たちは他の国にすぐに移動できるんじゃないの？」

「！　災厄か！」

「そういう言い方をするってことは、この国の人間は自分が守ってやっているって認識だってことだな」

「……大陸？」

明太《めんた》リストがぼそりと呟《つぶや》いた言葉をレアの強化された聴覚が拾った。

（……おっと、これは失言だったかもしれないな）

レアが魔物から生まれたＮＰＣだとすれば、この地が大陸という存在であると知っているのは少々不自然だ。

世界には海があり、そこに島や大陸がいくつもあると知っている者でなければ「大陸中で」という言葉は出てこない。この大陸しか知らない設定にするならば、この場合は大地や世界という言い回しをするべきだった。

しかし今から弁解しても却《かえ》って怪しい。

やはりお喋《しゃべ》りするとろくな事がない。こんな事なら無言で上空からユーベルのブレスや範囲魔法で吹き飛ばしてやればよかったが、それでは少ししか気が晴れない。

この件でもし万が一突っ込まれたら、元々ＮＰＣのヒューマンか何かだったが無理やりそういう実験をされてこうなった、という事にしておくしかない。

もっともそのプランでは姉役だったライラもすでに異形と成り果てている。

つまり間抜けにも姉妹揃《そろ》って実験体にされたという事になる。

当初のプランでは故郷を求めて西へ向かった事にするつもりだったが、作り話の中でさえ故郷が失われてしまった。

イベントボスの行動原理について特に誰も不審に感じていないようなのでどうでもよいのだが。

「……知っていると思うけど、この周辺の空は今はわたしが守っている。少なくとも天使たちからは守ってやっていると言っていいのではないかな。つまり君たちの出番はない」

「でもこの王都を滅ぼしたのはお前だろう！」

「単に住民の種族が変わっただけとも言えるけど、ヒューマンを根絶したという意味ではそうだね。でもそもそも先に攻撃してきたのはこの地のヒューマンたちだよ。君たちが知っているかは知らないけれど、この国は討伐軍を編成してわたしを倒そうと画策していたからね。わたしも死にたくないし、だったら殺すしか無いだろう」

それでぶつかりあったのがなんとかいう丘の街だよ、と締めくくった。

実際には討伐軍の有無にかかわらずレアはヒルス王都を攻撃していただろうが、それは以前もあのラコリーヌの領主に話した時同様、別に言う必要はない。

「……エアファーレンはどうなんだ。討伐軍に出会う前に襲撃していたはずだ」

「おいウェイン、元々は国の上層部と災厄の間で争いが起こったってんなら、ＮＰＣ同士の争いって事になるんだし、つまりそれってシナリオ通りってことだろ？　言っても仕方ないだろ。宰相殿だって全部をこっちに話してくれたとは限らないんだし」

「その、エアファーレンっていうのはもしかしてわたしの生まれた森の近くの街の事かな？　だとしたらきみ、毎日毎日あの街から森に分け入ってわたしの可愛《かわい》いアリたちを殺していた者たちが居ただろう。だから滅ぼしたんだよ。その件でわたしを責められても困るな」

　そうなるように手を打っていたのはレアなのだが。

　しかしこうして考えてみれば、結果だけ見ると今の所レアがしたのは反撃だけだと言える。

　ゲームの性質上当たり前といえば当たり前のことだ。生産や戦闘によって経験値を得ることでキャラクターを成長させるシステムである以上、プレイヤーが誰かを攻撃するのは当然だし、生産に必要なアイテムにしても誰とも争うことなく入手できる物ばかりではない。

　普通に考えればプレイヤーは必ず魔物を攻撃するし、その反撃をする魔物が現れるのも自然な流れだ。

　もっとも今進めている件やライラと手を組んで行った事まで含めれば、反撃だけでは言い訳出来ないものばかりだが。

「そして今また君たちはわたしのこの美しい都に毎日勝手に侵入して攻撃を繰り返している。中には壁に落書きをしたり、飲み終わったポーションの瓶や携帯食料の包みを捨てていくものさえいる。これは許すことは出来ない」

「え？　そんな奴《やつ》いるのか？」

「ま、まて！　それは俺たちは関係ない！」

「まあきみたちじゃなくてもいいよ。帰ったらなるべくたくさんの知り合いに伝えてくれたまえ」

　とりあえず、上空にいるというアドバンテージは最大限に使わせてもらう。

先制はユーベルの『プレイグブレス』だ。

「待ってくれ！　そんなことより、天使、大天使とは戦わないのか⁉」

叫んだのは、見たことはあるがウェインたちのパーティメンバーではない男だ。

もしかしてこの男が「丈夫ではがれにくい」とかいうプレイヤーだろうか。確かレアと大天使の衝突に並々ならぬ関心を寄せていた者だ。

ここにはもうひとりメンバーが居るが、その彼は見覚えが無い。前回のレイドパーティには居なかったプレイヤーだ。

「わたしがその大天使とやらと戦うかどうかは君には関係ないんじゃない？　まあ例の気持ち悪い子供たちをけしかけてきているのがその大天使だというのなら、目の前に現れればそりゃ戦うだろうけど。居場所もわからないし、そんな事を言われても困るな」

そしてこのプレイヤーが「丈夫ではがれにくい」であるなら、こいつは敵である。

〈ユーベル、右の首から『プレイグブレス』だ。右ってわかるかい？　わたしを持っている手の方だ〉

開かれたユーベルの顎《あぎと》からドス黒い輝きが放たれる。

ゆっくりと吐き出せばエフェクトは随分とおとなしくなり、ダメージを伴わないただの状態異常のみを与える攻撃となるが、このように勢いよく放射すれば着弾時にちょっとしたダメージも与える。

「ぐ！　大したこと無いダメージだけど……、何かの抵抗に失敗したって出た！」

「疫病だ！　明太、治癒アイテム持ってるか⁉」

「あるよ！　ちょっとまって！」

（持っているのか）

驚きである。

疫病は実は、かなり初期から接する事もある状態異常だ。

といっても森や草原で序盤の経験値稼ぎをした者には馴染《なじ》みが無いかもしれない。

しかし街なかで下水道の清掃や、そこに巣食うネズミ系魔物やスライム系魔物の討伐を請け負うような場合には対策が必要になる。例外的に洞窟《どうくつ》でコウモリ系の魔物が媒介するケースもあるようだが、今の彼らほどの実力になれば今更コウモリやネズミ程度の攻撃では抵抗に失敗することなど無い。

かつて受けたクエストに必要だったため用意したが使わずに今までずっと持っていたのか、あるいはインベントリの利便性を利用して常にあらゆるケースに対策を用意しているのか。

なんであれ悠長に回復するのを待っていてやる義理はない。

〈ユーベル、左の首から『トキシックブレス』だ〉

「次が来たぞ！　さっきとは違うブレスだ！」

「大丈夫、これは毒系だ！　スキルの『解毒』で治癒できる！」

『トキシックブレス』は神経毒を与える攻撃である。毒の上位の「猛毒」に分類されるため継続ダメージもあるが、メインは麻痺《まひ》だ。そのためアイテムに頼るなら神経系の治療薬が必要となる。アイテムで回復しようとする場合、ダメージと麻痺が同時に与えられるためどの治療薬を使えばいいのか初見では判断に迷うことになるはずだ。猛毒の厄介なところでもある。

しかしスキルで回復するなら『解毒』で全て賄える。この手の状態異常回復系スキルは、対象の異常の深度によって成功判定の必要達成値が変動する。猛毒を回復しようと思ったらそれなりの能力値が必要になるはずだが、よく一発で回復出来たものだ。

この明太リストというプレイヤーは以前に会った時は回復系のスキルは使っていなかったように思うが、いつの間にこれほどの水準で取得していたのか。

（まあ、キャラクターとして成長しているのはわたしだけではないというのはわかってはいたけど）

正直このプレイヤーの事は舐《な》めていた。

『精神魔法』についてはかなりの習熟度だが、それが通用しないレアの前では何の脅威にもならない。

直接的な戦闘力では注意すべきなのはウェインとギノレガメッシュだけであり、彼はそのサポートに過ぎない。

それは事実ではあるのだろうが、だからと言ってそのサポートは馬鹿にできるものではないということだ。

ダメージを受けながらも状態異常を回復し、五人のプレイヤーたちは体勢を立て直している。

しかしこのヒルス王都のカーナイトたちと戦うのがメインでやってきた彼らは、上空に攻撃をする手段を持っていない。

いつかのようにさっさと『ダークインプロージョン』で始末してやろうかと思ったが、発動する前にユーベルが首を伸ばし、頭を前に出した。

「……なんだ、やりたいのかい、ユーベル」

どうやら、明太リストに的確にブレスの対策を打たれたのが癪《しゃく》に障ったらしい。

これまで処理してきたプレイヤーはどれも上空からのブレスで事足りていたので、ユーベルにとって明太リストは初めて自分の攻撃に耐えた相手というわけだ。

「……いいだろう。やりたいというのなら任せよう。ただし、あそこにいる彼らにはわたしも少し恨みがある。できるだけ、痛めつけてから始末するんだよ。特にそこの、今きみのブレスを防いだ彼と、その両脇にいる彼らだ」

大天使を応援するのはまあいいだろう。

しかしその理由は到底許せない。

「さあ、きみの力はあんなものではないということを教えてやるといい」

ユーベルは一声、上空に甲高い雄叫《おたけ》びをあげ、これまで以上の勢いのブレスを地上に向けて吐き出した。ウェインたちほどのプレイヤーを倒すには至らないが、天使と戦うのがせいぜいの駆け出しプレイヤーたちはたまらずに膝《ひざ》をつく。

「LPの低いプレイヤーはタンクの陰に隠れるんだ！　即死しなかったとしても、スリップダメージですぐにレッドゾーンになるぞ！」

さらにユーベルは、首をめぐらせ多くのプレイヤーに状態異常の被害を広げていく。明太リストが対疫病の備えをしていたのには驚いたが、そんな病的なまでに用意周到な人間がそうそういるはずがない。

「め、明太！」

「だめだ、回復が間に合わない！」

またその明太リストにしても、状態異常に対する処理が永遠に出来るわけではない。リソースは有限なのだ。

その一方でユーベルは大型モンスターに相応《ふさわ》しいLPとMPを持っている。今の彼らが我慢比べで勝つのは不可能だ。

「うん？　ブレスはもう満足したのか。じゃあ次だね」

ブレスによって、地上では一定以上の戦闘力を持つプレイヤー以外はすでに淘汰《とうた》されていた。

ユーベルはレアを掌中に大切に包んだまま、砲弾のような勢いでその地上に着地する。その際に生き残っていたプレイヤーをひとり踏《ふ》み潰《つぶ》す。

「うおっ⁉　来たぞ！」

「近くで見るとマジでデケえ！」

「第七さんが小さくなったのかと思ってたけど違ったわ！」

そのセリフがレアを愚弄《ぐろう》したものだと判断してか、ユーベルがその長い尾を振り回し、発言したプレイヤーの周辺を薙《な》ぎ払《はら》った。

「――甘《あめ》えぜ！　攻撃が届く距離まで降りて来たってんならよお！」

尾による攻撃を繰り出し一瞬の隙が生まれたユーベルの懐に入り込み、何らかの攻撃スキルを発動しようとしたプレイヤーがいた。その狙いはレアのようだ。親玉を狙う首狩り戦術は、確かに合理的ではある。だが。

「甘くはないよ。これでも鍛えられたからね。他ならぬきみたちのおかげで」

常時展開している『魔の盾』を操り、攻撃スキルごとそのプレイヤーを弾《はじ》き飛ばした。

さらにユーベルが空いている方の前足で飛ばされたプレイヤーを掴《つか》み取《ど》り、そのまま握り潰してみせた。

プレイヤー本人はすぐに光になって消えていくが、前足にこびりついた血は消えはしない。

滴り落ちる仲間の血に慄《おのの》き動きを止めるプレイヤーたちを、ユーベルは丁寧にひとりずつ潰していった。

「さて。じゃあ、さっき言ったことは忘れないで、他のお仲間たちに伝えておいてくれ」

最後に残ったギノレガメッシュを睨《にら》みつけ、レアは『魔眼』で『ダークインプロージョン』を発動し、戦闘に終止符を打った。

アダマスの鎧《よろい》を着ていようが関係ない。

レアの放つこの魔法にはアダマンドゥクスでさえ耐えることはできないからだ。いかに上等な鎧を着ていようとも、中身が柔らかい彼らでは結果は知れている。

得られた経験値は前回よりも少なくなっていた。

つまり前回よりも実力差が開いたということであり、これならすぐに追いつかれるという事はなさそうである。

◆◆◆

イベント三日目の夕方にして、システムメッセージによりリーベの洞窟に放置しておいた三体のニュートが転生条件を満たした事を知った。

転生先はヒルスサラマンダーだ。

もともとは賢者の石の節約のために自然に転生してくれないものかと考えていた案件であるが、今となっては清らかな心臓によって賢者の石の量産問題は解決している。正直、言われるまで忘れていた。

あの地底湖に放り込んだのが確か一日目の夕方だったから、ゲーム内時間で二日がかかった事になる。

二日もあれば可能である他のタスクを列挙していけば、時間効率は悪いと言えるだろう。何もしなくても勝手に条件を満たせるという意味では作業性は素晴らしいが。

「とりあえず転生させて、そのまま放っておこう。もしかしたらスキンクになれるかもしれない。そうなれば経験値の節約になる」

スキンクにするためには『水魔法』と『火魔法』が必要だ。ガルグイユを量産しようと思ったら中々馬鹿にならない消費になる。一〇体用意しようと思えば三〇〇体分のスキルを取得させてやらなければならない。

そこからガルグイユにするために具体的に更にいくら要求されるのかは聞いていないためわからないが、アンフィスバエナの例を思えば八〇〇程度だろうか。一〇体だと八〇〇〇になる。世界樹と精霊王をワンセット用意できる額だ。

「ロマンをとってドラゴン部隊を創設するか、目的のために精霊王を自前で用意するか、悩みどころだけど……。まあ精霊王はポートリーの王家の生き残りを唆《そそのか》すとして、ドラゴン部隊のほうがいいかなぁ」

リーベ大森林の洞窟は何もしなくても常に濃いマナがたゆたっている。

意味は薄いが、ただ放置しているのももったいない。とりあえず入れられるだけニュートを入れておくことにした。

「あ、そうだ。ついでだし」

どうせリーベ大森林の洞窟に行くのならやっておきたい事もあった。

確かトレの森にはまだライラのガルグイユが居たはずだ。少し彼にも手伝ってもらうとしよう。

その旨《ほんにん》をアビゴルに伝えてもらうようライラに連絡し、まずはトレの森に向かった。


「――これでよし。ふふ。これならそう簡単に死んだりはしないだろう」

リーベ大森林の洞窟でついでに自身の致死率を下げるための検証を行い、一息ついたところでマーレからフレンドチャットが飛んできた。

〈陛下、緊急事態です。たぶん、おそらく〉

〈なにそれ。はっきりしないな。それがわたしの興味を惹《ひ》くための言い回しだとしたら大したものだけど〉

◆◆◆

「──おそらくですが、ブラン様の襲撃を受けています」

急ぎウェルス王都に飛び、マーレから詳細を聞いてみればそのように報告された。

「何？　ブラン？　なんで？」

「理由まではわかりかねますが……。現在は外壁の外でケリー様や聖教会が騎士たちと連携して巨大なアンデッドを押さえておりますので、そちらをご覧ください」

言われるままにケリーの視界を『召喚』して共有する。

なるほど、確かに見覚えのあるアンデッドだ。あれはジャイアントコープスとフレッシュゴーレムだろう。

自然に発生したという可能性もないではないが、あんな目立つ魔物がそこらを闊歩《かっぽ》していたらSNSでも話題になっていただろうし、あんなのでもそれなりの戦闘力を持っている。ちょっと防衛能力の低い街だとおそらく壊滅してしまう。

〈もしもしブラン？　今何してる？〉

〈あ、レアちゃん！　今？　ないしょ！〉

〈もしかしてあれじゃない？　どこかの街、例えばだけど、ウェルスの王都とかを攻撃してたりするんじゃない？〉

〈え？　すげー！　なんでわかんの？　メンタリスト？〉

〈ああ、やっぱりそうか〉

やはりブランだった。

一体何を考えてそのような事をしたのかはわからないが、別にブランが何か悪い事をしたわけではない。

確かにお互いになるべく協調してプレイしていこうとライラも交えて三人で話し合いはした。

しかしこのウェルスに関してはまだ特に誰も何をするとも宣言しておらず、強いて言うならライラが野盗を放ったりしているのかもしれないが、そのくらいである。些細《ささい》な事だ。

タイミング的に、ほぼ同時にレアとブランがこの国に目をつけ、たまたまレアは水面下で、ブランは大々的に攻撃をしようとしてカチ合った。そんなところだろう。

〈いや、実は今わたしはその街にいるんだけれども〉

〈え⁉　そうなの⁉〉

別にいちいち、これからどこそこを攻めるとか、どういう行動を起こすとか、そんなことまで互いに報告する必要はない。事後報告でいい。レアはそのつもりだったし、ブランもそうだろう。

〈そっかー……。じゃあレアちゃんの方が先だったたってことだよね。どうしよう。わたし帰った方がいいかな？　なんかごめんね？〉

〈いや、こちらこそだけれど。ちょっと待ってね。そのまま攻撃は続けてていいよ〉

出会いがしらにぶつかってしまった以上は仕方ない。

事故はもうすでに起きてしまっている。

しかもそれはこの街に住むＮＰＣやプレイヤーにとっては一大事だ。

ただでさえ天使の群れが攻めてきていて忙しいところに、突然聖教会から聖女が現れ、かと思えば巨大なアンデッドの襲来である。

いくらイベントとはいえ、さすがに展開が急すぎて混乱しているだろう。国に上げられる報告書はどこかで渋滞しているのではと心配になるほどだ。

かと言って今急にブランに退かれてはかえって不審に思われる。

意気揚々と攻撃してきた巨大なアンデッドたちが、特に理由もなくすごすごと引き下がっていけば、何者かにそう指示でもされたのではと勘繰られる可能性がある。

それならば、もっとセンセーショナルで、民衆が信じたくなるようなシナリオがあればいい。

例えば不運にも天使と時期を同じくして巨大なアンデッドが現れたが、神の遣わした聖女の活躍によりこの街は守られた、とか。

マッチポンプには定評のある、ウェルス聖教会の出番だ。

〈攻撃しながら聞いてほしいんだけど、わたしは今この街でね──〉

◆◆◆

ウェルス王都を覆う城壁は相当に高い。

しかし今、街を攻撃してきているアンデッドたちはその高い城壁にも手をかけることができそうなほどの大きさをしている。

ここは王都である。ウェルス王国で最も守りの堅い場所だ。

街を守る騎士たちの質も他の街より高く、その数も多い。

ここ最近も天使と呼ばれる魔物たちが無差別に街を襲撃してきていたが、この王都においては目立った被害は出ていなかった。

騎士の強さもさることながら、それ以上に素晴らしい救いがあったためだ。

ウェルス聖教会から「聖女」と呼ばれる光り輝く乙女が現れ、街を襲う天使たちを一手に引きつけ、まとめて倒すという英雄的な行動を繰り返していたのである。

この街は、いやこの国は神によって見守られている。

住民たちはそう思っていた。

しかしこの日、突然彼方《かなた》より巨大なアンデッドが現れ、街へ向かってきた。

アンデッドたちは城壁にまで迫り、騎士たちを何人もなぎ倒した。

騎士たちがその一撃で戦闘不能になってしまうというほどの強さではなかったが、大きいというのはそれだけでアドバンテージである。

騎士たちの攻撃もダメージを与えてはいるようだったが、巨人アンデッドの生命力が多いためか、あまり有効なようには見えなかった。

ウェルス聖教会から実力ある司教たちや、王都に居を構える商会から子飼いの傭兵《ようへい》なども防衛に参加していたおかげでなんとか城壁を越えられる事態にまでは至っていないが、それも時間の問題に思われた。

しかもあろうことか、襲いくる巨大アンデッドに倍するほどの数の増援がさらに現れたのである。

もともといたアンデッドたちは蓄積されたダメージのせいか後方へ下がり、新たに現れたアンデッドが前に出てくることで、騎士の心はへし折られ、住民は天を仰いだ。

「……もう、だめだ……。ウェルスは今日で……滅びてしまうのだ……」

絶望した騎士が剣を取り落とし、地に膝《ひざ》をついた。がちゃり、と舗装された石畳に鉄のポレインがぶつかる音が響く。

「お、おい！　勘弁してくれ！　あんたら騎士が膝をついちまったら、一体だれが街を守ってくれるってんだ！」

住民らしき男がくずおれた騎士の肩を強引に揺らした。本当なら胸ぐらを掴んで立たせたいところなのかもしれないが、一般人には全身鎧を装備した騎士を立たせる筋力などないし、掴めそうな胸ぐらもなかった。

肩を揺らされた、その住民の力のあまりの儚《はかな》さに、騎士は驚いた。これほど弱い力しか持っていないのに、この民は騎士のいる前線までやってきたのだ。おそらくは家族を、そして街を守るために。自分には力がないから、守れるはずの騎士に想《おも》いを託すために。

「すまない……だが、逃げてくれ。街はだめだが、命だけでも……。せめてお前が逃げるまでの時間くらいは、我が身を呈して稼いでみせる……！」

騎士は再び立ち上がった。

自分が騎士になったのは、なんのためだったか。決して、勝てない相手を前に膝を折ることではなかったはずだ。

守るべき民がいる。そのためならば戦える。この命尽きるまで。

そして主君がいるかぎり、騎士の命が尽きることはない。

たとえ巨人に叩《たた》き潰《つぶ》されようとも、何度でも立ち上がり、ひとりでも多くの民を逃がすのだ。

騎士は落とした剣を拾い、巨人に立ち向かう。

「……絶望が消えたわけではない。希望があるわけでもない。だが、それは……諦《あきら》めてもいい理由には、なりはしない……！」

騎士はとっさに傍らの住民を突き飛ばす。

巨人が騎士を狙い、足を振り上げていたからだ。

「逃げろ！　ここは俺に、俺に……！」

いくら死なないと言っても、恐怖や痛みが消えるわけではない。あんな巨人に鎧《よろい》ごと踏み潰される痛みと恐怖はどれほどのものだろうか。騎士は思わず身が竦《すく》む。住民を突き飛ばすことができたのは奇跡だったかもしれない。だが少なくとも、これであの住民だけは助かるだろう。

「──そう。諦める理由など、ありません」

極限の精神状態の中、どこからか女の声が聞こえた。口の上手《うま》くない騎士では何とも表現できないが、声だけで美人とわかるような、そんな声だった。

つい辺りを見回してしまう。しかし誰もいない。突き飛ばした住民は少し離れた位置で呆《ほう》けた顔で上を見ている。巨人の足があるからだろう。いや、それにしては──

「絶望ならば、私が払ってみせましょう」

今度の声は、間違いなく頭上から聞こえた。

とっさに見上げると、巨人の足が光によって切り飛ばされるところだった。

よく見れば光は剣の軌跡であり、それを振るっていたのは一人の女性だった。

女性は華麗に着地すると、剣を振り巨人アンデッドの体液を払い、高らかに宣言をする。

「そして希望を求めるのなら、この私についてきてください！　ウェルスを覆う闇をかき消し、この地に光を取り戻しましょう！」

薄闇の中でも光り輝いて見える髪をなびかせ、まさしく「希望」を体現したかのようなその姿は、聖女と呼ぶに相応しいものであった。

騎士はそれまで、民衆が騒ぐ聖女という存在には懐疑的であった。天使の襲撃の折もたまたま同じ戦場で戦ったことがなかったし、主君があまり聖女の人気をよく思っていなかったからだ。どうせ、センセーショナルな話題に民が過剰に反応しているだけだろう。そう思っていた。

ところが、本物を目の当たりにして考えが変わった。

まさに聖女だ。そう称するに相応しい存在だ。

足を切り飛ばし、転ばせた巨人に、聖女は何らかの攻撃スキルでとどめを刺した。

その余韻に浸ることもなく、次の敵を求めて去っていく。

騎士は慌ててそのあとを追う。それは街を守るために自分も行動しなければと考えたからか、それとも聖女が言った「希望を求めるのなら」という言葉に従ったからか、あるいは単純に聖女に魅了されてしまったからか、何なのかはわからない。

そうして聖女のあとに続く騎士や傭兵は次々と増えていき、やがて街なかに入り込んだ巨人アンデッドは一掃された。

聖女は閉ざされた双眸《そうぼう》でどのようにしてか、街のアンデッドがいなくなったことに気づくと、颯《さっ》爽《そう》と城壁を駆け上がった。そのまま、住民や騎士たちがあっと声を上げる間もなく街の外へ飛び出し、得意の『神聖魔法』で城壁に迫っていた巨人アンデッドを消し飛ばす。新しく現れた方の、ダ

メージをまだ受けていない個体だ。

つまり聖女の力をもってすれば、この巨人アンデッドなど一撃の下に葬りされるということである。

しかし魔法も万能ではない。

一度発動すれば、次に同じ魔法を発動できるようになるまでにリキャストタイムと呼ばれる時間がしばし必要になる。

だがそれも心配には及ばなかった。

聖女は城壁同様に巨人アンデッドの体をも駆け上がり、敵の肩を蹴《け》って飛び上がると、その脳天へ手にした剣を突き刺したのだ。

いかなるスキルの為《な》せる技か、剣を突き立てられた巨人アンデッドの頭部はまるで『神聖魔法』を受けたかのように弾け飛び、どう、と倒れ伏した。

そのときにはもう聖女は巨人アンデッドの頭部にはいない。

倒れる前に次の敵へと飛び移り、今度はそっ首を叩き斬り、それが終われば次の敵、次の敵へと流れるようにアンデッドを討伐していったのだ。

後から現れた巨人アンデッドの増援があらかた片付けられる頃には、残ったアンデッドたちも不利を悟ってか、元来た方へと逃げ帰っていくのだった。

アンデッドの退却を知った街は歓声に包まれる。

まさに「希望」だ。夜の闇の中に現れた、たった一筋の光がこの奇跡の光景を生み出したのだ。

騎士も、傭兵も、教会の司祭たちも、立場を忘れて一時の熱狂に身を委ねた。

◆◆◆

「――めでたしめでたし、といったところかな」

マーレが剣を突き立てるタイミングに合わせ、ジャイアントコープスの頭部を『神聖魔法』で吹き飛ばすとレアは一息ついた。

今のでレアがリーベの草原から追加で呼んだ分は最後だ。

せっかくの機会だし、これを利用して聖女の名声をさらに高めようと一芝居打ったということだ。

ただそのためにブランの手駒を傷つけるのは忍びなかったため、同型のジャイアントコープスを追加でレアが『召喚』し、そちらをマーレに倒させたのである。

倒されるレアのジャイアントコープスを見て、旗色が悪くなってきたという事にし、ブランたちには自然な形で退いてもらった。

〈おつかれー！〉

〈お疲れ様。悪かったね、ブラン。この埋め合わせはするよ〉

〈いやー！　元はと言えばわたしが勝手に攻めてきちゃった事だしなあ〉

〈それはお互い様だって言ったでしょう？　もしブランがどこでもいいから戦争したいというのなら、そうだな、シェイプはどうかな？　あそこが今一番どうでもいいんだけど〉

ついでに言えば、ヒルスから最も遠く目が届きにくいシェイプをブランが押さえてくれると大変助かる。

〈いいよどこでも！　じゃあこの後行こうかな！〉

〈え⁉　今から？　まあ、いいか。じゃああっちについたら教えてよ。こっちの後始末が終わったら一度様子を見に行くから〉

〈ラジャー！　いやーそれにしてもかっこよかったねえ、えーとマーレちゃんだっけ？　聖女の子！　颯爽登場！　ウェルス美聖女！　って感じで！〉

〈……じゃあまた後でね〉

城壁を越えられる前に事態が収束したため住民たちに被害は無いが、騎士たちには怪我《けが》を負った者もいる。攻撃を受けた城壁にも崩れてしまっている部分がある。

聖教会が騎士たちを救護し、傷の癒えた騎士から城壁の修繕に回っていた。

もちろんケリーが掌握した商会も人手を出している。

傘下の職人たちを動員し、城壁の修復も急ピッチで進んでいた。スキルがあるからこそ可能な素早い対応だ。

ジャイアントコープスたちが去った後のウェルス王都は喜びに沸いている。

大通りや広場では喜び騒ぐ住民たちの緩んだ財布《さいふ》の紐《ひも》を期待してか、酒場や昼間の屋台の主人たちが簡単な料理を売り歩いている。

もちろん最初にやりはじめたのはレアの指示を受けた商会傘下の商人である。

金儲《かねもう》けが目的ではない。

住民たちに、この脅威は聖教会のおかげで乗り越えることが出来たのだということをより強く記憶に残してもらうためだ。どんちゃん騒ぎというのは後からこの出来事を思い出すためのいいきっかけになる。

人の記憶というのは曖昧《あいまい》で、いずれ薄れていくものだ。

ただ見たり聞いたりしただけの事ならなおさらである。しかしそこに、さらに何かを嗅《か》いだり味わったりなど複数の五感を通じて体験した場合は、より長く、より鮮明に記憶に残る事がある。

ゲームのNPC、AIにそういう仕様があるのかはわからない。というか、そもそもAIが物忘れなどをするのかどうかは不明だ。

しかしやらないよりはいいだろう。少なくとも今、街全体にいい雰囲気は出ている。

姿を消して上空から見渡す限りでは、聖女マーレや聖教会はまことに素晴らしい人気ぶりに見える。貴族や王族に支配された騎士たちがどう感じているのかはわからないが、少なくとも衛兵らしき一般兵士は実に好意的に彼らを見ている。

騎士も怪我を治してもらった手前か、ここから見える範囲ではみな笑顔で聖教会に感謝を述べているようだ。

「まあ、怪我を治してもらって借りを作るくらいなら、死んでリスポーンさせたほうがマシだ、なんて考える貴族なんかはいるかもしれないけど」


今のところ、眼下からレアを認識しているような存在は見当たらない。

しかしこれからもずっとそうだとは限らない。

今回マーレに城壁を駆け登らせる際、その足場にとレアの『魔の盾』を利用した。

最初はレア自身を踏み台にすればいいと考えていたが、頑《かたく》なにマーレが拒絶したためである。

『魔の盾』ならばなんとかという事で納得させ、そういう段取りにしたのだが、それが可能だったのもマーレが『魔の盾』を視認することができたからだ。

LPを持つ『魔の盾』は『真眼』によって視認することができる。

つまり今、『真眼』を持つ者がいれば、レアは何か不自然に複数のLPが重なりあった姿に見えてしまうという事だ。

かつてヒルス王都でレアを狙ったあの弓兵のように、『真眼』を持っているプレイヤーは存在する。そして天使たちのようにそういうスキルを持ったNPCもまた存在する。

そうした者からしてみれば、今のように姿を消して宙に浮いていれば怪しいことこの上ない。

「姿を消しても消さなくても目立ってしまうとは。まあでもこれに関してはどうしようもないな。『真眼』持ちを効率よく見つけたい時には便利かもしれないけど」

どんちゃん騒ぎも落ち着きを見せ始めたころ、ブランから連絡が入った。どうやらシェイプに着いたようだ。レアの配下のジャイアントコープスたちも草原でリスポーンしている。お詫《わ》びも兼ねて、必要とあらば貸し出そう。

◆◆◆

そういうつもりでブランの下に訪れたところ。

「――いいえ！　必要ありません！」

レアの分のジャイアントコープスや武者髑髏《むしゃどくろ》の貸し出しの提案は断られてしまった。

「そう？　遠慮しなくてもいいけど」

「いいんだよ。本当のこと言うと、ひとりで国とか滅ぼして、あとでみんなを驚かせようみたいなところもあったから。まあ出来るだけひとりでやろうかなって」

しかしブランの言い分もよくわかる。

やれるだけ自分の力だけでやってみて、それでもし何かを成すことができたなら、その時初めて自分の価値を自分で認めてやることができる。

たぶんそういう感覚だろう。

偉大な祖母とそつなくこなす母、最初から何でもできる姉に囲まれて育ったレアにも覚えがある。まわりがみんなそんな化物ばかりだと、何せ自分に自信を持つことさえ難しいのだ。

それがまた、よその家と比較するような年ごろになってくると、今度は「あれ？　家族以外に負けることって実は無いな」という事に気が付き始め、妙な感じにプライドの高い子供になっていってしまうわけだが、それは今は関係ない。

「そう。ブランがそうしたいのなら、それがいいと思う。じゃあせめてアドバイスだけでもどうかな」

「それも別に——あ、やっぱ聞いておきます」

向こうの方でブラン配下のライストリュゴネスたちがすごい目力でこちらにサインを送っている。聞いておけ、と言いたいのだろう。

「それじゃあ。シェイプはドワーフの多い、というかほぼドワーフだけしかいない国なんだけど、ドワーフのＮＰＣってたいていヒューマンのＮＰＣより強いんだよ。貴族は特にその傾向が強い」

「そうなの？　でもプレイヤーはドワーフとヒューマンってそんなに変わんないよね？　スタート時には確かちょっとだけ差はあった気がするけど」

「彼らにはNPCならではの理由があるんだよ。

　エルフやドワーフの寿命はとても長く設定されているんだ。だから同じような年齢に見えても、ヒューマンとドワーフでは実年齢は例えば三倍以上の差が開いているなんてこともある。プレイヤーだってオープンβの頃からプレイしている人と、最近始めた人とじゃ取得した経験値に大きな差があるよね？

　NPCも同じで、長く生きている人の方がそれまでに得た経験値は多い。だからドワーフは平均的に強いし、配下の経験値を吸い上げられる貴族はさらにその傾向が顕著というわけだ」

　もう一つ言うなら、ドワーフの細かい仕様については詳しくないが、エルフと同じく精霊王や魔王に至る道が用意されているというのなら、配下を増やすより自分自身を強くする方にビルドしやすい種族ではないかと推測できる。

　エルンタールやアルトリーヴァの時のように容易に攻め滅ぼせるような相手とは限らないという事だ。

　全員がそれなりのプレイヤー並みだと考えて行動したほうがいい。

　そういった内容のアドバイスを伝え終わると、アザレアたちから感謝のこもった視線を向けられたのを感じた。いつもご苦労様である、と考えると同時に、もしかしてスガルやディアスたちにも同様の心労をかけているのでは、という不安にも駆られる。いや、自分は大丈夫なはずだ。

「――なるほど、そっか。敵が全員プレイヤー並みだとするなら、ちょっと今の戦力だけじゃ心もとないかも。うーん、でもバーガンディはエルンタールの守りがあるしなあ」

「よかったら、うちのユーベルを代わりにエルンタールの防衛に貸そうか？　ユーベルっていうのは最近作ったアンフィスバエナ、まあ双頭竜なんだけど、スケリェットギドラの代わりとしては十分使えると思うよ」

　そのうちやろうと考えていたプランでもある。かなり予定が早まったが問題ない。

「え？　だったら助かるな！　でも、それってつまりわたしの領域から主戦力のバーガンディが抜けて、代わりにレアちゃんのえーと、ユーベル？　君が入るって事だよね？　それだと多分わたしの勢力だと認識されないから、難易度めっちゃ下がったのにバケモノだけはいるっていう不審な現象が」

「……言われてみればその通りだ。馬鹿だなわたしは」

　いざとなったらライラやブランと戦力の融通をすればいろいろとはかどるな、と考えていたが、場合によってはそれは出来ない。理由はブランが言った通りだ。

「ま、とりあえずその辺の街とか適当に襲ってから考えるよ！　戦法としてはさっきと同様に巨死人をけしかけて押しつぶす作戦だから、その時点でどうにかできそうになかったらもう逃げる！」

　思っていたより安全性の高い策だ。

　それでだめならアザレア達を、と言いだすようなら止めていたが、これなら大丈夫だろう。

　向こうでそのアザレア達も胸をなでおろしている。

「そうなったときはたぶん、悔しいけど今のわたしにはまだ早いってことなんだろうね。その時はおとなしく仲間を増やして次の街に行くよ」

「次の街に行くの？」

「いや、まあ、今のは言葉の綾《あや》で……何でもないです。でも仲間を増やすのは本心かな。ちょーっとレアちゃんに手伝ってもらう事になっちゃうかもしれないけど、例えばドラゴンゾンビ的なのをたくさん用意するとかね」

　賢者の石や経験値に糸目をつけないというのなら、ニュート達からドラゴンゾンビ系のモンスターを作れない事もないだろう。

　スケリェットギドラやアンフィスバエナ、ガルグイユの性能を考えれば一体作れば相当な助けになるはずだ。

　もちろんそれだけで一国を滅ぼすほどの力とは到底言えないだろうが、国を相手にすると言っても相手のすべての戦力と同時にぶつかるわけではない。

　小さな街からこつこつと制圧していき、少しずつ相手のリソースを削っていけば十分勝負になる。ラコリーヌの街でヒルスのほとんどの戦力とぶつかったり、ポートリーの王都で騎士団のほとんどを相手にしたのはあくまでレアケースだ。レアだけに。

「……ふふ」

「ど、どうしたの急に……あ、思い出し笑い？　そういえば思い出し笑いする人ってムッツ――」

「なんでもないから。で、ええと、適当な街を襲うんだっけ」

　飛行によって移動し、大きな戦力をその場に『召喚』することができるブランにとって、その神出鬼没さこそが最大の強みと言える。移動手段の乏しいこの世界においては特にそうだ。

　どこそこの街が襲われた、という情報を上層部が得た頃には、なんならその国の正反対に位置する街を襲撃することさえ不可能ではない。

下準備として各街に配下のアンデッドなどを配置しておけばよりスムーズに事を運べるだろう。

これは雑談程度のつもりで話した事だが、聞いたブランはぽかんと口を開けていた。

「……ライラさんの話を聞いた時も思ったんだけどさ。そういうのってどこで習うの？　最近の学校ってそんなこと教えてくれんの？」

「いや、習う、っていうか。ことさらにどこかでそういう教育を受けたって事はないけど」

最近の学校と言われても困る。

話している感じ、ブランとそう年が離れているような感じはしない。まるで長いこと学校に行っていないかのような物言いだが、ブランに心当たりがないならレアにもない。

「ああ、じゃあご家庭の教育方針とかかな。どういう家庭なの」

それについては一般的でない自覚があるため言い訳できない。

「まあ、とにかく参考になったならいいんだけど」

「超なったよ！　サルでもできる国家転覆とかって本でも読んでるのかと思ったよ！」

なるほど、出来ない事もないかもしれない。

余裕があればその方向でモン吉《きち》たちを強化してみてもいい。

シェイプはブランに任せるとして、ヒルス、オーラルは既にレアとライラの手に落ちている。ウェルスとポートリーも時間の問題だ。

そして幻獣王についての情報さえ得ることができればペアレに用はない。あるいはその情報が全く得られない場合でも同様だ。

もともとモン吉たちはペアレの出身らしいし、ある意味で故郷に錦《にしき》を飾ると言えよう。白魔《はくま》たちと同じである。

「なんか、色々な原因があって、その結果さまざまな事が起きたんだろうけど、それをひとつひとつさかのぼっていって順番に無に帰しているような気分だな。因果応報というのか、まあそれにしては因果のわりに報いが大きすぎる場合が多いけど」

「何のこと？」

「独り言かな。とりあえずシェイプの襲撃頑張ってね」

エピローグ

「ようこそおいで下さいました、邪王ライラ様」

城の広間でヴァイスが新たな邪王を迎え入れるのを見て、デ・ハビランド伯爵は気を引き締めた。

わざわざここまで挨拶《あいさつ》に来るくらいであるし、どこぞの大陸の地下に引きこもったままの邪王とは違い社交的なのだろう。

あるいは単に吸血鬼勢力とつなぎを持っておきたいだけだという可能性もある。

いずれにしても自分のことしか考えていない邪王よりは、遥《はる》かに恐ろしい存在と言える。

だがそれはそれとして言っておくべき事があった。

「——ブランに良くして下さっているようで、ありがとうございます。ああ、それからフルーツタルトというものを頂きました。素晴らしいものでしたな」

この見た目のせいで軽く思われがちだが、単に外見的に変化がないというだけで伯爵は非常に長い時を生きている。

つまり大人である。

世話になっている礼くらい言うし、必要ならば褒めもする。もっとも今回に限っては単なる社交辞令ではなく本心だが。

「伯爵閣下のお口に合ったのならなにより。あれは私がほんの手慰みに焼いたものだけど、よく作っているから、もしよければ今度お邪魔するときにでも持参するよ」

こちらが褒めているというのに暇つぶしに作ったものだと卑下し、あまつさえそれを手土産にするとはなかなか失礼な言いようだが、このように過度に謙遜《けんそん》した言い方をする文化もあるという事を伯爵は知っている。

まだほんの少し会話しただけではあるものの、そこから見える性格やブランから聞いている人物像から察するに、失礼を承知での物言いというよりそういう文化の出身なのだろう。

異なる文化と接する機会がこれまで少なかったのか、よほど厳しくそのように躾《しつ》けられてきたのか、どちらなのかは不明だが、ひとつ言えることは、この邪王は見た目の通りに若い人物だろうという事だ。

おそらく例の新魔王やブランたちとそう大きく年齢は変わらないはずだ。

「それはありがたい。楽しみにしておきましょう。それと敬称はお気になさらず。して、今日はどのような？」

「邪王という種族になったのでね。ブランちゃんを通じてだけど、全く知らない間柄でもないし、ひと言ご挨拶をと思って。それにどうやら私の他の邪王についてご存知《ぞんじ》だという事だし、何かお互いにためになるお話でもできたらと。もちろんあなたからもらった情報を使ってあなたをどうこうするようなことは考えていないし、当然だけど敵対するつもりもない」

ついこの間にも似たような事を聞いたばかりだ。

もともと邪王についての話をする事に関しては特に制限はない。話したところでどうにかなるものでもないし、大半の者にとってはどうでもいい情報だ。別に話しても構うまい。

何より邪王についての情報を誰より活用できるのは目の前の新邪王をおいて他にはいない。それに自分の齎《もたら》した情報によって世界の一部に変化が起こるというのはなにやら不思議な高揚感を覚える。

しかもそれが盟約などに関わらない完全な自分の意思によるものだとすればなおさらだ。

「そうですな。私の知っている邪王についてお話しするのは吝《やぶさ》かではありません。ついでに邪王以外にも同格の方々や北の極点の黄金龍についても──あ、そちらは別に？　そうですか……」

◆◆◆

「──やっぱり増えるのか、これ」

「そうですな。少なくとも私の知る邪王にはもっとたくさんありましたな。と言ってもあくまでスキル発動時の話で、普段の見た目ではそういう模様が描いてある程度でしたが」

「うううううん、ならまあ、いいか……」

伯爵の敬愛する主人もそうだが、女性というのは男性の思っている以上に見た目に気を使う。らしい。

どういう状態を美しいと感じるかは人それぞれだが、元がヒューマンであるならそれが増えるのは確かに受け入れづらいのかもしれない。

「おっと、ちょっと失礼」

邪王は伯爵に断り、しばし目を閉じて瞑想《めいそう》でもしているかのような状態になった。

どこかと何かしらのやり取りをしているのだろう。

彼らはこのように遠くにいる友人と自由に会話をすることが出来る。

この能力を駆使すればこんな大陸など瞬く間に制圧してしまえるだろうが、なぜか彼らは全員で連携してそれをやろうとはしない。

もっとも、魔王と邪王と爵位持ち吸血鬼が距離に関係なく秘密裏にいつでも連絡を取り合えるという時点で、この大陸の命運はすでに決まっているようなものだが。

ブランはこういう時、視線を虚空にさまよわせ、口を半開きにしたり、時には内容を声に出したりしていたが、邪王はそういうそぶりは一切ない。育ちの違いというものだろう。

「――申し訳ない。ちょっと妹から」

「魔王とはご姉妹でしたか」

「ああ、まあね」

妹がいるとするなら魔王だろうと考え当てずっぽうで言ってみたが正解だった。

種族的には隔たりはあるが、同じ顔立ちである。わかりやすくて良い。顔だけでなく、振る舞いや態度にも共通点がある。

少なくともブランと姉妹だと言われるよりは驚きは少ない。

「さて、今日はいろいろとためになるお話をありがとう、伯爵。このお礼はまたいずれ」

「いや、かまいません。こんな所にこうしていると、どうしても他者と関わる機会が少なくなりますのでね。おかげでいい時間を過ごせました」

彼らの文化にならい、どうせ暇だったから、とでも言った方がよかっただろうか。

いや、それは少しニュアンスが違うような気もする。

異文化の表現は難しい。余計な事は言わないに限る。

「じゃあ、私はこれで。これからもブランちゃんと、まぁあと出来ればでいいけど私の妹をよろしくね」

「それはもちろんです。こちらこそよろしくお願いします」

邪王は軽く会釈すると、そのポーズのまま消えていった。

彼女は魔王、妹の方とは似ているようでまた違った怖さを持つ存在だった。

今はまだ、実力的には伯爵に及ばないだろうが、邪王であるならそれも今のうちだけだろう。

そしてそれは、あまり考えないようにしていたがあのブランも同様だ。

ヴァイスの話ではすでに伯爵級《カウンテス》に至ろうかという潜在能力を獲得しているようだし、侯爵級《マーシャネス》や公爵級《ダッチエス》になるのも時間の問題だ。

伯爵の歩んできた道程を思えば異常な速さと言えるが、彼らがそういう存在であるのはわかっている。

伯爵のように祖を持たないブランであれば、その上はもう真祖になる。

いかに別の系の吸血鬼といえど、真祖ともなれば伯爵も膝《ひざ》を折って接するのが礼儀だ。

その時ブランはどういう顔をするのだろうか。

そして伯爵はどういう顔をしているだろう。

少し楽しみであるような、そうでもないような、不思議な気分だった。

「……ご報告に、と思い参上しましたが。まさか向こうのほうから顔を出してくるとは思いもしませんでした」

邪王ライラが消え、十分に時間を置いたあたりで、ヴァイスが姿を現した。

邪王が誕生したらしいという報告はこのヴァイスから受けたばかりだった。それからさほど時をおかずして、その本人が古城に現れたのだ。

おそらく新邪王はブランに連絡し、そこで何らかの情報を得てこの古城を目指したのだろう。そしてヴァイスは邪王と話したブランから邪王誕生の報《しらせ》を聞き、こちらに現れた。

「魔王同様、別に敵対するというつもりなわけでもない。むしろなるべく懇意にしておきたいという心算《しんさん》も見えた。ならば別に構うまい」

「左様でございますね。私は直接言葉を交わした事はほとんどありませんが、ブラン様と歓談されている様子は拝見した事があります。よく知った相手に無体な事をするような人柄には見えませんでした」

「……まあ、いずれにしても、我にとっても良いことではある。いい関係を築いておくことができれば、我が主《あるじ》の望みも容易《たやす》く叶《かな》うやもしれんしな」

そのためにはまず彼女らに海を越えてもらわねばならない。

しかしそれもさほどの時間はかからないだろう。

少なくとも魔王や邪王になるよりは遥かに簡単な事だ。

「ああ、それからブランは天使の落とした濁った宝石をどうしている？　きちんと数えて管理しているのか？」

「あの、清らかな心臓とかいう物のことですか？」

「そういう名前なのか、あれは。まあとにかくそれの事だ」

いつ何があるかわかったものではない。

あの宝石はあればあるだけ持っておいた方がいい。

「いえ、ブラン様におかれましては、どうもあの天使たちが苦手なようで。おそらく街中に放置されているかと」

「……そうか。悪いが拾っておいてくれ」

一般的に、死亡した者からはおよそ一時間でその魂が失われる。

これは死霊術などの実験により実証されている、確度の高い情報だ。

天使の落とす濁った宝石、清らかな心臓というそのアイテムは、この魂を肉体に留《とど》めておく時間を引き延ばす事が可能だ。

伯爵は『鑑定』のようなスキルを所持していないため詳細は知らなかったが、これも経験則によって効果だけは知っていた。

引き延ばせる時間はひとつにつき一時間である。

そして世界の法則として、魂がとどまっている限り死体の腐敗が始まる事はない。

仮にこのアイテムを八七六〇個所持していれば、それだけで一年もの間、死亡した者を死亡直後の状態に保っておくことができるという事である。

伯爵自身は本当の意味で死亡することはないが、持っておいて損はない。

「……持ってさえいれば、と思う時が来るかもしれん。その時後悔するよりいいだろう」

あとがき

皆様お久しぶりです。原純《はらじゅん》です。

勤め先でメールを書くときに社名と本名ではなく「原純です」と書きそうになってしまうことがあります。今も社名と本名を書きそうになりました。危ないですね。気をつけましょう。

さて三巻のあとがきで触れた「隊長」ですが、現時点ではどこからも連絡や情報が入っておりません。関係者が読めば誰のことを言っているのか即わかるのですが、何の連絡もないということは、この小説が隊長の目に留まっていないか、隊長は先輩作家ではないかのいずれかだと思います。

ここでは後者の「隊長は先輩作家ではない」を採用したいと思います。私の精神衛生上そちらの方が良いので。つまり私の勝ちということですね。やったぜ。成し遂げたぜ。

前回は学生時代のことをメインにお話ししましたので、今回は社会に出た頃のことを書こうと思います。

なぜ毎度自分語りをしているのかというと、担当様より言い渡されるあとがきのページ数が何か多いからです。本来であれば関係者様方への謝辞でページを埋めるべきなのだろうと思いますが、私の貧弱な語彙《ごい》ではそれだけで何ページも書くことはできません。無念です。

あとがきの主題としてはそちらがメインですので、私の自分語りに興味がない方は最後の段落まで飛ばしていただいて結構です。よろしくお願いします。

私が就職の内定をいただいたのは大学三回生のときでした。今冷静になってみるとさすがに早すぎるだろと思いますが、当時の私は「これで一年のんびりできるな」としか思いませんでした。あまりにのんびりしすぎて卒業研究を落としそうになったのは良い思い出です。いや良くはないな別に。

入社後は、研修が終わって一ヶ月経つか経《た》たないかくらいで「三日だけ応援に行ってくれ」と言われて半年間他部署の応援をしたり、帰ってこられたと思ったら「半年も経つのに未《いま》だに仕事を覚えていない」と評価されたり、ボーナスの査定は最高クラスなのに昇給の査定は最低だったり（査定と最低を掛けた激ウマギャグ）、色々ありました。

そんでまあ、辞めました。一言で言うと、自分の能力が適切に評価されていないのでは、と感じたことが原因です。

それでも辞める際には当時の課長から二時間、部長から三時間、専務から一時間ほど引き止めの話し合いがありました。その話し合いでは、私に対して驚くほど解像度が高い評価を聞かされたりしましたが、それだけ評価されていてなんで査定に反映されてないいんだと思いました。却《かえ》って辞める気が増したのを覚えています。

会社を辞めた後再就職し、今も勤めている会社に入社しました。

色々あって、色々な部署を兼任することになったりしましたが、副業についても理解を示していただき、とても感謝しています。やはり自分の能力、実績を評価され、様々な仕事を任されるというのは、勤め人としてとてもやりがいを感じることだと思います。

ただちょっと首を傾《かし》げてしまうのが、「あれだけの本を書けるくらいだし、補助金の申請書くらい書けるでしょ。任せた」と補助金申請関連のあれこれを任されてしまったことでしょうか。たぶん小説を書く能力とは違うスキルが要求されると思うんですがそれは……。

ただこれに関しては、社内でこれまで対応したことのある人がいないので、誰がやっても同じなら少しでも可能性のある人に、という事情もありましたので、致し方ないところかなと思います。あるのか可能性……。

前職とは一転、今度はちょっとされすぎてるくらいに評価されている感がありますが、毎日頑張っています。はいわかりました、工程設計しておきます。見積りもすぐ出します。申請書も書いておきます。対策書も作ります。作業標準も準備します。治具《じぐ》の設計も大丈夫です。打合せ行ってきます。面接も――面接もするの!?　展示会で営業も!?　逆に何ならしなくていいの!?

まあその、毎日頑張ってます。

最後に、この場をお借りしまして。

イラストを担当してくださったfixro2n様。いつもいつもありがとうございます。今回は特に、「可愛《かわい》すぎるからリテイク」とか「カッコ良すぎるからリテイク」とか「もっとキモくしてほしい」みたいなヤバい要望何回も出してしまって申し訳ありませんでした。可愛すぎるラフは私の心のサーバーに保存しておきました。

校正を担当してくださった方々、いつもながらありがとうございます。タイミング的に非常にお忙しいようなことを聞きましたが、そんな中でご対応いただき、感謝の念に堪えません。

そして担当編集様。加筆部分で直接的な表現を用いずに「えっちな」感じを出せたのは、担当様の要望があったからこそです。担当様の要望があったからこそです。大事なことなので二回言いました。

また、この本の出版に力を割いてくださったすべての皆様に、心より感謝申し上げます。

何より、この本を手にとってくださった読者の皆様。誠にありがとうございます。

お便りはこちらまで

〒102－8177
カドカワBOOKS編集部　気付
原純（様）宛
fixro2n（様）宛

カドカワBOOKS

黄金《おうごん》の経験値《けいけんち》 Ⅳ
特定災害生物《とくていさいがいせいぶつ》「魔王《まおう》」配下融合《はいかゆうごう》アルケミー

2024年3月10日　初版発行

著者／原純《はらじゅん》

発行者／山下直久

発行／株式会社KADOKAWA

〒102-8177
東京都千代田区富士見2-13-3
電話／0570-002-301（ナビダイヤル）

編集／カドカワBOOKS編集部

印刷所／暁印刷

製本所／本間製本

●お問い合わせ
https://www.kadokawa.co.jp/（「お問い合わせ」へお進みください）
※内容によっては、お答えできない場合があります。
※サポートは日本国内のみとさせていただきます。
※Japanese text only

Printed in Japan
ISBN 978-4-04-075351-5 C0093

新文芸宣言

かつて「知」と「美」は特権階級の所有物でした。

15世紀、グーテンベルクが発明した活版印刷技術は、特権階級から「知」と「美」を解放し、ルネサンスや宗教改革を導きました。市民革命や産業革命も、大衆に「知」と「美」が広まらなければ起こりえませんでした。人間は、本を読むことにより、自由と平等を獲得していったのです。

21世紀、インターネット技術により、第二の「知」と「美」の解放が起こりました。一部の選ばれた才能を持つ者だけが文章や絵、映像を発表できる時代は終わり、誰もがネット上で自己表現を出来る時代がやってきました。

UGC（ユーザージェネレイテッドコンテンツ）の波は、今世界を席巻しています。UGCから生まれた小説は、一般大衆からの批評を取り込みながら内容を充実させて行きます。受け手と送り手の情報の交換によって、UGCは量的な評価を獲得し、爆発的にその数を増やしているのです。

こうしたUGCから生まれた小説群を、私たちは「新文芸」と名付けました。

新文芸は、インターネットによる新しい「知」と「美」の形です。

2015年10月10日
井上伸一郎

※「小説家になろう」は株式会社ヒナプロジェクトの登録商標です。
「小説家になろう」で
7000万PV突破の人気作！
前世リーマンのフリーダム問題児、
エリート校に殴り込み!?
電撃コミックレグルスほかにて
コミカライズ好評連載中!
漫画:田辺狭介
剣と魔法と学歴社会
～前世はガリ勉だった俺が、今世は風任せで自由に生きたい～

んな攻撃もノーダメージ！
スボス級大型新人、
出陣！
角川コミックス・エースより
コミックス好評発売中!!
漫画：おいもとじろう
電撃コミックスNEXTより
アンソロジーも好評発売中！
原作&小説　夕蜜柑
カバーイラスト　狐印 ほか
ステータスポイントをVITのみに捧げた少女メイプル。その結果得たのは、物理・魔法攻撃・状態異常無効に強豪プレイヤーも一撃死のカウンタースキル!?　自らの異常さに気づくことなく、今日も楽しく冒険に挑む！

奇跡に詠唱は要らない――
気弱で臆病だけど最強な
魔女の物語、書籍で新生！

魔王《ラスボス》よりも強いけど、
平穏に暮らしたいんです。
TVアニメ
2024年1月
より放送開始!!!
カドカワBOOKS

AKUYAKU REIJO LEVEL 99
悪役令嬢レベル99
～私は裏ボスですが魔王ではありません～
七夕さとり
Illust. Tea
RPG系乙女ゲームの世界に悪役令嬢として転生した私。だが実はこのキャラは、本編終了後に敵として登場する裏ボスで――つまり超絶ハイスペック！　調子に乗って鍛えた結果、レベル99に到達してしまい……!?
B's-LOG COMIC＆
異世界コミックにて
コミカライズ
連載中!!!!
漫画：のこみ